Samara und die Legende der Lichtträger

SELINA RITTER

2. überarbeitete Auflage von "Das Erbe von Achatar"

ISBN: 9781701795372

FÜR DANIEL

INHALT

DANKSAGUNG

Ich danke allen,
die mir auf meinem Weg begegnet sind
und mich in irgendeiner Form
unterstützt und berührt haben.

Ich danke dem Leben
für seine Weisheit, seine Schönheit
und all die Möglichkeiten,
die es mir jeden Tag
aufs Neue schenkt.

DANKE

PROLOG

Es war der 23. Juni, ein Mittwoch, für viele Menschen ein Tag wie jeder andere, aber nicht für mich – für mich war es der Tag, an dem ich zu leben begann, an dem ich mein bisheriges Leben vollkommen über den Haufen warf und in den Augen vieler Freunde und Kollegen eine große Dummheit begann.

Ich hatte meinen Job bei einer großen, renommierten Zeitung gekündigt. Nachdem ich fast vier Jahre alles für diesen Job getan hatte und im Verlag als Aufsteigerin des Jahres gehandelt wurde, stand ich gerade kurz vor der ersehnten Beförderung. Und in dem Moment, in dem ich mein Ziel fast erreicht hatte und meine Karriere so richtig ins Rollen gekommen wäre, stieg ich aus, zum Unverständnis meines Chefs und all meiner Kollegen.

Ich hätte nur Panik, weil ich auf die dreißig zuginge, hieß es. Es sei eine reine Kurzschlussreaktion gewesen, ich solle lieber noch einmal eine Nacht darüber schlafen und gründlich über diese Entscheidung nachdenken.

Als ich daraufhin erklärte, warum ich meiner beruflichen Karriere bei der Zeitung so jäh ein Ende setzen wollte, waren sie sprachlos.

Aber ich hatte nicht erwartet, dass mich jemand verstand. Im Grunde verstand ich mich ja selbst nicht. Ich wollte ein Buch schreiben, genau genommen sollte es ein Bestseller werden. Ja, Du kannst Dir vorstellen, spätestens jetzt mussten sogar meine Freunde schmunzeln. Aber es war mein voller Ernst.

So saß ich am Morgen des 23. Juni bei mir zu Hause im Garten, einen kleinen Hund namens Maurice an meiner Seite und einen Laptop auf dem Schoß. Ich genoss die warmen Sonnenstrahlen des Sommeranfangs, lauschte dem Vogelgezwitscher, schaute auf die leuchtend bunten Blumen in den kleinen Beeten und begann zu schreiben.

Ich fühlte mich so lebendig wie noch nie zuvor in meinem Leben. Es war eine Mischung aus Euphorie und Verwunderung über mich selbst. Die vergangenen Wochen waren voller Wunder gewesen. Dennoch war ich verblüffend ruhig in Anbetracht der Situation. Mein Leben hatte sich in kurzer Zeit radikal verändert, und ich wusste, dass dies erst der Anfang war. Außerdem hatte ich alles auf eine Karte gesetzt. Vielleicht würde sich niemand für das Buch interessieren und vielleicht würde ich irgendwann bereuen, dass ich die Arbeit der letzten Jahre so einfach weggeworfen und meine Chance auf eine berufliche Karriere bei der Zeitung womöglich verschenkt hatte. Man hatte mir zwar versichert, ich sei jederzeit wieder willkommen, aber ich wusste, dass es nicht so einfach war, wieder Fuß zu fassen, wenn man erst einmal draußen war.

Ja, vielleicht war ich eine Träumerin und das Ganze ein großer Fehler. Aber das glaubte ich nicht. Tief in mir hatte ich das sichere Gefühl, zum allerersten Mal in meinem Leben wirklich auf dem richtigen Weg zu sein. Meine innere Stimme sagte mir, dass ich das Richtige tat und dass ich Erfolg haben würde. Und diese Stimme war lauter als jede Kritik oder Verunsicherung.

Aber lass mich die Geschichte von Anfang an erzählen. Alles begann damit, dass mir meine Mutter ein Buch mit einer uralten Legende mitbrachte …

DAS GEHEIMNISVOLLE BUCH

Vier Monate zuvor ...

»Hallo, Mama, ich habe heute eigentlich keine Zeit. Das weißt du doch. Wir hätten doch auch am Wochenende Kuchen essen und Kaffee trinken können», begrüßte ich leicht genervt meine Mutter an der Wohnungstür. Sie hatte sich einfach nicht davon abbringen lassen vorbeizukommen, obwohl ich ihr sehr deutlich gemacht hatte, dass es mir heute eigentlich überhaupt nicht passte. Auf meinem Schreibtisch türmte sich die Arbeit, und die meisten Dinge mussten noch bis heute Abend um zehn Uhr fertig sein.

Aber meine Mutter ließ sich von meiner etwas unfreundlichen Begrüßung überhaupt nicht abschrecken: »Am Wochenende hast du ja auch keine Zeit.« Sie kam herein, lächelte mich an und umarmte mich.

»Herzlichen Glückwunsch, mein Kind!«, sagte sie liebevoll zu mir.

Dann legte sie die Hände auf meine Schultern, musterte mich kurz und erklärte mit feierlicher Stimme: »Du hast nun mal heute Geburtstag und nicht erst am Wochenende. Außerdem ist dieser Geburtstag etwas ganz Besonderes!«

Ich runzelte fragend die Stirn: »Was ist denn bitteschön an 29 etwas Besonderes? Der letzte Geburtstag, bevor es abwärts geht, oder was?«

Ich erwartete eigentlich keine Antwort darauf, denn ich hatte es aufgegeben, die Gedankengänge meiner Mutter zu verstehen. Wir waren häufig nicht einer

Meinung, und meist verstand ich sie auch einfach nicht.

Meine Mutter stöhnte kurz auf und meinte grinsend: »Ach, Laura, ich dachte, du hättest keine Probleme damit, dass du bald 30 wirst.«

»Nicht bald, sondern in einem Jahr, exakt auf den Tag in einem Jahr, wenn man es genau nimmt«, entgegnete ich energisch.

Sie lachte und meinte: »Ich sehe, es macht dir wirklich gar nichts aus. Aber vielleicht wäre es ja auch dann mal eine gute Gelegenheit, dein Leben etwas zu überdenken ...«

»Mama!!!«, fiel ich ihr ins Wort, »Du fängst ja wohl heute nicht schon wieder damit an?! Bist du deshalb gekommen? Um mit mir zu streiten?« Jetzt war ich sauer. Ich hasste es, wenn sie mein Leben beurteilte oder sich in irgendeiner Weise einmischen wollte. »Du bist noch nicht richtig da und schon sind wir wieder beim Thema.«

Ich schaute an ihr vorbei zur Haustür heraus und stellte fest, dass mein Vater gar nicht mitgekommen war. Vielleicht fehlte er mir aber auch gerade in diesem Moment, weil er meistens die Diskussionen etwas beruhigte und für mich immer eine Art Puffer zwischen meiner Mutter und mir war.

»Wo ist eigentlich Papa?«, lenkte ich vom Thema ab.

»Er ist nicht mitgekommen«, antwortete meine Mutter mit ruhiger Stimme, »Ich wollte gerne mit dir allein reden. Und bevor du dich aufregst, du hast recht, wir sollten heute nicht streiten. Lassen wir das Thema. Ich hab dir etwas mitgebracht.«

Sie hängte ihre Jacke an die Garderobe, holte ein kleines Päckchen aus ihrer Tasche und ging in Richtung Küche. Ich atmete kurz durch, schloss etwas mürrisch die Tür, die immer noch offen stand, und folgte ihr. Ich hatte keine Ahnung, was das zu bedeuten hatte. Warum machte sie so ein Geheimnis darum? Und warum war mein Vater deshalb nicht mitgekommen?

Noch wusste ich nicht, dass dieses unscheinbare kleine Päckchen mein ganzes Leben verändern sollte …

Aber mir fällt gerade auf, ich habe mich noch gar nicht vorgestellt. Ich bin Laura, und wie Du ja bereits weißt, bin ich 29 Jahre alt. Ich habe bis vor kurzem bei der Zeitung gearbeitet. Aber frag mich nicht als was, ich habe da nahezu alles und in fast jeder Abteilung gemacht. »Mädchen für alles« wäre wohl eine gute Beschreibung oder besser noch: »übereifriges Mädchen mit Ehrgeiz, übernimmt alles Mögliche«. Ansonsten gibt es von den vier Jahren, in denen ich dort gearbeitet habe, nicht viel zu erzählen. Ich hatte praktisch keine Freizeit, keine Hobbys, keine Haustiere außer einem kleinen Hamster, der hauptsächlich bei meinen Eltern lebte, und genau genommen auch keine richtige Beziehung. Aber auf dieses Thema komme ich später noch zu sprechen. Die Erklärungen zu meinen Partnerschaften, wenn man sie so nennen kann, nehmen doch etwas mehr Zeit in Anspruch.

Meine Freunde sind größtenteils meine Arbeitskollegen oder haben auf irgendeine Art und Weise mit meinem Beruf zu tun. Außer Lilly, meiner besten Freundin schon von Sandkastenzeiten an, die ist mir, obwohl ich so selten Zeit für sie hatte, immer treu geblieben.

Mein besonderer 29. Geburtstag war Ende Februar und ist nun schon ein halbes Jahr her. Wir haben jetzt August und mittlerweile arbeite ich schon seit zwei Monaten nicht mehr für die Zeitung. Im Juni fing ich an, meinen Roman zu schreiben, und das Buch nimmt seither immer mehr Gestalt an. Außerdem habe ich einen wundervollen Mann kennengelernt, bin zu einem Hund gekommen, umgezogen, gehe regelmäßig laufen und meditiere zwei Mal in der Woche. Mit Lilly unterhalte ich mich auch wieder mehr, und das, obwohl sie weiter entfernt von mir ist als je zuvor. Das ist jedoch längst nicht alles, was sich verändert hat.

Kurz gesagt, mein Leben hat sich komplett gewandelt, und dies innerhalb von gerade mal sechs Monaten. Aber ich merke, ich bin etwas zu schnell. Du fragst Dich sicherlich, wie es zu all dem kam und auch noch ein Mann und ein Hund ihren Weg in mein Leben fanden.

Alles geschah aufgrund des Geburtstagsgeschenks von meiner Mutter. Aber ich will jetzt noch nicht zu viel vorwegnehmen. Also alles ganz langsam der Reihe nach.

Knapp zusammengefasst lässt sich mein bisheriger Lebenslauf folgendermaßen schildern. Auf ein gutes Abitur folgte ein etwas längeres Studium in Germanistik und Literaturwissenschaft. Im Anschluss an die Uni ging ich auch schon zur Zeitung. Dies war naheliegend, da ich schon während des Studiums angefangen hatte, dort zu jobben. Und da packte mich dann der Ehrgeiz.

Ich übernahm jeden Auftrag und sprang ein, wann immer Not am Mann war, und das war häufig der Fall. Ganz gleich, welches Thema, ob es nun abends oder am Wochenende war, ich war zur Stelle. Ich war voller Eifer, immer angespornt von dem Gedanken, irgendwann meine eigene Zeitungsseite zu gestalten, die Themen frei zu wählen und Artikel auszusuchen oder vielleicht sogar eine eigene Kolumne zu verfassen, ganz meine Kreativität entfalten zu können und die Fantasie spielen zu lassen.

Ich weiß, der Alltag eines Redakteurs sieht in der

Realität etwas anders aus, als ich es mir vorgestellt hatte, aber ich hatte einfach den Wunsch zu schreiben und die Vorstellung, dass andere Menschen das lesen würden, was ich geschrieben habe, beeindruckte mich ungemein. Da war es mir zunächst völlig egal, worüber ich schrieb.

Dabei war es, soweit ich mich erinnern kann, immer mein Traum gewesen, Schriftstellerin zu werden. Ich wollte meine eigenen Romane schreiben, meine Fantasie ausleben und damit andere Menschen unterhalten oder vielleicht sogar begeistern. Ich weiß gar nicht, wann ich diesen Traum verloren habe. Irgendwo zwischen den zahlreichen Biographien über berühmte Autoren, deren Leben meist scheiterte und die erst lange nach ihrem Tod erfolgreich wurden, und der Erkenntnis, wie viele Menschen doch wesentlich besser schreiben können als ich, ist der Traum wohl verschwunden. Ich habe ihn immer weiter nach hinten geschoben und mich auf »echte« Berufe konzentriert, mit denen man auch Geld verdienen kann. Und ich war wahrscheinlich viel zu beschäftigt, um zu merken, dass meine Träume nach und nach verschwanden.

Eigentlich hatte ich immer vor, neben dem Studium oder Beruf mein erstes Buch zu schreiben, aber ich habe es einfach nicht getan. Ich habe den Traum zusammen mit anderen »Spinnereien« in eine Kiste gepackt, in die hinterste Ecke gestellt und mich auf andere Dinge konzentriert. Vielleicht habe ich mir einfach nicht zugetraut, damit Erfolg zu haben.

Mittlerweile habe ich aber festgestellt, dass ich so nie wirklich glücklich werden kann und dass, soviel ich beruflich auch erreiche, ich doch nicht mein wahres Potenzial ausschöpfe. Ich weiß auch heute noch nicht, ob ich Erfolg haben werde, ich glaube einfach daran, und wenn nicht, dann ist es auch nicht schlimm. Ich könnte mir nur nie verzeihen, es nicht wenigstens versucht zu haben.

Wenn Du ehrlich mit Dir bist – lebst Du Deine Träume? Viele denken, das Leben hat die Möglichkeiten dafür verbaut. Aber ist es nicht Dein Leben? Jeder trifft seine Entscheidungen, gleich welches Schicksal ihm widerfährt. Es bleibt doch immer ein gewisser Handlungsspielraum, für den einen etwas größer, für den anderen etwas kleiner. Aber wir treffen Entscheidungen, jeden Tag, wir legen fest, was uns wichtig ist. Und wir haben jeden Tag aufs Neue die Chance, dies zu tun.

Mir ist klar, im Leben kommt vieles ganz anders, als man es sich vielleicht vorgestellt hat, und manchmal sieht man keine Möglichkeit, etwas anders zu machen. Aber wann immer sich eine Tür schließt, öffnet sich woanders eine neue. Wir sehen sie meist zunächst nur nicht. Oft hört man auch von Menschen, die erfahren, dass sie sehr krank sind, und daraufhin ihr komplettes Leben über den Haufen werfen, den Job kündigen und auch den Partner oder die Familie verlassen oder einfach weggehen und alles hinter sich lassen, um das zu tun, was sie sich von Herzen wünschen.

Ich habe mir gesagt, dass ich nicht erst krank werden will, um dann das zu tun, was ich wirklich will.

Vielleicht denkst Du jetzt, das ist alles leichter gesagt als getan und in Deinem Leben praktisch gar nicht möglich. Aber ich werde Dich am Ende dieses Buches noch einmal fragen, und ich denke, dass Du dann Deine Meinung darüber vielleicht etwas geändert hast.

Ich bin immer noch ganz aufgeregt, wenn ich daran denke, wie ich vor zwei Monaten angefangen habe, dieses Buch zu schreiben, und wie viel sich in meinem Leben durch diese eine Entscheidung verändert hat.

Nur versteh mich jetzt nicht falsch, ich schreibe dieses Buch nicht, um Ratschläge zu erteilen. Ich schreibe es, weil ich Dich an einer wundersamen, uralten Erzählung teilhaben lassen möchte, die mich dazu inspirierte, mein Leben zu verändern.

Nun zurück zu meinem 29. Geburtstag – dem Tag, an dem alles begann.

Meine Mutter und ich saßen in der Küche. Ich schenkte uns einen Kaffee ein, mit Milch und Zucker. Heute trinke ich ihn mit Zimt, das duftet wie frisch gebackene Plätzchen und beschert mir an verregneten Tagen eine wohlige Gemütlichkeit.

Ich bemerkte, dass meine Mutter aufgeregt war. Sie schaute mich voller Erwartung an und hielt das Päckchen vor sich auf dem Tisch fest in beiden Händen. Nun war ich sehr gespannt, was sie mir mitgebracht hatte. Sie legte das Päckchen in die Mitte des Tisches und sah mich an.

»Laura«, sagte sie mit ernster Stimme zu mir.

»Mutter«, alberte ich zurück. Ich konnte mit ihrem Verhalten irgendwie gar nichts anfangen. Und wenn ich eine Situation eigenartig fand, versuchte ich es meist mit Humor.

Aber meine Mutter ignorierte meinen Einwurf völlig und blieb ernst. »Ich habe dir hier ein Buch mitgebracht«, erklärte sie.

»Oh Mann«, stieß ich aus, »Jetzt hast du die Überraschung verdorben.«

»Laura!«, rief meine Mutter energisch.

Ich war total überrascht. Anscheinend war es ihr wirklich wichtig. Um was handelte es sich nur bei diesem Buch? Mit einem Mal war ich nun auch sehr ernst, und vor allem war meine Neugier geweckt. Mein

Verhalten kam mir jetzt auch selbst etwas kindisch und unreif vor.

»Was hat es mit diesem Buch auf sich?«, fragte ich.

»Dieses Buch wird von Generation zu Generation weitergegeben, immer am Tag des 29. Geburtstags«, begann meine Mutter zu erzählen.

»Warum gerade am 29.?«, wollte ich wissen.

»Das erkläre ich dir gleich. Aber du wirst es wahrscheinlich besser verstehen, wenn du das Buch erst gelesen hast.«

Ich nahm das Päckchen in die Hand und schaute meine Mutter fragend an: »Darf ich?«

»Warte noch, Laura, schau es dir nachher in Ruhe an, wenn ich weg bin. Lass uns nun doch einfach noch eine Zeit lang zusammensitzen«, antwortete sie, und ich legte das Päckchen unsicher wieder auf den Tisch.

»Ich habe das Buch von deiner Großmutter an meinem 29. Geburtstag bekommen, und sie wiederum von ihrer Mutter und so weiter ...«, erklärte sie mir.

»Wie alt ist das Buch denn dann?«, unterbrach ich sie verblüfft.

Sie lächelte und sagte: »Einige tausend Jahre.«

»Das kann ja gar nicht sein!«, rief ich aus. »Die Blätter werden doch porös und die Schrift könnten wir auch gar nicht lesen. Wurde da überhaupt schon geschrieben? Mama, es ist vollkommen unmöglich, dass das Buch so alt ist.«

Meine Mutter lachte: »Ungefähr so habe ich damals auch reagiert. Das Buch ist auch noch nicht so alt, aber die Erzählung darin. Jeder, der dieses Buch bekommt, schreibt es nach dem Lesen neu ab und erzählt die Geschichte mit seinen eigenen Worten. So entwickelt sich die Erzählung mit der Zeit mit. Die Lehre darin bleibt stets dieselbe, aber die Sprache und die Schrift gehen mit der Zeit. So konnte diese Erzählung all die Jahrtausende weitergetragen werden und war für jede Generation verständlich.«

Ich war total verwundert über das, was meine Mutter mir da berichtete, und konnte es auch irgendwie noch nicht glauben: »Aber in so vielen Jahren wäre die Erzählung doch verlorengegangen. Jemand könnte gestorben sein, bevor er sie weitergeben konnte, oder das Buch hätte zerstört werden können. Es gab so viele Katastrophen, Kriege und Seuchen. Die Chance, dass diese Erzählung Jahrtausende überlebt hat, ist doch gleich Null!«

Meine Mutter schmunzelte: »Ja, mein Kind, das ist das Geheimnis.«

An jenem Abend war ich noch ziemlich verwirrt. Meine Mutter sprach kein Wort mehr über das Buch. Sie erklärte mir, ich solle es einfach lesen, dann würden sich viele Fragen von selbst beantworten. Gemütlich trank sie ihren Kaffee und lächelte immer wieder geheimnisvoll.

Als sie gegangen war, nahm ich das Päckchen zögerlich in die Hand und packte es aus. Darin war ein kleines Buch. Ich betrachtete es eine Zeit lang. Es war rotbraun, die Oberfläche etwas auf alt gemacht. Die Ränder waren mit einer goldenen Borte bedruckt. Ansonsten war es eher sehr schlicht. Es war auch nicht besonders dick, höchstens 200 Seiten, schätzte ich. Vorne hatte es einen Magnetverschluss. Vorsichtig öffnete ich ihn und schlug das Buch auf. Dabei fiel ein kleiner Zettel heraus und landete vor mir auf dem Boden. Ich bückte mich, hob ihn auf und erkannte darauf die Schrift meiner Mutter.

»Das Herz weiß mehr, als der Verstand begreift! Ich wünsche dir viel Freude mit diesem Buch und hoffe, du findest

darin das kostbare Geschenk, das es für dich bereithält. Ich liebe dich, deine Mutter Franziska.«

Ich las den Text noch einmal und runzelte ein wenig die Stirn. Damals konnte ich gar nichts damit anfangen. Es erschien mir irgendwie alles so melodramatisch. Ich fragte mich, was das wohl für eine Geschichte war und was meine Mutter mir mit ihrem seltsamen Text mitteilen wollte. Sie war schon immer etwas esoterisch angehaucht. Aber sie wusste auch, dass ich mit diesem Kram überhaupt nichts anfangen konnte. Ich dachte, dass das vielleicht wieder ein Versuch von ihr war, mich für diese Dinge zu öffnen oder gar zu begeistern. In mir machte sich ein großer Widerwille gegen dieses Buch breit. Ich hatte keinerlei Interesse an spirituellen Dingen, und das hatte ich meiner Mutter auch schon mehr als ein Mal sehr deutlich gemacht.

Etwas kritisch schlug ich die erste Seite in dem geheimnisvollen Buch auf: Die Geschichte von Samara stand dort geschrieben. Es war die Schrift meiner Mutter. Hatte sie das gesamte Buch von Hand geschrieben? Die Buchstaben waren sehr sorgfältig und leicht geschnörkelt gemalt. Zögerlich betrachtete ich den Titel und überlegte. Auf der einen Seite war ich natürlich sehr neugierig, aber auf der anderen Seite war es eben nun mal nur ein Buch, und ich dachte daran, dass meine Mutter mich möglicherweise nur wieder missionieren wollte. Es war bestimmt schon spät, und da war ja immer noch der riesige Stapel Arbeit, der auf meinem Schreibtisch lag.

Ich sah auf die Uhr. 22.43 Uhr. »Oh nein! Schon so spät!«, murmelte ich. Ich legte das Buch in die hintere Ecke meines Schreibtisches und ging an die Arbeit.

Hätte ich damals schon gewusst, was in dem Buch steht, hätte ich es bestimmt noch an diesem Abend komplett gelesen. Aber so sollte noch einige Zeit ins Land gehen, bis ich das Buch wieder in die Hand nahm.

Am nächsten Morgen, ehe ich mich auf den Weg zur Arbeit machte, sortierte ich noch meine Sachen und bemerkte dabei gar nicht, dass ich einen der großen Ablagestapel auf das Buch legte.

Ich dachte erst wieder an das Buch, als mich meine Mutter vier Wochen später anrief und fragte, ob ich es schon gelesen hätte. »Ich habe nichts von dir gehört. Wie gefällt dir denn das Buch?« Sie hörte sich sehr aufgeregt an.

Ich zögerte kurz und meinte dann: »Ich kam noch nicht dazu.«

»Ach so ...«, antwortete sie knapp.

Man spürte deutlich ihre Enttäuschung. Aber sie sagte nichts weiter dazu, sondern meinte nur: »Du kannst dich ja mal bei mir melden, wenn du Zeit hattest reinzuschauen, Liebes, ja? Ich wünsche dir dann noch einen schönen Abend.«

Ich spürte, dass es ihr schwer fiel, nichts dazu zu sagen, aber sie wollte mich anscheinend nicht unter Druck setzen.

»Alles klar", antwortete ich, »ich meld mich bei dir. Ich wünsche euch auch einen schönen Abend. Bis dann!«

Als ich aufgelegt hatte, überlegte ich noch, ob ich nicht jetzt gleich einen Blick in das Buch werfen sollte, aber ich war heute Abend bei Lilly, meiner besten Freundin, eingeladen und hatte nur noch eine knappe Stunde Zeit. Wenn ich schon mal anfangen würde, das Buch zu lesen, wollte ich gerne auch etwas Zeit dafür haben.

Lilly hatte eine Praktikumstelle in Chile bekommen.

In circa drei Monaten sollte es losgehen, und sie würde dann ein halbes, vielleicht sogar ein ganzes Jahr weg sein. Dann würden wir uns erst mal nicht mehr sehen. Wie erwähnt, kannten Lilly und ich uns schon seit dem Sandkasten und waren beste Freundinnen. Nur hatte ich in den letzten Jahren immer weniger Zeit gehabt und wir hatten uns immer seltener gesehen. Doch Lilly ließ sich davon nicht abhalten, sich immer wieder bei mir zu melden. Ich war sehr froh sie zur Freundin zu haben. Während des Studiums hatten wir uns noch fast täglich gesehen. Doch immer öfter fehlte mir die Zeit.

Lilly hatte damals zwei Studienabschlüsse gemacht: Lehramt und Diplom. Sie hatte die Fächer Spanisch und Völkerkunde studiert, eine ziemlich außergewöhnliche Wahl, wie ich finde. Ich hatte mich immer gefragt, was sie damit wohl vorhatte. Jetzt bot sich ihr in Chile die einmalige Gelegenheit, an einem Projekt teilzunehmen. Sie würde einerseits dort selbst Kurse halten können und unterrichten und andererseits auch Forschung betreiben. Und das war es, was sie wirklich wollte. Sie war ganz aufgeregt gewesen, als sie mir das am Telefon berichtet hatte, und wollte mir das alles bei Gelegenheit ausführlicher erzählen.

Heute Abend wollte sie ihre Zusage mit einigen Freunden feiern, unter anderem mit mir. Ich freute mich sehr darauf, sie wiederzusehen. Wir hatten zwar hin und wieder telefoniert, uns aber bestimmt schon seit über einem Monat nicht mehr gesehen.

Früher wäre das undenkbar gewesen, da haben wir fast alles gemeinsam gemacht. Es war wirklich schade, dass unsere Treffen zu einer Seltenheit geworden waren und meist einen besonderen Anlass brauchten. Das lag ganz klar an mir und meinem ständigen Zeitmangel, aber ich dachte mir, dass dies ja nur eine

Übergangsphase war, bis ich eine bessere Position erreicht hatte. Da musste ich einfach durchhalten. Nur manchmal machte es mich doch sehr traurig und ich zweifelte, ob das der richtige Weg war.

Als ich bei Lilly ankam, machte mir ihr Freund Paul die Tür auf. »Hey! Welch eine Ehre! Welch ein seltener Gast in unserem Haus!«, begrüßte er mich lachend und umarmte mich.

»Haha! So schlimm ist es ja auch nicht«, entgegnete ich.

Ich klopfte mir die Schuhe ab und trat ein. In dem Moment kam auch schon Maurice auf mich zugestürmt, sprang freudig wedelnd an mir hoch und leckte mein Gesicht. Ich lachte und streichelte ihn. »Na, Junge! Lange nicht mehr gesehen!« Ich liebte Lillys Hund. Er war zwar immer ziemlich ungestüm bei der Begrüßung, aber er war einfach eine Seele von Hund. Lilly hatte ihn vor ungefähr sechs Jahren geholt, damals war er noch ein kleiner, flauschiger Wollknäuel gewesen. Ich hatte sie begleitet und sie erst ausgelacht, dass sie sich einen Pudelmischling holen wollte. Ich dachte gleich an die frisierten Hunde aus dem Fernsehen. Aber als ich Maurice dann sah, fand ich ihn einfach nur süß. Mittlerweile war er groß und ein richtig toller Hund geworden, und ich wollte mir, wenn ich eines Tages mehr Zeit haben würde, genauso einen Hund kaufen.

Da kam auch schon Lilly zur Tür. »Ah, ich hab mir schon gedacht, dass du es bist, als ich gesehen habe, wie Maurice losgerannt ist«, begrüßte mich Lilly freudestrahlend, »Es ist so schön, dass du da bist!« Sie umarmte mich, drückte mich dabei richtig fest an sich und sagte dann grinsend: »Ist es nicht verrückt, dass ich in ein paar Monaten in Chile bin?«, sie lachte begeistert. »Nur meinen Schatz werde ich natürlich vermissen!« Sie schaute Paul liebevoll an.

»Ja, ein halbes Jahr ist ganz schön lang, aber das geht auch vorbei und es ist einfach eine große Chance«, antwortete Paul.

»Und meinen kleinen Flauschiprinz hier werde ich auch vermissen.« Sie streichelte Maurice über den Kopf. »Und dich, Laura! Aber wie geht's dir eigentlich? Was gibt es Neues?«

Ich überlegte kurz. »Ich weiß nicht ... Alles wie immer. Meine Mutter hat mir zum Geburtstag ein ungewöhnliches Buch geschenkt!«

Ich weiß gar nicht, wieso ich ihr als Erstes von dem Buch erzählte. So wichtig war es mir zu diesem Zeitpunkt gar nicht. Ich wusste ja nicht einmal, was darin stand.

Lilly fragte gleich gespannt: »Ein ungewöhnliches Buch? Um was geht es denn?«

»Ich weiß es gar nicht. Ich hab noch nicht angefangen, es zu lesen.«

Lilly lachte. »Ah ja, und warum ist es dann ungewöhnlich? Du musst doch wissen, von was es handelt! Ist es ein Roman? Was steht denn auf dem Umschlag?«

»Gar nichts«, antwortete ich grinsend.

Lilly grinste zurück. »Na, das ist allerdings ungewöhnlich.«

Wir lachten beide.

»Meine Mutter hat das Buch von Hand geschrieben, sie hat die Erzählung von ihrer Mutter bekommen und diese wiederum von ihrer.«

Ich erzählte ihr alles, was ich wusste. Sie lauschte mir gespannt. Als ich fertig war, blickte sie mich verblüfft an.

»Und du hast noch nicht reingeschaut?«

»Doch, den Titel habe ich gelesen und den Zettel von meiner Mutter«, entgegnete ich ein wenig kleinlaut.

»Oh Mann, Laura! Bist du denn gar nicht neugierig? Ich wäre total neugierig!«

Lilly liebte solche Geschichten und alles, was mit alten Traditionen zu tun hatte. Als ich ihr erklärte, wie viele Jahre das Buch von Generation zu Generation weitergegeben worden war, hatten ihre Augen angefangen zu leuchten. Mir war es vorher gar nicht bewusst gewesen, wie besonders das Buch eigentlich war.

»Ich hatte noch keine Zeit, und es ist doch nur eine Geschichte«, sagte ich lachend.

»Nur eine Geschichte, Laura? Das ist eine uralte Legende, vermutlich über das Leben von Menschen, die tausende von Jahren vor dir gelebt haben. Deine Vorfahren haben die Geschichte erzählt. Ich glaub, ich hätte die Geschichte schon komplett gelesen, wenn meine Mutter noch am Tisch gesessen hätte!«

Ich lachte. »Ach, Lilly, du beschäftigst dich ja auch mit so etwas! Du hast das ja sogar mehr oder weniger studiert.«

»Ja und? Das ist doch für jeden spannend: eine uralte Geschichte, die seit ewigen Zeiten in der eigenen Familie weitergegeben wird! Wer hat so etwas schon?«

Eigentlich hatte Lilly recht. Als ich darüber nachdachte, war ich schon etwas überrascht über mein Verhalten. Es war merkwürdig, dass ich bis jetzt noch nichts gelesen hatte. Normalerweise war ich sonst immer so neugierig. Da hätte ich doch rein aus Neugier wenigstens mal die ersten Seiten lesen können, anstatt das Buch wochenlang auf dem Schreibtisch einstauben zu lassen.

»Was denkst du, Laura?«, riss mich Lilly aus meinen

Gedanken.

Ich grinste sie an. »Ich? Ich muss jetzt gleich nach Hause und anfangen das Buch zu lesen!«

»Nee, nee, nee, jetzt hast du solange gewartet, da kommt es auf ein paar Stunden mehr auch nicht an. Und jetzt verbringst du erst mal einen Abend mit deiner besten Freundin!«

Ich lachte. Lilly hakte sich bei mir ein und wir gingen ins Wohnzimmer zu den anderen. Es war wirklich ein schöner Abend. Wir hatten uns viel zu erzählen und quatschen bis spät in die Nacht.

Ich beschloss noch auf der Party, dass ich, egal wie spät ich heimkommen würde, wenigstens die ersten Seiten in dem Buch lesen würde.

Und so saß ich um drei Uhr, mitten in der Nacht, zu Hause in meinem kleinen, roten Sessel und schlug das Buch nun zum zweiten Mal auf …

SAMARA

Dies ist die Geschichte von Samara, einer Frau von einer solchen Einzigartigkeit wie das Land, in dem sie lebte.

Ich kam als Fremder in jenes Land, in dem ich in dieser kurzen Zeit mehr Wunder erlebte als in meinem gesamten restlichen Leben. Ich werde die Zeit dort niemals vergessen, ich möchte sie für die Nachwelt festhalten und die Geschichte weitergeben. Auch wenn das Land mit all seinen wundersamen Besonderheiten möglicherweise eines Tages untergehen und seine Bewohner und die Wunder mit sich nehmen wird, so wird die Geschichte doch die Zeit überdauern und das große Erbe erhalten bleiben.

Ich hatte es einem Schiffbruch zu verdanken, der mich beinahe mein Leben gekostet hätte, dass ich dorthin gelangte. Ich war als Sänger und Geschichtenerzähler auf dem Schiff und begleitete eine adlige Familie auf dem Weg nach Athen, als wir in einen fürchterlichen Sturm gerieten und unser Schiff sank. Ich wurde als Einziger an den Strand jenes Landes gespült. Ich glaubte, die Götter seien einfach gnädig mit mir gewesen, aber meine Rettung hatte einen tieferen Sinn, mir war noch eine wichtige Aufgabe bestimmt. So hatte das Schicksal nicht zufällig einen Geschichtenerzähler vor dem Ertrinken gerettet und an diese Küste getrieben.

Zwei Kinder fanden mich am Strand, als sie Muscheln sammelten. Ich lag, so wurde mir später berichtet, scheinbar leblos und schwer verletzt im Sand.

Die Kinder eilten zurück zu ihrer Stadt, um Samara zu rufen, die dort an jenem Tag auf ihrer Reise haltgemacht hatte. Samara war Heilerin, eine der

Begabtesten ihrer Art, die schon vielen Menschen geholfen hatte. Und so heilte Samara auch mich.

Sie erzählte mir später, dass ich schwere Verletzungen am Kopf und am Rücken hätte, die ich mir an den Trümmern des Schiffes oder an den Felsen vor der Insel zugezogen haben musste. Sie sagte, es sei ein Wunder, dass ich überlebt hätte, und noch ein viel größeres Wunder, dass ich an jenes Land angespült worden sei. Ich sei der erste Fremde, den es auf die Insel verschlagen habe, soweit sich die Menschen erinnern könnten.

Ich lag damals eine Woche im Bett, dabei hätte es bei der Schwere meiner Verletzungen Monate dauern müssen, um wieder gesund zu werden. Samara verbrachte viel Zeit bei mir, und in der ersten Woche bekam ich außer ihr niemand anderen zu Gesicht.

Samara war sehr liebenswürdig und voller Güte und Wärme. Sie bestrich meine Wunden mit duftenden Salben und gab mir wohlschmeckenden Tee zu trinken. Oft saß sie einfach nur an meinem Bett, hatte ihre Augen geschlossen und legte die Hände auf meinen Kopf. Ich fand dies zunächst seltsam, aber es war sehr angenehm und ich fühlte mich zunehmend besser.

In der ersten Woche sprach Samara kein Wort. Ich wusste zunächst gar nicht, ob sie sprechen konnte und ob sie meine Sprache verstand. Sie schaute mich immer nur nachdenklich mit ihren großen, tiefblauen Augen an. Ihre Augen hatten die Farbe des Meeres, so intensiv, wie ich es noch nie bei einem Menschen gesehen hatte. Aber ich sollte bald feststellen, dass alle Bewohner dieser Insel solch tiefblaue Augen hatten.

Samara war eine schöne Frau. Sie hatte ein markantes Gesicht und trotzdem sehr weiche Züge. Ihr Gesicht war leicht gebräunt und ihre großen zartrosa Lippen lächelten meist. Sie hatte langes, dunkelbraunes Haar, das sie mit einem zierlichen Muschelband nach hinten gebunden trug. Einige Strähnen fielen jedoch locker über ihre Schultern. Sie trug ein schlichtes weißes Kleid und darüber einen dunkelblauen Umhang. Um ihre Taille hatte sie ein dunkles Band mit Muschelanhängern und Perlen gebunden. Man sah ihr an, dass sie Kraft hatte, aber dennoch waren ihre Bewegungen sehr weich und weiblich. Sie strahlte eine unglaubliche Feinfühligkeit und Güte, aber auch eine enorme Stärke aus. Ihre Hände waren zart und gaben eine wohltuende Wärme ab, wenn sie sie mir auf die Stirn legte.

In den ersten Tagen, in denen ich noch sehr benommen war, kam sie mir wie ein engelhaftes Wesen vor. Es sah so aus, als sei sie rundherum von Licht umgeben und ich fühlte mich so geborgen und beschützt in ihrer Nähe wie nie zuvor in meinem Leben.

Nach einer Woche sprach sie zu mir: »Wie fühlst du dich?«

Ich schaute sie überrascht an, da ich nicht damit gerechnet hatte, dass sie mich ansprach – und das noch dazu in meiner Sprache. »Du sprichst meine Sprache?«

Sie lächelte mich an »Wir sprechen viele Sprachen, auch die deine. Wie fühlt sich dein Kopf an? Kannst du aufstehen?« Ihre Stimme war so sanft wie ihr Wesen.

Ich tastete mit den Händen vorsichtig an meinen Kopf und erhob mich. »Es ist schon viel besser. Ich habe mir den Kopf wohl angestoßen.«

»Ja, das hast du. Du hast Glück, dass du überlebt hast. Es ist ein Wunder. Weißt du, dass du der erste Fremde bist, der diese Insel je betreten hat?«

Ich schaute sie verwirrt an. »Der erste? Was bedeutet der erste Fremde? Seit wann der erste?«

»Der Erste, soweit die Menschen sich hier erinnern

können. Es kam noch nie ein Fremder in unser Land.«

»Was?« Ich blickte sie überrascht an. »Wo bin ich hier?«

Ich kannte verschiedene Legenden, in denen von einer Insel berichtet wurde, die niemand finden konnte, der nach ihr suchte, nur sie könne den Suchenden finden.

Samara legte ihre Hand auf meine Schulter: »Du musst wissen, die Menschen hier werden sehr überrascht darüber sein, dich zu sehen.«

»Sieht man denn, dass ich nicht von hier bin? Sehe ich so anders aus als die Menschen hier?«

»Ja, sie werden es sogleich erkennen, du wirst sehen. Manche wird dein Anblick vielleicht sogar verwirren oder er wird ihnen Angst einjagen. Das liegt an der Prophezeiung.«

»Welche Prophezeiung?«

»Alles zu seiner Zeit!«, besänftigte sie mich. »Es ist sehr wichtig, dass du immer in meiner Nähe bleibst. Und halte dich zurück, sprich mit niemandem.«

»Aber warum?«

»Du wirst Antworten auf deine Fragen bekommen, wenn wir im Tal der Heiler sind. Bis dahin musst du dich gedulden. Wir brechen gleich morgen früh auf. Ruhe dich bis dahin noch aus!«

»Aber ...«

»Vertrau mir, du wirst alles zu seiner Zeit erfahren.« Sie stand auf. »Nun jedoch schlafe und ruhe dich weiter aus, du wirst die Kraft morgen brauchen.«

Mit diesen Worten drehte sie sich um und verließ den Raum. Ich saß noch eine Zeit lang aufrecht im Bett und schaute mich um. Bisher war ich dazu zu müde und erschöpft gewesen, nun aber betrachtete ich den Raum, in dem ich die letzten Tage verbracht hatte, genauer. Die

Wände waren weiß, funkelten jedoch im orangeroten Licht der Abendsonne, als wären sie mit unzähligen winzigen Kristallen besetzt. Das Bett war aus dunkelbraunem, edlem Holz. Die Decke war mit verschiedenen bunt schimmernden Muscheln, goldenen und silbernen Blättchen verziert. Gleich neben meinem Bett stand ein großer, prächtiger Fackelhalter, der so aussah, als wäre er aus purem Gold gefertigt. An dem großen Fenster auf der anderen Seite des Raumes hatte man leuchtend bunte, hauchdünne Tücher angebracht. Sanft schwangen sie im leichten Wind hin und her und erschufen ein bezauberndes Farbenspiel an den Wänden. Am Rand des Fensters hingen dünne Ketten mit Muscheln und Perlen, die sich ebenfalls im Wind bewegten.

Fast am eindrucksvollsten war jedoch der Boden des Zimmers. Er war aus verschiedenfarbigen Steinen gefertigt, die von tiefstem Schwarz zu verschiedenen Braun-, Rot und Goldtönen wechselten. An der Tür standen zwei weitere schwere Fackelhalter, die mit bunten Edelsteinen verziert waren und deren goldene Farbe in der Abendsonne leuchtete.

War ich in einem Palast? Ich konnte mich nicht entsinnen, jemals in einem Raum mit solch feinen und kostbaren Dingen gewesen zu sein.

Von draußen vernahm ich seltsame, sanfte Klänge von einem Instrument, das ich zuvor noch nie gehört hatte. Die Melodie war eigentümlich, aber wunderschön. Außerdem hörte ich Stimmen, sie waren jedoch zu leise, um verstehen zu können, was sie sprachen.

Der Wind strich über die Vorhänge, und es roch süßlich nach Blüten, durchsetzt von einer leicht salzigen Meeresbrise.

Ich wurde nun wieder von der Müdigkeit übermannt

und lehnte mich zurück. Nachdenklich starrte ich an die prunkvolle Decke. Wo war ich nur? Was würde mich morgen erwarten?

DER ERSTE TRAUM

Ich blickte von dem Buch auf. Jetzt hatte ich doch einiges mehr als nur die erste Seite gelesen. Aber die Geschichte gefiel mir irgendwie. Sie war schön und etwas mysteriös. Sie machte mich auch neugierig, ich wollte schon gern wissen, wie es weiterging.

Ich war total überrascht. Es war kein Buch mit weisen Sprüchen oder spirituellen Ratschlägen, wie ich es aufgrund des Zettels von meiner Mutter zunächst erwartet hatte. Es war vielmehr eine Abenteuergeschichte, eine uralte, mysteriöse Legende. Es kam mir sogar eher wie ein Roman vor. Nur was hatte solch eine Geschichte mit unserer Familie zu tun? Warum wurde sie von Generation zu Generation weitergegeben?

So gespannt ich auch darauf war, wie es weiterging, an diesem Abend war ich einfach zu müde, um weiterzulesen. Es war ja bereits mitten in der Nacht. Aber ich wollte am nächsten Tag jede freie Minute nutzen, um die Geschichte zu lesen. Ich wollte wissen, was den Fremden auf dieser Insel alles erwartete und was es mit dieser Prophezeiung auf sich hatte. Natürlich war ich vor allem auch neugierig, was die Geschichte ausgerechnet mit meiner Familie zu tun hatte.

Ich ärgerte mich darüber, dass ich ausgerechnet mitten in der Nacht angefangen hatte, das Buch zu lesen. Aber jetzt hatte ich es schon wochenlang hier liegen, da kam es auf einen Tag mehr oder weniger auch nicht an. Ich legte das Buch also zur Seite und legte mich schlafen.

In dieser Nacht träumte ich das erste Mal von jenem Land. Ich war in einem Palast und blickte auf das Meer. Um mich herum waren überall Menschen in weißblauen

Gewändern mit leuchtend blauen Augen. Sie blickten mich beeindruckt und neugierig an. Ich sah an mir herunter, ich trug die gleichen Gewänder wie sie und mein dunkelbraunes langes Haar war auch mit Muschelbändern zusammengebunden. Die Menschen blickten jedoch staunend in mein Gesicht, genauer in meine Augen. Diese leuchteten tiefgrün und klar in der Sonne. Ich fühlte mich wie der Fremde und spürte, wie es war, anders zu sein als all die anderen.

Meine Augen waren schon immer sehr auffällig gewesen, und ich werde auch stets als Erstes auf meine außergewöhnliche Augenfarbe angesprochen. Sie sind grün, aber nicht normal grün, sondern leuchtend dunkelgrün. Ich kenne niemanden mit einer so intensiven Augenfarbe, abgesehen von meiner Mutter und meiner Großmutter. Von ihnen habe ich sie geerbt. »Leuchtend grün, wie zwei Smaragde im Wasser!«, hatte meine Mutter immer gesagt, als ich noch ein kleines Kind war.

Und so standen in diesem Traum die Menschen um mich herum und starrten in meine Augen. Ich war es gewohnt, dass die Leute guckten, aber hier war es irgendwie anders. Die Bewohner jenes Landes schienen ganz fasziniert von mir zu sein.

Dann teilte sich plötzlich die Menge und Samara kam auf mich zu. Sie war wirklich wunderschön und ihre Bewegungen waren sanft und sehr anmutig. Ihre Augen waren irgendwie noch leuchtender als die der anderen, so tief und blau wie das Meer. Sie lächelte mich voller Wärme an: »Hallo Laura! Willkommen zu Hause!«, begrüßte sie mich. Ich starrte sie verwirrt an. Woher kannte sie meinen Namen? Und warum zu Hause? Wo war ich hier? Was hatte das zu bedeuten? Verwirrt blickte ich mich um …

In dem Moment wurde ich wach. Ich drehte mich zur Seite und schaute auf den Wecker: 4.45 Uhr. Ich hatte noch nicht lange geschlafen, bis ich diesen seltsamen Traum geträumt hatte. Ich atmete tief durch, kuschelte mich in mein Kissen und schlief wieder ein. Dieses Mal träumte ich nicht von der Insel. Ich konnte mich zumindest morgens an keinen weiteren Traum erinnern. Aber die Geschichte und mein Traum gingen mir den ganzen Tag nicht mehr aus dem Sinn. Ich stand total neben mir, und Natalie, eine meiner Arbeitskolleginnen, konnte sich das Lachen nicht verkneifen, als ich sie zum dritten Mal fragte, was sie als Aufmacher auf die vierte Seite nehmen wolle.

»Na, Laura, hast du gestern ein wenig über den Durst getrunken?«, fragte sie schmunzelnd.

Natalie war Mitte 30 und vor einem Jahr aus München zu uns gekommen. Sie war zwar sehr anspruchsvoll, aber auch sehr nett und immer zu einem Spaß aufgelegt. Wir hatten uns von Anfang an sehr gut verstanden. Sie hatte genau wie ich auch immer so viel Pech mit Männern. Das hat uns irgendwie zusammengeschweißt. Sie war meist von ihren Partnern auch noch betrogen worden. Das war mir, soweit ich weiß, zum Glück bisher erspart geblieben. Ich hatte immer ganz unspektakuläre Trennungen, mit lahmen Ausreden. »Ich bin irgendwie doch noch nicht bereit für eine feste Beziehung.« »Ich muss mich erst mal auf meine Karriere konzentrieren.« »Du hast was Besseres verdient.« »Ich hab keine Zeit für eine Beziehung.« »Ich brauch meinen Freiraum.« …

Ob das wirklich besser war, als wegen einer anderen Frau verlassen zu werden? Und wer weiß, ob bei meinen Trennungen nicht doch hin und wieder eine Neue im Spiel war?!

Es endete auf jeden Fall immer mit dem gleichen Resultat: Enttäuschung, Liebeskummer und viele vergossene Tränen. Mittlerweile hatte ich schon über zwei Jahre lang keinen festen Partner mehr gehabt.

Nach der letzten Trennung, mit der ich wirklich sehr lange schwer zu kämpfen hatte, gönnte ich nun meinem Herzen etwas Erholung und investierte meine Energie lieber in meine Karriere als in einen Mann, der früher oder später mein Leben doch wieder verlassen würde. Es war ja nicht normal, wenn der Liebeskummer jedes Mal fast länger anhielt als die Beziehung selbst.

Außerdem bin ich meist vom Liebeskummer direkt in die nächste Beziehung geschlittert und ich hatte das Gefühl, nach jeder Trennung ging es mir noch ein Stück weit schlechter als vorher. Ich meinte zwar, ich würde dadurch abstumpfen, aber wenn ich mich dann neu verliebt hatte, tat es doch wieder weh.

Mit meinem Singleleben war ich bisher ganz gut gefahren. Momentan hatte ein Partner gar keinen Platz in meinem Leben, es war alles so ausgefüllt, und ich hatte mich so ans Alleinsein gewöhnt, dass er gar nicht reinpassen würde. Ich vermisste eine Partnerschaft auch gar nicht mehr und ich hatte endlich nicht mehr so ein Gefühlschaos in meinem Leben. Alles verlief in ruhigen Bahnen.

Klar, wenn ich ein frisch verliebtes Paar so glücklich zusammen sah, machte es mich schon ein wenig traurig. Es war schade, dass ich so etwas nicht mehr hatte, und ich vermisste dieses Gefühl. Aber gleichzeitig dachte ich dann auch gleich, dass es mir dafür auch nicht mehr wochenlang elend ging.

Es hat ja auch seine positiven Seiten, Single zu sein: Ich war frei, konnte tun und lassen, was mir gefällt, und konnte vor allem nicht mehr verletzt werden.

Abgesehen davon hatte ich auch keinen Mann mehr kennengelernt, mit dem ich mir halbwegs hätte vorstellen können, zusammen zu sein. Irgendeine Macke hatte doch jeder.

Lilly hatte echtes Glück, Paul vor fünf Jahren kennengelernt zu haben. Die beiden waren einfach füreinander bestimmt. Aber mal ehrlich, so viel Glück hat halt nicht jeder. Und was soll ich sagen, mir ging es ja nicht schlecht.

Als es an diesem Tag auf den Feierabend zuging, beeilte ich mich. Ich wollte auf dem schnellsten Weg nach Hause und das Buch lesen. Als Natalie sah, wie ich eilig den Rechner ausschaltete und schnell noch das Papierchaos auf meinem Schreibtisch sortierte, schaute sie auf die Uhr, runzelte die Stirn und sagte: »Warum hast du es denn so eilig, Laura? Die Ausstellung beginnt doch erst um acht.«

Erschrocken hielt ich inne und starrte sie an. »Ausstellung?«, rief ich verblüfft.

»Kunstausstellung ... Eröffnungsrede ...«, erklärte Natalie.

Ich wusste nicht, was sie von mir wollte.

»Südostasien!«, fügte sie langgezogen hinzu. »Klingelt da was?«

»Oh nein!!!« Jetzt fiel es mir wieder ein.

»Ah ja! Was für eine Begeisterung! Aber wenigstens erinnert sie sich jetzt wieder!«, sagte Natalie und lachte. »Vor zwei Wochen warst du doch noch ganz heiß darauf, da hinzugehen. Dich soll mal einer verstehen!«

Ich schaute sie immer noch verwirrt an. Ich hatte komplett vergessen, dass die Eröffnung heute war.

»Laura, Laura, was immer du gestern getrunken hast, es war eindeutig zu viel!«, meinte nun Bernd grinsend, der unser Gespräch verfolgt hatte. Er hatte sich schon den ganzen Tag über mich amüsiert.

»Ich habe nicht getrunken!«, beteuerte ich vehement.

Ich musste selbst über meine Vergesslichkeit lachen. Aber gleichzeitig ärgerte ich mich, dass ich dann heute tatsächlich wieder keine Zeit zum Lesen haben würde. Ich wusste, ich würde nicht vor elf nach Hause kommen, und ich hatte die letzte Nacht schon kaum geschlafen.

Bernd riss mich aus meinen Gedanken und klopfte mir auf die Schulter. Er hatte meinen nachdenklichen Gesichtsausdruck wohl bemerkt. »Hattest du schon etwas anderes vor?«, fragte er mich.

»Nein, nicht wirklich. Ich bin heute nur etwas müde«, entgegnete ich.

»Na ja Laura, ich glaub da musst du jetzt durch. Aber die Eröffnung wird bestimmt toll. Im Programm stand etwas von Tänzerinnen, indischem Essen und viel Musik. Langweilig wird es bestimmt nicht. Und etwas Trubel tut dir auch mal gut.«

»Du hast ja recht. Eigentlich freu ich mich auch darauf.«

»Na siehst du!« Er lächelte mich aufmunternd an.

Bernd war einer der ältesten Mitarbeiter hier. Er ging mittlerweile schon auf die sechzig zu, hatte Familie mit Enkelkindern und so.

Seitdem ich ihn kannte, trug er einen Vollbart und hatte einen beachtlichen Bauch. Ein bisschen hatte er mich immer an den Weihnachtsmann erinnert, er könnte ihn auf jeden Fall gut spielen.

Bernd gehörte zu den Gemütlicheren hier in der Redaktion. Ihn brachte so schnell nichts aus der Ruhe. Außerdem war er ein begnadeter Schreiber. Ich war jedes Mal wieder beeindruckt, wie gut er mit Worten umgehen konnte.

Ihm hatte ich übrigens meine Stelle bei der Zeitung zu verdanken. Er war vom ersten Moment an von mir begeistert gewesen und hatte mir einmal sogar gesagt, ich hätte großes Talent zum Schreiben. Gerade von ihm bedeutete mir ein solches Kompliment viel.

In den letzten Jahren hatte er sich immer um mich gekümmert und meine Entwicklung mit beinahe väterlichem Stolz verfolgt. Ich hatte ihm viel zu verdanken.

Ich grinste ihn an: »Der Abend wird mit Sicherheit toll. Ich hatte den Termin nur völlig vergessen, und bei mir zu Hause liegt noch ein Buch, das ich unbedingt weiterlesen will.«

»Du willst nicht ausgehen wegen einem Buch?! Du liest ja auch so wenig ...« Er lachte.

»Dass du noch Lust und Zeit hast zu lesen, wenn du heimkommst?!«, murmelte Natalie kopfschüttelnd.

Ich ignorierte diese Bemerkung und erklärte Bernd: »Das ist ein ganz besonderes Buch. Es ist eine uralte Erzählung, die auf einer wahren Geschichte beruht.«

»Das hört sich aber spannend an«, antwortete Bernd.

»Ist es auch! Ich will es unbedingt so schnell wie möglich zu Ende lesen. Aber das kann auch noch einen Tag warten.«

Immerhin lag das Buch schon seit über vier Wochen auf meinem Schreibtisch, und ich hatte es bis gestern keines Blickes gewürdigt. Dann musste ich mich jetzt wohl oder übel gedulden.

»Erzähl mal, wie es war, wenn du es gelesen hast. Wenn es so gut ist, können wir es vielleicht ja auch mal auf der Kulturseite vorstellen.«

»Klar, mach ich!«

Aber dann fiel mir ein, dass ich ja nur ein Exemplar hatte und das noch dazu von Hand geschrieben. Die

Geschichte war nie veröffentlicht worden, wie sollte man da eine Buchvorstellung machen …

NICK

Als ich abends den Ausstellungssaal betrat, blieb ich erst einmal beeindruckt in der Tür stehen. Ich war überwältigt von dem bunten Treiben, den leuchtenden Farben, den fremden Gerüchen und der lauten Musik. Diese Eröffnung war weit von einer staubigen Museumsaustellung entfernt.

Langsam trat ich ein und blickte mich um. Auf der rechten Seite des Saals war ein Podium aufgebaut. Dort würde gleich der Ausstellungsleiter seine Rede halten. Neben dem Podium gab es ein großes Buffet. Die exotischen Gerichte rochen bis zur Tür, und ich bekam Hunger. Ich schaute auf die Uhr, noch vier Minuten, bis es acht war. Ich nahm meine Kamera aus der Tasche, hängte sie mir um, griff noch nach dem kleinen Block und dem Kugelschreiber, welche ich immer dabei hatte, und wartete.

Die Rede war abwechslungsreich und lustig, aber ich hatte trotzdem leichte Probleme zuzuhören. Immer wieder schweiften meine Gedanken ab, und ich dachte an meinen seltsamen Traum und wie mich Samara mit ihren tiefblauen Augen angeschaut hatte.

Nach der Rede sah ich mich noch etwas genauer um. Es handelte sich um eine Ausstellung traditioneller Kunst Südostasiens. Überall im Saal standen Buddhafiguren in den unterschiedlichsten Größen, teils aus Stein, teils aus Holz oder komplett vergoldet. An den Wänden hingen farbenreiche Malereien und bunte Masken. Manche gefielen mir sehr gut, aber einige wirkten auf mich auch sehr grotesk und gruselig. Da waren Bilder von kleinen Booten, in denen bunte

Gewürze transportiert wurden, uralte bemalte Vasen, riesige Skulpturen und zahlreiche verschiedene Abbildungen eines meditierenden Elefanten.

Ich machte mehrere Fotos und nahm mir einige Informationsbroschüren. Dann blieb ich vor einer großen Statue stehen. Es war eine vergoldete Figur mit zahlreichen Köpfen und hunderten von Armen, die wie ausgebreitete Flügel aus ihren großen Schultern ragten. Ich runzelte die Stirn und betrachtete diese Skulptur nachdenklich, als plötzlich neben mir jemand sagte: »Das ist Buddha Avalokiteshvara.«

Erschrocken drehte ich mich zur Seite und sah einen jungen Mann neben mir stehen.

»Buddha Avascha … was?«, fragte ich.

»Buddha Avalokiteshvara«, wiederholte der Mann und lachte.

Etwas unsicher schaute ich ihn an. Er war gut einen Kopf größer als ich, hatte kurzes blondes Haar und blaugraue Augen. Ich schätzte ihn auf Anfang 30, auf jeden Fall war er nicht viel älter als ich. Er trug eine dunkelbraune Kutte und Sandalen.

Er hatte wohl bemerkt, dass ich seine Kleidung fragend musterte, blickte an sich hinunter und lachte wieder: »Schick, nicht?«

Ich fuhr peinlich berührt zusammen und lächelte ihn entschuldigend an: »Oh, tut mir leid! Ich wollte Sie nicht so anstarren!«

»Ist nicht schlimm! Ich würde auch gucken. Ich laufe ja nicht immer so herum.«

Nun war ich etwas verwirrt. Ich schaute ihn fragend an. Der Mann lachte wieder: »Ich helfe hier nur bei der Ausstellung, und wir tragen die passende Kleidung dazu. Gehört quasi mit zur Ausstellung.«

»Ach so …«, antwortete ich immer noch etwas

verkrampft.

»Interessieren Sie sich für die südostasiatische Kultur?«

»Eigentlich nicht. Ich bin beruflich hier. Ich arbeite für eine Zeitung und schreibe einen Artikel über die Eröffnung.«

»Ah, die Presse!«

»Ich finde die Ausstellung aber trotzdem sehr schön«, fügte ich schnell hinzu. Langsam erlangte ich meine Fassung wieder. Irgendwie hatte der Fremde mich im ersten Moment etwas aus der Bahn geworfen.

»Aber einiges hier sieht ja schon ganz schön merkwürdig aus«, ich zeigte auf die Statue, vor der wir standen, »zum Beispiel dieser Typ hier mit den vielen Köpfen und hunderten von Armen ist schon etwas seltsam.«

»Tausend Arme, um genau zu sein!«, verbesserte mich der Mann schmunzelnd.

»Ich hatte sie noch nicht gezählt«, sagte ich grinsend.

»Ja, ich bin ja auch schon etwas länger hier als Sie«, er grinste zurück.

»Und was hat es mit den Armen auf sich?«, fragte ich nun doch neugierig.

»Dieser Typ«, er betonte meine Wortwahl lächelnd, »ist der Buddha des Mitgefühls. Wenn Sie genau hinschauen, sehen Sie, dass er in jeder Handfläche ein Auge hat. Damit wacht er über unendlich viele Lebewesen und sorgt sich um sie. Wenn Sie sich auf ihn verlassen, wird auch Ihr eigenes Mitgefühl wachsen.«

»Oh!« Ich war beeindruckt. »So etwas hätte ich bei der Figur gar nicht erwartet!«

»Mehr davon?«

»Gerne.«

»In einer Sage heißt es, dass er damals schon als

junger Prinz allen Menschen helfen wollte, sich vom Leiden zu befreien. Andernfalls wolle er in tausend Stücke zerspringen. Aber so sehr er sich auch bemühte, es kamen immer mehr leidende Menschen, und so zersprang er. Aus allen Himmelsrichtungen sollen Buddhas herbeigeeilt sein, um die Stücke aufzusammeln. Der Buddha der Weisheit setzte ihn daraufhin wieder zusammen. Er gab ihm jedoch tausend Arme, in deren Handflächen jeweils eine Auge war, und elf Köpfe, damit er seine Aufgabe besser erfüllen konnte.

Er ist die Verkörperung des Mitgefühls aller Buddhas aller Zeiten. Es ist eine sehr beliebte Figur in Asien. Wenn Sie sich umsehen, finden Sie hier auch noch einige Figuren und Abbildungen von ihm.«

Er zeigte nach rechts an die Wand, und ich erkannte ein riesiges Gemälde dieses Buddhas.

»Wenn man den Hintergrund der Kunstwerke kennt, ist es gleich viel spannender!«

»Soll ich Sie auf Ihrem Rundgang begleiten und, soweit ich kann, mit Erklärungen helfen?«

»Oh, das wäre wirklich nett von Ihnen!« Ich lächelte erfreut.

»Sagen wir lieber du?«

Ich nickte zustimmend.

»Ich bin übrigens Nick.«

»Ich bin Laura.«

Wir standen uns noch einen Moment lang lächelnd gegenüber, bevor wir losgingen. Mir war damals ganz schön komisch zumute. Ich war den ganzen Abend irgendwie aufgeregt und eigenartig nervös und wusste selbst nicht, warum. Ich habe mir eingeredet, dass es an der Kutte lag.

Unser Rundgang war sehr lustig. Ich hatte viele Fragen, und Nick konnte mir erstaunlich viel erklären.

Er war echt ein Experte auf diesem Gebiet.

Als wir vor zwei großen steinernen Statuen von schwarzen Tempelhunden stehenblieben, fragte ich Nick neugierig, warum er eigentlich so viel über diese Kultur wusste.

»Ich habe ein Buch darüber geschrieben.«

»Ehrlich?« Ich war beeindruckt. »Einen Roman?«

»Nein, ein Fachbuch.«

»Ja, logisch. Wie soll man darüber einen Roman schreiben!«

Ich ärgerte mich über meine dumme Frage. Warum war mir nur vor ihm so schnell etwas peinlich? Was war nur mit mir los? Ich räusperte mich verlegen.

»Und woher hattest Sie die Informationen darüber?«

»Waren wir nicht beim Du?« Er grinste. »Ich habe das studiert: Religionen und Kunst in den Kulturen Asiens. Außerdem war ich zwei Jahre in Asien.«

»Zwei Jahre! Wo denn genau?«

»In Tibet, Indien, China und Nepal.«

»Wow!«

Ich war bisher noch nicht über Europa hinausgekommen. Für mich war es schon etwas Besonderes außerhalb von Deutschland Urlaub zu machen. Tibet, Indien … Da wollte ich auch irgendwann einmal hin.

»Und wie war das?«

»Wirklich beeindruckend! Das war echt eine tolle Erfahrung! Ich habe viel gelernt und atemberaubende Orte gesehen. Irgendwann will ich da auch noch mal hin.«

»Das kann ich mir vorstellen. Das ist ja schon was anderes, wenn man selbst da war. Wie verkauft sich denn dein Buch?«

Er schwieg für einen Moment.

»Oh, tut mir leid. Das war dann doch etwas zu persönlich.« Ich ärgerte mich über mich und mein flottes Mundwerk.

»Nein. Ist schon okay«, sagte er beschwichtigend. »Es ist erst letzten Monat veröffentlicht worden. Ich denke, es wird sich gut verkaufen. Die Leute interessieren sich immer mehr für diese Kulturen.«

»So frisch. Das ist ja aufregend. Ist es das erste Buch?«

»Ja, das erste.«

Wir schlenderten ein Stück weiter und näherten uns dem Buffet.

»Hast du eigentlich schon etwas gegessen? Die haben hier einige tolle Gerichte!«

»Nein, bis jetzt noch nicht. Aber ich würde die gerne mal probieren. Das riecht wirklich gut.«

Wir gingen gemeinsam zu dem kleinen Buffet. Neugierig schaute ich mir die bunten exotischen Gerichte an und entschied mich dann für roten Reis, Hühnchen mit Gemüse und einen seltsam aussehenden, aber lecker duftenden gelben Brei. Wir stellten uns an einen der Stehtische. Nick blickte auf meinen Teller.

»Isst du gern scharf?«

»Ja klar!«

»Indisch kann aber schon ganz schön scharf sein, Kukul Mas Hodi zum Beispiel ist echt sehr scharf.«

Er zeigte auf mein Hühnchen. Ich erinnerte mich, dass auf dem Schild so etwas wie »Achtung, sehr scharf!« gestanden hatte.

»Das geht schon.«

Ich probierte den Reis. Er war scharf, aber sehr lecker. Dann kostete ich ganz vorsichtig den gelben Brei.

»Und?«, fragte Nick.

»Lecker!«

Ich nahm nun ein Stück Huhn mit etwas Gemüse und begann zu kauen. Im ersten Moment dachte ich noch, so scharf war es wirklich nicht, aber dann stockte ich. Um ein Haar hätte ich den Bissen wieder auf den Teller gespuckt. Ich schluckte ihn schnell ungekaut hinunter und hustete mühselig. Dabei schossen mir die Tränen in die Augen.

»Scharf!«, rief ich aus und griff zu meinem Glas Wasser.

»Nein!«, rief Nick. »Kein Wasser! Warte kurz.«

Er eilte ans Buffet und brachte mir ein Stück Brot. Ich steckte es mir fast komplett in den Mund. Eine Träne lief mir die Wange hinunter. Hastig kaute ich auf dem weichen Brot.

Ich brauchte noch drei weitere Stücke Brot, bis ich wieder normal atmen konnte. Nick schaute mich fragend an: »Besser?«

Ich nickte. Ich schaute ihn an und begann zu lachen. Jetzt prustete auch Nick los und wir lachten lauthals, bis uns die Tränen kamen.

»Du hast noch nie richtig indisch gegessen, oder?«

»Nein!«, antwortete ich lachend. »Ich weiß auch nicht, ob ich das noch mal tue. Also ich esse gerne scharf, aber das hier? Gibt es wirklich Menschen, die das essen können? Ich spüre meine Zunge gar nicht mehr, ich glaub die ist verbrannt.«

Wir lachten herzhaft. Es war irgendwie sehr vertraut, so als würden wir uns schon ewig kennen. Dabei hatten wir uns erst vor gut einer Stunde kennengelernt. Er war wirklich ein netter Kerl. Zugegeben, er war ein Mann in einem braunen Kleid und mit Sandalen, aber nett.

Wir verabschiedeten uns wenig später. Er fragte mich noch, ob ich mal Lust hätte, zu meditieren, und gab mir ein Kärtchen mit einer Adresse mit.

»Wir treffen uns immer montags. Es ist ganz zwanglos. Komm einfach vorbei, falls du Lust hast.«

Ich war an diesem Abend noch total aufgeregt, als ich nach Hause kam, und konnte erst einmal gar nicht einschlafen. Vielleicht lag es an dem scharfen Essen, aber ich denke eher nicht …

Am nächsten Morgen fand ich beim Anziehen die Visitenkarte in meinem Mantel wieder. Ich überlegte, ob ich nächsten Montag vielleicht hingehen sollte. Ich hatte noch nie meditiert. Ich wusste auch nicht, was es mir bringen sollte, und eigentlich hatte ich dafür momentan auch keine Zeit. Ich dachte darüber nach, ob ich Nick noch einmal wiedersehen wollte. Es war lange her, dass ich mich mit jemandem auf Anhieb so gut verstanden hatte. Ich hatte auch ewig nicht mehr so viel und so herzhaft gelacht wie an diesem Abend.

Nachdenklich drehte ich die Karte in der Hand hin und her. Dann warf ich sie in den Papierkorb. Ich kannte Nick nicht wirklich. Und auch wenn wir gestern viel Spaß gehabt hatten, war das nicht wirklich meine Welt. Es waren wahrscheinlich einfach die Magie des Augenblickes und die vielen fremden Eindrücke. Ich wollte den schönen Abend nicht im Nachhinein verderben. So blieb es etwas Besonderes. Und dabei wollte ich es auch belassen.

Nach einem langen Arbeitstag hatte ich die Eröffnungsfeier und Nick schon fast wieder vergessen. Ich hatte mich extra beeilt, um heute früher nach Hause zu kommen. Nun machte ich es mir in meinem Lesesessel bequem, trank einen Schluck Tee und begann endlich die Erzählung weiterzulesen.

ANTHALATTA
DIE GOLDENE STADT

Ich erwachte an jenem Morgen sehr früh. Vorsichtig erhob ich mich aus dem Bett, um zum ersten Mal aus dem Fenster zu sehen. Als ich die feinen Vorhänge zur Seite schob, stockte mir der Atem. Ich blickte auf solch eine prunkvolle Stadt, wie ich es mir in meinen kühnsten Träumen nicht gewagt hätte auszumalen. Vor mir lag die schönste Stadt, die ich jemals gesehen hatte. Das Haus, in dem ich mich befand, lag sehr weit oben am Berg, so dass ich einen weiten Blick auf die Stadt und das Meer hatte.

Die Häuser schimmerten silbrig weiß, ihre Dächer waren vergoldet und leuchteten hell in der aufgehenden Sonne. Zwischen den Häusern schlängelten sich zahlreiche Kanäle mit türkisblauem Wasser. Das Gold und Silber der Häuser spiegelte sich funkelnd im Wasser wider. Die Straßen waren aus strahlend weißen großen Steinen gebaut und überall standen große dunkelblaue Töpfe mit leuchtend bunten Blumen.

Ich hob meine Hand und verdeckte damit leicht die Augen, geblendet von so viel Licht und Schönheit.

Die Stadt erstreckte sich hinunter bis ans Meer, dessen dunkelblaue Wogen an ihre Ränder schlugen. Etwas entfernt von meinem Fenster inmitten der Stadt erhob sich ein Palast, dessen Mauern mit Silber, Gold und zahlreichen Edelsteinen verziert waren. Diese glitzerten und blitzten im Farbenspiel mit der Sonne und dem Wasser, das den Palast umgab: ein zauberhaftes, sich ständig wandelndes Mosaik.

Überall liefen Menschen in blauen und weißen Gewändern durch die Straßen oder durchquerten in kleinen, zierlichen Booten die Kanäle. Zwischen den schrillen Rufen der Meeresvögel vernahm ich melodische Klänge und bezaubernden Gesang. Unten in der Bucht, in der Nähe des Meeres, erkannte ich einen großen Marktplatz, auf dem sich zahlreiche Menschen tummelten. Es roch am Morgen noch viel intensiver nach dieser eigentümlichen Mischung aus dem süßen Duft der Blumen und dem salzigen Geschmack der Meeresbrise.

Ich stand nur da, mit aufgerissenen Augen und vor Erstaunen leicht geöffnetem Mund. Damals war ich mir nicht ganz sicher, ob ich vielleicht doch gestorben und dies der Himmel war.

Ich hatte überlebt, wie dieses Schriftstück bezeugt, aber jene Stadt kam meiner Vorstellung von einem Himmel sehr nah.

So stand ich dort am Fenster und blickte verzaubert auf diese fremde Stadt, als Samara hereintrat.

»Ich sehe, du bist wieder bei Kräften«, begrüßte sie mich.

»Eure Stadt ist wunderschön! Ich habe zuvor noch nie so etwas Schönes gesehen!«, rief ich begeistert aus.

Sie lächelte: »Es ist schön, dass es dir hier gefällt, Fremder!«

Sie machte eine kurze Pause. Ich blickte wieder zur Stadt hinunter.

»Wie ist dein Name?«, fragte Samara. »Als ich dich das letzte Mal fragte, wusstest du ihn nicht mehr.«

»Darius. Mein Name ist Darius.«

»Darius, ich habe dir Kleidung bereitgelegt.«

Sie zeigte auf ein weißblaues Gewand, das auf einem Schemel neben dem Bett lag. »Kleide dich an! Wir werden gleich aufbrechen.« Mit diesen Worten ging sie hinaus.

Kurze Zeit später verließen wir das Haus. Die Bewohner, denen wir beim Hinausgehen begegneten, warfen mir scheue Blicke zu. Es waren ein Mann, eine Frau und zwei junge Mädchen. Sie trugen weißblaue Gewänder und sie hatten auch diese tiefen dunkelblauen Augen, die ich schon bei Samara bewundert hatte. Als ich etwas sagen wollte, schaute mich Samara mahnend an. Sie hatte mich zuvor noch einmal daran erinnert, mich vorerst möglichst ruhig zu verhalten und mit keinem Menschen außer ihr zu sprechen.

Samara verabschiedete sich von der Familie. Ich hatte das Gefühl, als wären sie alle sehr besorgt um sie.

Als wir die Straße hinuntergingen, blieben die Menschen stehen, manche drehten sich nach mir um und starrten mich an, andere schauten unruhig weg. Ich suchte Samaras Nähe und senkte nervös den Blick. Es lag eine beklemmende Stille in der Luft.

Einige murmelten sich leise etwas zu. Ich konnte nicht verstehen, was sie sprachen. Als wir nach einer Weile am Marktplatz vorbeikamen, hielten die Menschen auf dem Platz für einen Moment inne, und ein Raunen ging durch die Menge.

Ich fühlte mich trotz der Schönheit dieser Stadt und der wundervollen Umgebung nicht sehr wohl in meiner Haut. Überall schauten mich leuchtend blaue Augen an. Die Blicke waren freundlich, aber ich konnte darin auch eine große Verunsicherung und Furcht erkennen.

Am unteren Ende der Stadt angekommen, befanden wir uns in einem kleinen Hafen. Samara ging zielstrebig zu einem kleinen Boot und stieg hinein. Ich folgte ihr zögerlich. Ein älterer Mann mit grauweißen Haaren und einem langen Bart stieg wortlos zu uns ins Boot. Er warf mir einen kurzen Blick zu, löste dann ein dickes Tau, mit dem das zierliche Boot befestigt war, nahm einen langen dunklen Stab in die Hände und stieß damit das Boot vom Ufer weg. Schwankend setzten wir uns in Bewegung.

Wir fuhren durch einen Kanal am Stadtrand entlang. Ich konnte nicht viel erkennen, da sich zur einen Seite die Stadtmauer erhob und auf der anderen Seite schwarzbraune Felsen aus dem Wasser emporragten. Der Kanal war ziemlich breit und schien nicht sehr tief zu sein, da der Mann sich rhythmisch immer wieder mit dem schmalen Stab vom Grund abstieß und unser Gefährt auf diese Weise vorwärts bewegte.

Ich hielt den Kopf leicht gesenkt und musterte das Boot. Es war aus demselben edlen Holz gefertigt, das ich schon zuvor in dem Schlafgemach bewundert hatte. Die Ränder waren in Bronze eingefasst und aufwendig verziert. Am Bug war eine zierliche Statue angebracht, die wie ein Greifvogel aussah. Sie war ebenfalls aus Bronze.

Vorsichtig musterte ich den Steuermann. Er trug wie alle, die ich bisher hier gesehen hatte, weiße Kleidung mit einem blauen Umhang. Sein weißer Bart reichte bis an die Brust und sein Gesicht war von tiefen Furchen durchzogen. Er musste schon sehr alt sein. Trotzdem wirkten seine Bewegungen wie die eines jungen Mannes. Ruhig und kraftvoll stieß er sich jedes Mal mit dem Stab ab.

Als er zu mir herüber sah, senkte ich schnell wieder meinen Blick. Aber für einen kurzen Moment blickte ich ihm in die Augen. Sie waren eisblau, sehr hell und durchdringend, von einer Tiefe, als würden sie bis auf den Grund meiner Seele blicken.

Während der Fahrt sprachen wir kein einziges Wort. Samara saß anmutig und regungslos neben mir und blickte auf die Felsen.

Hinter den Felsen tauchte plötzlich ein Gebäude auf. Wir erreichten einen Hof mit Stallungen. In der Nähe des Ufers stand ein Mann mit zwei gesattelten Pferden neben sich, und es schien so, als erwartete er uns.

Unser Fährmann zog uns mit dem Stab ans Ufer heran und befestigte das Boot mit dem Tau an einem Pfahl. Samara nickte ihm kurz zu und stieg dann wortlos aus. Ich folgte ihr ans Ufer und wir gingen auf den Mann mit den Pferden zu.

Samara drehte sich zu mir um und fragte: »Kannst du reiten?«

»Ja.«

Meine Antwort war zögerlich, da ich zwar einige Male auf einem Pferd gesessen hatte, jedoch nicht gerade ein sicherer Reiter war. Wenn das Tier brav war, hielt ich mich sehr gut.

Der Mann, der neben den Pferden wartete, war deutlich jünger als jener, der uns hergebracht hatte. Er hatte schwarze, mittellange Haare, war enorm groß und sah sehr stark aus. Ruhig stand er mit den zwei Tieren da und wartete.

Ich drehte mich noch einmal um und sah, dass unser Boot schon wieder auf dem Rückweg war. Langsam glitt es auf dem Kanal zurück zum Hafen.

Vor den Pferden hielten wir an, und Samara begrüßte den jungen Mann. Unsicher stand ich ihm gegenüber. Samara ging zu einem der zwei Pferde und befestigte ihre Tasche am Sattel. Ich bewegte mich zögerlich auf das andere zu. Die Tiere waren schneeweiß. Als ich mich dem Pferd näherte, bemerkte ich zu meinem Erstaunen, dass es große, tiefblaue Augen hatte. Es war ein wunderschönes, prachtvolles Tier und hier im leichten Nebel am Uferrand wirkte es auf mich wie eines dieser mystischen Fabelwesen aus den alten Geschichten.

Ich streckte vorsichtig die Hand nach den Zügeln aus. Das Pferd scheute sogleich und schrie wiehernd auf. Erschrocken sprang ich zurück. Der junge Mann eilte zu dem Tier, hielt es fest und forderte mich mit einer Handgeste auf, herzukommen und aufzusteigen. Er vermied es jedoch, mich dabei direkt anzusehen. Voller Respekt näherte ich mich langsam dem Pferd. Der Mann beruhigte es währenddessen, doch es tänzelte nervös hin und her. Ich hatte ein mulmiges Gefühl. Unsicher griff ich an den Sattel und zog mich hinauf. Als ich saß, reichte mir der Mann die Zügel und strich dem Pferd sanft über den Kopf. Dann nickte er Samara wortlos zu. Sie war schon aufgestiegen und ritt nun los. Ich folgte ihr, unwissend, wohin mich diese Reise führen würde.

Wir ritten einen schmalen Pfad hinauf, der sich durch die Felsen schlängelte. Noch immer sprach Samara nicht. Schweigend ritt sie vor mir. Die großen zackigen Felsen warfen tiefe Schatten auf unseren Weg, und es war zeitweise sehr finster. Ich hielt die Zügel fest in meinen Händen und folgte Samara immer weiter zwischen den schwarzen, steilen Felswänden hindurch den Berg hinauf. Die Felsen waren so hoch, dass ich nicht erkennen konnte, wo wir hinritten. Es ging immer weiter hinauf. Ich hatte das Gefühl, als wären wir unendlich lang auf diesem Weg unterwegs.

Endlich, es war mittlerweile schon später Nachmittag, sah ich, wie die Felsen ein Stück weiter oberhalb flacher wurden und der Weg in einer großen Wiese mündete. Ich atmete erleichtert auf.

Oben angekommen hielt Samara ihr Pferd an. Ich ritt neben sie und blieb mit dem Pferd ebenfalls stehen. Die

Sonne blitzte uns entgegen, und vor uns im Tal lag die Stadt in ihrer ganzen Pracht. Von hier oben konnte man sie komplett überblicken, und ich erkannte, dass sie in einer ungewöhnlichen Struktur erbaut war. Sie war kreisrund, die Häuser und Straßen waren ringförmig angelegt. Zwischen den Häuserringen war jeweils ein Ring aus türkisblauem Wasser: die Kanäle, die ich in der Stadt gesehen hatte. Es waren acht solcher Ringe, soweit ich erkennen konnte. Im Herzen der Stadt stand der Palast, höher und prunkvoller als alle anderen Gebäude. Außen wurde die Stadt fast komplett von einer großen Mauer umgeben, nur zum Meer hin war sie offen. Dort war der Hafen und von dort wurden die Kanäle auch mit Wasser gespeist.

Von hier oben sah die Stadt aus wie ein riesiges leuchtendes Amulett, erschaffen aus dem strahlenden Gold der Dächer, durchzogen von dem sanften Türkisblau der Wasserringe. Ich starrte wie gebannt hinunter auf jene wundersame, schöne Stadt und konnte kaum glauben, dass sie von Menschenhand erbaut worden war.

Ob ich sie jemals wiedersehen würde? Oder würde mein Weg mich für immer von ihr fortführen? Die ganze Zeit, während wir hier hinaufgeritten waren, hatte ich mich gefragt, was all dies zu bedeuten hatte. Das eigentümliche Verhalten der Menschen mir gegenüber, das mysteriöse Schweigen von Samara und unsere Reise zu einem Ziel, das ich nicht kannte. Wo war ich nur und was erwartete mich wohl noch?

Samara stieg ab. »Wir machen Rast. Hier sind wir sicher.«

Ich schaute noch einen Moment lang hinunter auf die Stadt. Dann stieg auch ich ab. »Kann ich dir nun einige Fragen stellen?« Ich war so neugierig und wollte nun endlich Antworten. Samara hatte mich schon so lange im Unklaren gelassen. Sie lächelte mich freundlich an.

»Vieles sollst du erst von Ava erfahren, wenn wir im Tal der Heiler sind. Aber manche Antwort kann ich dir geben. Was willst du wissen?«

»Womit soll ich beginnen? Wie heißt diese Stadt und wie das Land? Wie kann es sein, dass ich der erste Fremde hier bin? Und weshalb waren die Menschen, denen wir begegnet sind, so seltsam und ängstlich? Und was besagt die Prophezeiung?«

»Langsam! Alles der Reihe nach!«

Sie atmete bedächtig ein und schaute mich an. Ich wurde wieder etwas ruhiger.

»Setz dich zu mir!«

Sie setzte sich auf einen der flachen Felsen, und ich setzte mich neben sie. Wir schauten ins Tal hinunter auf die Stadt, und Samara begann zu erzählen. »Diese Stadt trägt den Namen Anthalatta. Das bedeutet ‚leuchtendes Auge des Meeres'. Es ist die einzige große Stadt auf dieser Insel. Das Land hat verschiedene Namen, aber wir nennen es Alchatar, das Land des Wassers. Denn es kam aus dem Wasser und es wird eines Tages dorthin wieder zurückkehren.«

Sie machte eine kurze Pause, ich schaute sie erwartungsvoll an.

»Du bist der erste Fremde auf Alchatar. Niemand, der nicht von hier stammt, hat die Insel jemals betreten. Manche haben Alchatar verlassen und sind nach einer Weile wieder zurückgekehrt, andere sahen wir nie wieder. Aber niemals ist jemand aus der Fremde zu uns gekommen. Dein Erscheinen läutet eine neue Zeit ein. So viel sei dazu gesagt, alles andere wirst du später erfahren. Die Umstände haben mich zu deinem Begleiter gemacht, aber alle Antworten auf deine Fragen kann ich dir nicht geben. Du musst dich bis zu unserer Ankunft im Tal der Heiler gedulden! Es ist besser, wenn du diese Dinge von Ava selbst erfährst.«

Ich wollte aufbegehren und Samara erneut fragen, aber ich spürte, dass sie mir nicht mehr dazu sagen würde, und so schwieg ich enttäuscht.

Samara legte mir die Hand auf die Schulter. »Denk nicht so viel darüber nach, du wirst deine Antworten erhalten! Schau lieber – siehst du dort hinten?« Sie sah hinüber und zeigte mit der Hand weg von der Stadt auf die andere Seite des Berges. Ich stand auf und folgte ihrem Blick in das andere Tal hinunter.

»In dieser Richtung liegt das Tal der Heiler«, erklärte Samara.

Ich blickte auf eine weite Ebene. Das Tal fiel sanft ab und unten erstreckten sich dichte Wälder und dunkelgrüne Wiesen bis an die kantigen Klippen der Küste, an denen die weiß schäumenden Wogen zerschellten.

An der Küste entlang war das Meer teils in helles Türkis getaucht, teils war es beinah schwarz. In der Ferne sah ich eine große Bucht, und dahinter erhob sich ein hoher Berg. Ich blickte hinaus auf das Meer. Wie weit lag meine Heimat wohl von hier entfernt?

Der Himmel war klar, nur zum Land hinein sah ich einige Wolken. Über dem Berg aber hingen graue, dunkle Wolken, es schien dort zu regnen, der Gipfel war in Nebel eingehüllt. Nachdenklich blickte ich in die Ferne. Da riss mich Samara aus meinen Gedanken. »Lass uns die Pferde dort hinüber bringen!«

Samara stand auf, nahm die Zügel ihres Pferdes und ging auf einige vereinzelte Bäume am Rand der Wiese zu. Ich tat es ihr gleich. Mein Pferd scheute noch leicht, ließ sich aber brav von mir führen.

Unten angekommen setzten wir uns unter einen der großen Bäume. Samara griff in ihre Tasche und nahm ein Brot heraus. Sie brach ein Stück heraus und reichte es mir. Ich bedankte mich bei ihr und kostete davon. Das Brot war weich und süß. Ich hatte etwas derartiges bisher noch nicht gegessen. Samara reichte mir auch ein Gefäß mit Wasser. Als sie es aus ihrer Tasche nahm, warf ich einen Blick ins Innere der Tasche und bemerkte, dass sie außer dem einen Brot und dem Gefäß mit Wasser keine weiteren Vorräte mitgenommen hatte. Überrascht fragte ich sie: »Wie weit ist das Tal der Heiler von hier entfernt?«

»Etwa sechs Tagesmärsche. Es liegt hinter dem Berg, den du eben gesehen hast.«

Etwas verwirrt blickte ich auf unseren Proviant. Samara bemerkte meine Unsicherheit. »Wir brauchen nicht mehr. Du wirst sehen, wenn wir erst einmal im Wald sind, werden wir mehr als genug Wasser und Nahrung finden.«

Ich nickte: »Wir müssen über diesen Berg?«

»Nein! Wir werden ihn umgehen. Ein Aufstieg ist zu beschwerlich, er ist sehr steil und es regnet dort oben unaufhörlich. Außerdem verbergen sich viele Gefahren in diesem Berg. Unser Weg führt durch den Wald an ihm vorbei.«

Kurze Zeit später betraten wir den Wald. Vor uns lag ein schmaler Pfad, der durch das Dickicht führte. Der dichte Wald wirkte wie eine undurchlässige Mauer. Wir gingen durch einen schmalen Eingang in die Dunkelheit. Man konnte von außen nur wenige Meter in den Weg hineinsehen, dann wurde er vom Schatten der Bäume tiefschwarz. Überall rankten Wurzeln über den Weg. Ich musste aufpassen, wo ich hintrat. Wir führten die Pferde an der Hand. Mein Pferd scheute immer noch gelegentlich und hielt den Kopf verkrampft nach oben. Es spürte, dass ich fremd war.

Rechts und links neben dem Pfad war der Wald undurchdringlich. Dicht an dicht standen die kleinen Bäume und Büsche. Unten waren nur nackte, kahle Stämme, da das grüne Laubdach über uns so dicht war, dass es kaum Licht hineinließ. So bewegten wir uns an diesem Tag schon zum zweiten Mal auf einem dunklen, schmalen Weg, bei dem jegliche Sicht zu den Seiten versperrt war.

Doch dieser Weg war glücklicherweise wesentlich kürzer. Ich blickte an Samara vorbei und sah, wie sich ein Stück weiter vor uns der Wald bereits zu lichten begann.

Als wir das dunkle Dickicht verlassen hatten, stieg Samara wieder auf ihr Pferd. Ich tat es ihr gleich, und wir ritten immer weiter das Tal hinunter. Der Wald war hier hell, die Bäume waren stämmig und von enorm hohem Wuchs. Die Sonne schien zwischen den großen dunkelgrünen Blättern hindurch bis auf den Waldboden, der von dichtem Gras und einem weißen Blütenteppich bedeckt war. Die Stämme waren unten mit samtgrünem Moos bedeckt. Auf unserem Pfad schimmerte die feuchte, rotbraune Erde zwischen dem Moos und den Gräsern hindurch. Es roch nach süßen Blüten und nach Moos. Außer den dumpfen Hufschlägen der zwei Pferde hörte ich den Gesang zahlreicher kleiner Vögel, die über uns auf den Ästen saßen und hin und wieder von Baum zu Baum flogen. In den Baumkronen rauschte der Wind, und die Äste wiegten sich sanft hin und her. Ich lauschte den Geräuschen des Waldes und versank in Gedanken.

Nach einer Weile hörte ich das Plätschern von Wasser. Wir erreichten einen kleinen Bach. Dort angekommen, hielt Samara an und stieg ab. Sie pflückte einige Blätter und Früchte von den Sträuchern und sammelte Beeren vom Boden. Ich stand neben meinem Pferd und beobachtete sie aufmerksam. Sie füllte das Gefäß am Bach wieder mit Wasser und mischte die gesammelten Blätter hinein. Dann reichte sie mir einige Früchte und wir setzten uns auf eine der großen, mit Moos bedeckten Wurzeln in der Nähe des Baches. Ich aß die Früchte, die sie mir gegeben hatte, und trank das Wasser mit den Blättern. Es schmeckte erstaunlich gut.

»Kann ich dir einige Fragen über Alchatar stellen?«, begann ich zögerlich ein Gespräch.

»Ich merke, du bist unermüdlich. So stelle deine Fragen!«

Sie lächelte mich warmherzig an und legte mir die Hand wieder auf die Schulter. »Was willst du wissen?«

Ich überlegte kurz. »Erzähl mir etwas über dieses Land und die Menschen hier. Warum ist die Stadt so reich? Ich habe zuvor noch nie so viel Gold, Silber und Edelsteine gesehen. Wovon lebt ihr? Erzähl mir etwas über eure Geschichte! Wie sind die Menschen hier? Lebt in dem Palast in Anthalatta euer König?«

Ich bemerkte das gutmütige Schmunzeln von Samara und unterbrach meine vielen Fragen. Ich lächelte sie an und sagte nun: »Erzähle mir einfach etwas von deinem Land!«

Samara trank einen Schluck Wasser, überlegte kurz und begann dann zu erzählen. Ich lehnte mich gegen den Baumstamm und lauschte ihr.

»Gold und Silber hat in Alchatar keinen besonderen Wert. Das Land hat all diese Bodenschätze im Überfluss. Wir verzieren damit unsere Häuser, da es schön anzusehen ist und die Stadt erleuchtet. Jedoch ist hier ein Klumpen Gold nicht viel mehr wert als ein Brocken

Fels. Die Erde bietet uns die verschiedensten Edelmetalle und Edelsteine in Hülle und Fülle.

Aus dem Gestein der Felsen und dem Holz der mächtigen Bäume bauen wir unsere Häuser.

Wir ernähren uns von dem, was hier an den Bäumen und Sträuchern wächst und was das Meer uns beschert. Das Wetter ist das gesamte Jahr nahezu unverändert. Wir ernten daher drei bis vier Mal im Jahr, und täglich fahren die Fischer mit ihren kleinen Booten hinaus. Aus den Bergen erhalten wir unser Wasser. Das Wasser der Quellen fließt bis in die Städte an der Küste. Es gibt zahlreiche dieser kleinen Bäche und auch einige Quellen mit heißem Wasser.

Die Bewohner von Alchatar sind ein friedliches Volk. Sie widmen sich dem Handwerk, der Fischerei, dem Ackerbau und vielen schönen Künsten. Wahrscheinlich hast du den Gesang und auch den Klang der Osoa schon in Anthalatta vernommen?«

Ich nickte. »Der Gesang war wunderschön! Was ist das für ein Instrument? Osoa? Ich hörte den Klang zum ersten Mal.«

»Es ist ein Muschelhorn. Anthalatta ist in Alchatar bekannt für seinen schönen Gesang und das Spiel mit der Osoa.«

Samara machte eine kurze Pause, dann fuhr sie mit ihren Erzählungen fort. »Hinter dem großen Berg, den du eben gesehen hast, liegt das Tal der Heiler. Dort führt uns unser Weg hin. An der Küste liegt eine weitere kleine Stadt, und in der Nähe im Schutz des Waldes ist die Stätte der Heiler. Dies ist meine Heimat, dies ist mein Volk. Wir sind Lichtträger und dazu bestimmt, das göttliche Licht an die Menschen weiterzugeben und die Lebensenergien fließen zu lassen. Wir können damit Verletzungen und Krankheit heilen, aber früher war dies nur selten nötig.«

»Warum?«

»Die Bewohner von Alchatar werden sehr alt, viel älter als in jenen Ländern, die du zuvor kanntest. Viele werden hunderte von Jahren alt.«

Ich war erstaunt. Ich erinnerte mich an den Fährmann am Morgen. Er hatte zwar das Gesicht eines Greises, aber den Körper eines jungen Mannes. Wie alt mochte er wohl sein?

»Früher gab es hier keine Krankheiten. Die Menschen lebten gesund und kraftvoll, bis ihre Zeit gekommen war und sie uns verließen. Ihre Seelen waren gesund und so auch ihr Körper. Du musst wissen, die Menschen hier waren stets voller Liebe, Güte und Freude. Jeder erfreute sich auch am Glück des anderen. Neid, Habgier und Hass waren ihnen fremd. Dies hat sich jedoch in den vergangenen hundert Jahren gewandelt, und das Böse hat sich leise in unsere Mitte geschlichen. Wenn alles in Fülle und im Überfluss vorhanden ist, ist es gleich, wie viel jeder Einzelne hat. Es ist mehr als genug für alle da. Und alles ist auf eine besondere Art und Weise miteinander verbunden. Jeder erfreute sich an seinem Glück und achtete dabei auch das Glück des anderen. Niemand verglich sein Gut mit dem des anderen. Jeder tat die Aufgaben, die mit seinen Fähigkeiten übereinstimmten und an denen er Freude fand. So sorgte er für das Wohl aller. Einen König haben wir nicht. Bei Fragen wenden wir uns an den Rat der Weisen. In den einzelnen Städten oder Völkern fragen wir die Ältesten um Rat. So wende ich mich an die Ältesten der Heiler. Der Palast in Anthalatta ist ein Ort der Begegnung, für jedermann zugänglich. Dort wird gegessen, getanzt und gesungen.«

Voller Erstaunen hörte ich Samaras Worte.

»Ich weiß, dies ist ganz anders als in deiner Welt. Aber auch Alchatar verändert sich, zu meinem großen Bedauern. All jenes, von dem ich dir berichtet habe, ist seit geraumer Zeit im Wandel. Verlangen und Machtgier halten Einzug in Alchatar. Und ihnen folgen Krankheit, Furcht und Tod.«

Sie unterbrach ihre Erzählung und senkte den Kopf.

»Wodurch hat es sich verändert?«, fragte ich verwirrt.

Samara blickte wieder auf. »Einst verließen einige Männer voller Abenteuerlust dieses Land, um zu neuen Ufern zu gelangen. Vor ihnen hatten dies schon viele andere getan. Wie ich dir bereits berichtete, kamen manche zurück, manche blieben auch für immer fort. Die Heimkehrer brachten uns meist fremde Speisen, neue Lieder und vor allem zahlreiche Geschichten mit. Jene Männer von damals kehrten nach einigen Jahren zurück. Sie hatten vieles erlebt, waren gesund und erfreut, die Heimat wieder zu sehen. Sie wurden voller Freude empfangen. Doch sie waren nicht mehr dieselben, auch wenn es so aussah. Statt fremder Speisen und Geschichten brachten sie uns Leid und Unglück. Sie waren nicht mehr erfüllt von Liebe und Freude, sie waren voller Machtgier und Neid. Statt sich an ihrem Glück zu erfreuen, sahen sie nur, was der andere hatte. Sie waren mit nichts mehr zufrieden und wollten immer mehr. Diese Unzufriedenheit war wie eine Krankheit, die sich in der Stadt und im ganzen Land ausbreitete. Sie fanden viele Anhänger. Nun stellen sie eine Armee auf, da einer von ihnen, ihr Anführer, ein Mann namens Peredur, die Herrschaft über Alchatar für sich beanspruchen will.«

Samara atmete tief durch. »Ich habe dir weit mehr erzählt, als ich sollte. Genieße die Idylle des Waldes und sei unbesorgt. An meiner Seite bist du sicher. Niemand greift ein Mitglied aus dem Volk der Heiler an, auch Peredurs Männer nicht.«

Ich sah sie überrascht an und versuchte, diese Flut an Informationen auf mich wirken zu lassen. Ich war tief beeindruckt von der Mentalität der Menschen dieses Landes und auch von ihrem Reichtum. Andererseits spürte ich auch die tiefe Traurigkeit, die in Samaras Worten über den Wandel lag.

»Und vorher waren alle zufrieden? Kein Neid? Keine Kriege? Keine Krankheiten?«

Samara lächelte: »Deine Neugier ist unbezwingbar! Ich weiß, du kommst aus einer anderen Welt, und dies ist für dich kaum vorstellbar. Aber unser Geschlecht stammt von Göttern ab. Wir sind Wesen des Lichts und ein jeder von uns trägt das Göttliche in sich.« Sie streckte den Arm aus. »Sieh dich um! Es ist genug für alle da!«

Ich konnte ihre Liebe und Güte und auch die Fülle um uns herum mehr denn je spüren. Sie schaute mir in die Augen.

»Doch mit der Zeit sind auch wir immer mehr zu sterblichen Wesen geworden. Das Menschliche hat nach und nach von uns Besitz ergriffen, und zu ihm gehört auch die dunkle Seite. Wir haben vergessen, wer wir sind. Alles auf der Welt hat seine Zeit, und wir hatten die unsere. Irgendwann wird auch unsere Zeit zu Ende sein. Das ist der natürliche Lauf der Dinge. Du musst wissen, früher gab es unzählige Heiler auf der Insel, mittlerweile sind es nur noch sehr wenige, und sie werden mehr gebraucht als je zuvor. Ich bin einer der letzten meiner Art. Das Leben ist in Bewegung. Wenn etwas endet, beginnt etwas Neues. Und mag auch nun das Böse in dieses Land gekommen sein und es langsam vergiften, so wird auch seine Zeit irgendwann wieder ein Ende finden.«

Ich schaute Samara fassungslos an. Sie schenkte mir ein warmherziges Lächeln. Dann stand sie schwungvoll auf: »Lass uns weiter reiten. Wir haben noch einen langen Weg vor uns!«

DER HINTERHALT

Während wir durch den lichten Wald ritten, dachte ich über Samaras Worte nach, die mich sehr bewegt hatten. Für diese Menschen schien das, was in meiner Welt normal war, ein großes Unglück zu sein …

Nach einer Weile betraten wir mit den Pferden eine große helle Lichtung. Die Sonne schien uns leuchtend entgegen. Ein greller Schrei über uns ließ mich zum Himmel blicken. Oben sah ich zarte weiße Wolken dahingleiten, ein größerer Vogel schwang sich elegant durch die Lüfte. Es war eine Art Raubvogel, ähnlich denen, die ich schon häufig in meiner Heimat gesehen hatte. In einem Halbkreis flog er über unsere Köpfe hinweg die Lichtung entlang. Sanft ließ er sich vom Wind tragen. Samara schaute ebenfalls zum Himmel. Auf irgendeine Weise schien sie durch den Anblick des Vogels aufgeregt. Ich konnte jedoch nicht erkennen, ob sie erfreut war oder beunruhigt.

»Beunruhigt dich etwas?«

»Nein. Es ist alles gut. Wir müssen nur zügig weiter. Der Weg ist noch weit.«

Als wir die Lichtung überquert hatten, drehte sich Samara noch einmal um und blickte nachdenklich dem Vogel hinterher. Ich spürte deutlich, dass sie mir etwas verschwieg. Ich sagte jedoch nichts.

Schweigend und ohne Rast zu machen, ritten wir bis spät in die Dämmerung hinein. Samara hatte sich immer wieder umgesehen und ihr Pferd angetrieben. Ich war sehr beunruhigt. Ich konnte die Bedrohung, die sich uns näherte, spüren.

Als es dunkel wurde, hielt Samara ihr Pferd an und

stieg ab. Sie lockerte die Sattelgurte und führte die Pferde an einen großen Strauch. Die Tiere begannen sofort an den Ästen zu knabbern und die Blätter zu fressen. Anschließend grasten sie ruhig auf einer kleinen Lichtung.

»Willst du sie nicht anbinden? Laufen sie nicht fort?«

»Nein, mach dir keine Sorgen. Sie werden hier bleiben. Komm jetzt mit!«

Sie führte mich zu einem mächtigen alten Baum. Dort angekommen kletterte sie flink den Stamm hinauf. Ich war beeindruckt von der Leichtigkeit und Eleganz, mit der sie sich an den Furchen der dicken Rinde festhielt und hinaufzog. Sie drehte sich zu mir um: »Komm!«

Unsicher fasste ich mit den Fingern in die schmalen Risse und versuchte, mit den Füßen Halt zu finden. Aber ich rutschte immer wieder ab. Erst nach einigen missglückten Versuchen bewegte ich mich langsam und unbeholfen nach oben. Nach vielen Metern und erheblicher Anstrengung erreichte ich die Krone. Samara wartete schon auf mich und half mir.

Die starken breiten Äste führten vom Stamm weg nach außen und bildeten eine mächtige Krone. In der Mitte des Stammes war eine Art Zwischenraum. Die Fläche war eben und von dichtem Moos umgeben. So stand ich dort oben im Schutz der Baumkrone und schaute mich fragend um.

»Hier werden wir schlafen.«

Ich sah sie ungläubig an. »Wir schlafen auf einem Baum?«

»Hier sind wir geschützt, und du wirst es hier weich und bequem haben.«

Verwundert setzte ich mich. Ich aß noch einige der Früchte, die Samara gesammelt hatte, und legte mich dann zögerlich hin. Es war sehr schnell dunkel geworden und um uns herum konnte ich kaum etwas in dem finsteren Wald erkennen. Meine Augen mussten sich erst an die Dunkelheit gewöhnen. Nervös blickte ich zwischen den Ästen hinunter, tief unter mir sah ich den dunklen Waldboden. Ich rutschte ein Stück vom Rand weg, achtete aber darauf, Samara nicht zu nahe zu kommen.

»Und wenn ich mich im Schlaf zur Seite drehe und hinunterfalle?«

Samara lachte: »Das solltest du besser nicht tun!«

Unsicher blickte ich noch einmal hinunter. Dann lehnte ich mich nach hinten und legte meinen Kopf in das weiche Moos. Es war wirklich bequem. Ich lag eine Weile da und blickte hinauf. Über mir ragten die breiten Äste und hinter ihnen schimmerte der Sternenhimmel hindurch. Samara saß noch neben mir und blickte in den Wald hinaus. Ich versuchte zu schlafen, aber so viele Dinge gingen mir durch den Kopf. Ich war voller Gedanken und aufgewühlt von diesem Tag. Ich dachte darüber nach, was ich heute gesehen und gehört hatte, über das, was Samara mir erzählt hatte, und auch über das, was mich wohl noch erwarten würde.

Während sich meine Gedanken nur so überschlugen, blickte ich weiter hinauf in die riesige Baumkrone und lauschte dem Wind. Die Blätter bewegten sich sanft hin und her und zwischen ihnen funkelten abertausende von Sternen. Im Wald raschelte und knisterte es, und hin und wieder hörte ich das Schnauben unserer Pferde.

Als sich langsam meine Augenlider zu schließen begannen, bemerkte ich plötzlich einen kleinen leuchtenden Käfer, der vor mir auf einem der Äste landete. Ich erhob mich und sah mich staunend um. Überall in den Bäumen und auf dem Waldboden leuchtete und funkelte es. Zahlreiche dieser kleinen

Käfer saßen auf den Blättern oder schwirrten leise umher. Wie kleine Sterne funkelten sie im Wald, und ich konnte kaum erkennen, wo der Wald begann und der Himmel aufhörte. Der Boden ähnelte einem wundersamen, leuchtenden Sternenteppich.

»Schön, nicht?«, sagte Samara. »Wir nennen sie Abrols, kleine Wächter des Lichts, sie erhellen die Nacht, wachen über unsere Träume und können selbst in der größten Finsternis den Weg weisen.«

Fasziniert schaute ich mir dieses zauberhafte Naturspiel an. Ich fühlte mich so, als wäre ich rundherum vom Sternenhimmel umgeben. Dann übermannte mich die Müdigkeit. Ich ließ mich zurück in das weiche Moos sinken und fiel in einen tiefen Schlaf.

Im Traum erschien mir eine uralte Frau. Sie trug wie Samara ein weißes Kleid, jedoch war ihr Umhang nicht blau, sondern ebenfalls weiß. Sie hatte langes weißes Haar und ein markantes, von vielen Furchen zerklüftetes Gesicht mit durchdringenden, kristallklaren Augen. Sie blickte mich an, und ich hatte das Gefühl, als blicke sie durch mich hindurch in mein Herz. Aber diese alte Frau strahlte eine Wärme und Güte aus, wie ich sie bisher nur bei Samara gespürt hatte. Und trotz ihres hohen Altes war sie anmutig und wunderschön. Ihre weißen Kleider, ihr weißes Haar und auch die helle Haut schienen zu leuchten, als sei sie das Licht selbst in menschlicher Gestalt. Sie kam sehr nah zu mir und blickte mir tief in die Augen.

»Sei willkommen, Fremder!«, sprach sie mit klarer Stimme.

»Hört gut zu! Ihr seid in Gefahr! Die Bedrohung nähert sich Stunde um Stunde. Sie kommen immer näher. Ihr könnt ihr nicht ausweichen. Aber bedenkt, Ihr seid ein Geschichtenerzähler, kein Krieger. Habt Ihr auch ein tapferes Herz, so ist Euch die Kampfkunst doch fremd. Es ist noch nicht an der Zeit zu kämpfen! Habt Vertrauen, die Rettung ist schon auf dem Weg zu Euch. Denkt an meine Worte und vergesst sie nicht. Wir werden uns bald begegnen. Ihr tragt ein großes Schicksal auf Euren Schultern, kleiner Geschichtenerzähler.«

Sie lächelte mich liebevoll an. Ich wollte etwas sagen, doch ehe ich antworten konnte, erhob sie ihre Stimme: »Und nun, Darius, wacht auf! Wacht auf! Hört Ihr, wacht auf!!!«

Erschrocken erhob ich mich und öffnete dabei die Augen. Fast wäre ich dabei vom Baum gestürzt. Die Worte der alten Frau hallten noch in meinem Kopf. Ich schaute mich hastig um. Samara war nicht da. Eilig kletterte ich den Baum hinunter. Ich sah Samara bei den Pferden stehen. Überrascht schaute sie zu mir, als ich atemlos auf sie zukam.

»Geht es dir gut?«

»Ich weiß es nicht. Ich hatte einen seltsamen Traum. Eine Frau kam zu mir und hat mich gewarnt. Es hat sich so echt angefühlt. So habe ich vorher noch nie geträumt.«

Samara erschrak.

»Eine Frau? Wovor hat sie dich gewarnt?«

»Sie sagte, ich sei in Gefahr, eine Bedrohung nähere sich uns …«

»Wie sah sie aus?«

»Sehr hell, ganz in weiß, sehr, sehr alt.«

»Das ist Ava, unsere Älteste! Was hat sie genau zu dir gesagt?«

»Ich sei in Gefahr, die Bedrohung sei nah, aber auch die Rettung. Ich solle vertrauen und nicht kämpfen. Es sei noch nicht an der Zeit. Ich sei kein Krieger, aber ich trüge ein großes Schicksal auf meinen Schultern. Was hat das zu bedeuten?«

»Wir haben keine Zeit. Wir müssen sofort von hier fort.« Sie zog die Sattelgurte fest und blickte sich hastig um. »Schnell! Steig auf! Komm, schnell!«

Kaum war ich aufgestiegen, da galoppierten wir auch schon einen schmalen Pfad entlang. Die Bäume sausten neben uns vorbei, der Wind rauschte in meinen Ohren. Die Pferde sprangen über einige Wurzeln und kleine Büsche hinweg. Schnaubend, mit kräftigen Bewegungen und schnell wie der Wind galoppierten sie daher. Samara blickte sich immer wieder nervös um.

Und plötzlich tauchten sie hinter uns auf: eine Gruppe Männer auf Pferden, mit braunen Umhängen. Der Schreck schoss mir durch sämtliche Glieder. Unsere Pferde liefen nun noch schneller. Der Boden raste unter uns hinweg. Samara bog in den Wald ab und mein Pferd folgte ihr. Mit schnellen, weiten Sprüngen galoppierten wir zwischen den Bäumen und Büschen hindurch. Die Tiere wichen dabei den mächtigen Stämmen der großen Bäume geschwind aus und sprangen über Büsche, Wurzeln und Gestein. Ich konnte mich kaum halten. Verkrampft hielt ich mich fest. Einige Zweige schlugen mir ins Gesicht und hinterließen blutige Schrammen. Mein Herz raste. Ich blickte mich um. Die Männer verfolgten uns weiter. Rasch galoppierten ihre Pferde hinter uns her.

Plötzlich sprang mein Pferd zur Seite, um einem Strauch auszuweichen. Ich verlor für einen kurzen Moment das Gleichgewicht und blieb an einem der abstehenden Äste hängen. Krachend brach der Ast ab und ich verlor den Halt. Verzweifelt klammerte ich mich am Sattel fest und versuchte mich wieder hinaufzuziehen. Es gelang mir nicht. Ich hing an der

Seite, der Boden rauschte unter mir hinweg. Ich hörte unsere Verfolger dicht hinter mir.

»Samara!«, schrie ich verzweifelt, »Ich kann mich nicht mehr halten!«

Mit meiner letzten Kraft versuchte ich noch einmal, mich hinaufzuziehen. Dann rutschte ich ab.

Während ich stürzte, schossen mir zahlreiche Gedanken durch den Kopf. Ich fiel hinunter, und für einen Moment stand die Zeit still. Dann schlug ich auf. Ich fiel mit der Seite auf den Waldboden. Mit der Schulter landete ich auf einem morschen Ast, der unter mir krachend auseinanderbrach. Mein Gesicht drückte sich tief ins Laub, und ich war für einen kurzen Augenblick benommen.

Als ich hastig wieder aufstehen wollte, packte mich schon einer der Männer am Arm und riss mich hoch. Panisch versuchte ich mich loszureißen. Mit aller Kraft wehrte ich mich und drückte seinen Arm weg. Es gelang mir, mich zu befreien. Doch als ich mich umdrehte und weglaufen wollte, versperrte mir bereits ein anderer Mann den Weg. »Halt!«

Er hielt mir ein Schwert vor die Brust. Ich blieb wie erstarrt stehen. Ich wagte es kaum zu atmen. Das blanke Metall berührte meine Brust genau dort, wo mein Herz rasend schlug. Voller Entsetzen starrte ich auf das Schwert. Dann blickte ich den Mann an, der mich damit bedrohte. Er hatte hellblondes Haar und klare, hellblaue Augen. Er schaute mich entschlossen an. Ich stand weiter still und wagte nicht die kleinste Bewegung.

Indessen hatte Samara kehrtgemacht. Mein Pferd lief neben ihrem her. Sie stieg ab und ging auf einen der Männer neben mir zu. Ich blickte mich nervös um. Es waren insgesamt sechs Männer, alle waren abgestiegen. Drei von ihnen standen bei den Pferden, einer mir gegenüber, einer dicht hinter mir und ein Mann ging Samara entgegen. Er tat dies sehr gemächlich. Ich betrachtete ihn dabei. Er hatte längeres schwarzes Haar, einen leichten Bart, dunkelbraune Haut, war sehr groß und kräftig gebaut.

»Korush!«, rief Samara ihm entgegen. Ihre Stimme war voller Zorn und Verachtung. Trotzdem wirkte sie sehr ruhig. »Er steht unter meiner Obhut! Lasst ihn gehen!«

Sie blickte ihn voller Stärke an, und ihr Auftreten strahlte eine Macht aus, die mich beeindruckte. Ich bemerkte, dass einige der Männer verunsichert zu Boden schauten. Korush tat dies nicht. Unbeeindruckt grinste er sie an: »Seid gegrüßt, Samara. Ihr könnt weiterziehen. Wir haben keinerlei Interesse an Euch. Euer Freund jedoch wird uns begleiten.«

Samara ging einen Schritt auf mich zu.

»Er steht unter meinem Schutz und er wird mit mir kommen!«, entgegnete sie mit fester Stimme.

Korush lachte, sein hämisches Grinsen wurde nun noch breiter. »Unter Eurem Schutz? Wie wollt Ihr ihn denn beschützen?«

Samara ging weiter entschlossen auf mich zu. Korush gab dem, der mich bedrohte, ein Zeichen, und dieser hielt mir nun seine Schwertklinge direkt an die Kehle.

»Bleibt stehen!«, sagte er drohend.

Entrüstet wendete sich Samara zu Korush.

»Wie könnt Ihr es wagen!«, rief sie empört. »Wer seid Ihr, Euch zu erdreisten, eine Heilerin anzugreifen!«

Korush lachte nur wieder: »Ich bat Euch zu gehen.« Dann wurde seine Stimme dunkler und ernster. »Ihr solltet besser auf mich hören!«

Er kam weiter gemächlich auf sie zu und blieb zwischen uns stehen. Ich blickte ihn mit aufgerissenen

Augen an, dann sah ich zu Samara hinüber.

»Samara, ich …«, begann ich leise.

»Schweig!«, schrie der Mann, der mich bedrohte, und verstärkte den Druck der Klinge an meiner Kehle. Ich verstummte augenblicklich.

»Darius!«, rief Samara erschrocken auf. »Lasst ihn gehen!«, wiederholte sie und blickte Korush zornig an. Er atmete leicht gelangweilt aus und schüttelte den Kopf.

»Der Fremde … wie habt Ihr ihn genannt? Darius? Er geht mit uns. Entweder Ihr gebt ihn mir freiwillig oder ich nehme ihn mir mit Gewalt!«

Samara blickte ihn voller Entrüstung an: »Er steht unter dem Schutz der Heiler. Noch nie hat jemand gewagt, einen von uns anzugreifen. Wir sind das Volk der Lichtträger!«

»Die Zeiten haben sich geändert. Es kam auch noch nie ein Fremder in dieses Land. Mischt Euch nicht ein, und ich greife Euch nicht an!«

Samara blickte mich sorgenvoll an. Dann wandte sie sich wieder an Korush: »Ich werde nicht ohne ihn gehen!«

Korush warf ihr einen finsteren Blick zu. »So habt Ihr Euch entschieden!«

Er drehte sich um und sagte beinahe beiläufig: »Packt ihn auf ein Pferd und tötet sie!«

»Nein!«, schrie ich panisch auf.

Ich erinnerte mich an die Worte der alten Frau, die mich davor gewarnt hatte zu kämpfen. Dennoch konnte ich nicht tatenlos zusehen, wie sie Samara töten und mich wegbringen würden. Ich hatte Todesangst und wusste nicht wirklich, was ich tat. Ich sprang einfach zur Seite und versuchte dem Mann das Schwert zu entreißen. Er zog es blitzschnell zurück und stieß es wieder nach vorn. Dabei verletzte er mich am Arm. Ein stechender Schmerz schoss durch den Arm, und ich sah, wie das Blut auf meine Hand hinablief. Dann warf mich der Mann zu Boden und drückte mein Gesicht in die Erde. Verzweifelt versuchte ich mich zu wehren. Ich wollte zu Samara sehen, um zu wissen, was geschah, aber Schlamm und Blätter versperrten mir die Sicht. Ich bekam kaum Luft. Panisch versuchte ich weiter, mich aus den Fängen meines Gegners zu befreien.

Plötzlich hörte ich lautes Hufgetrappel und eine dunkle Stimme, die rief: »Lasst die beiden sofort los!«

Für einen Moment herrschte Stille, ich hörte nur das nervöse Aufstampfen der Pferde um mich herum.

»Lasst sie gehen! Sofort!«, ertönte die Stimme wieder. »Ihr seid umstellt. Ihr habt keine andere Möglichkeit. Lasst sie frei, und ihr könnt ziehen!«

Wieder war es still. Dann spürte ich, wie mich der Mann, der mich zu Boden drückte, langsam losließ und aufstand. Vorsichtig hob ich den Kopf, wischte mir die Erde aus dem Gesicht und sah mich um. Ich konnte alles nur verschwommen erkennen. Einige Meter vor mir stand Samara, es schien ihr gut zu gehen. Um uns herum befand sich eine große Schar von Männern auf Pferden.

Korush und seine Begleiter stiegen wieder auf ihre Pferde. Er warf einem unserer Retter einen hasserfüllten Blick zu. »Dieses Mal habt Ihr vielleicht gesiegt, aber glaubt nicht, dass das letzte Wort gesprochen wurde. Wir werden uns wiedersehen, und dann sind wir vorbereitet!«

Er gab seinem Pferd die Sporen und galoppierte davon. Die anderen fünf Männer folgten ihm, und bald waren sie hinter den Bäumen verschwunden. Erleichtert und kraftlos ließ ich den Kopf sinken.

»Darius!« Samara eilte zu mir und kniete sich neben

mich.

Ich hob wieder den Kopf und begann mich vorsichtig aufzurichten. »Ich bin nicht so schwer verletzt.«

Stöhnend drückte ich mich mit meinem unverletzten Arm hoch. Von dem Sturz taten mir die linke Seite und die Schulter weh. Im selben Moment eilte auch schon ein Mann auf mich zu und half mir dabei aufzustehen. »Dein Arm ist verletzt!«

Ich erkannte die Stimme. Es war die unseres Retters. Ich schaute ihn an. Es war ein großer, stark gebauter Mann in dunkelblauer Kleidung. Er trug einen Umhang und ein Schwert. An seiner Brust schimmerte eine silberne Rüstung. Er hatte mittellanges, braunes Haar und markante und doch feine Gesichtszüge. Bei seiner dunklen Haut fielen seine tiefblauen Augen besonders auf. Sie leuchteten mir förmlich entgegen. Er war ein Bild von einem Mann, ein stolzer Krieger. Er schien voller Mut und Unbeugsamkeit, aber auch gütig und weise. Ich hatte großen Respekt vor ihm.

Ich bemerkte, dass er mich ebenfalls musterte. Anders als ich es bei den Bewohnern Anthalattas erlebt hatte, schien ihn der Anblick eines Fremden nicht zu beunruhigen. Besorgt blickte er auf meinen Arm und in mein Gesicht. Seine Augen waren voller Güte.

Ich war in einem elenden Zustand, nachdem ich zuerst vom Pferd gestürzt, dann mit einem Schwert verletzt und zu Boden geworfen worden war. Ich fühlte mich miserabel und doch erleichtert darüber, diesen Männern entkommen zu sein. Meine Kleidung, meine Haare und mein Gesicht waren mit Erde und Laubresten beschmiert, die Hände voller Blut. Samara berührte vorsichtig meine Stirn. Ich hatte mir mit der Hand wohl das Blut auch ins Gesicht gewischt.

Immer noch war ich etwas benommen. Samara und

unser Retter stützten mich und setzten mich vorsichtig auf einen umgestürzten Baumstamm.

Sie warteten, bis ich mich einen Moment lang ausgeruht hatte, dann sagte Samara: »Wir müssen deine Wunden abwaschen!«

Sie wandte sich zu unserem Retter. Ich wusste immer noch nicht, wer er war. Er meinte sogleich: »Ich werde ihn zum Wasser bringen. Es ist nicht weit.«

Er half mir hoch, brachte mich zu einem Pferd, stützte mich, damit ich aufsteigen konnte, und nahm hinter mir Platz. Wir ritten nur ein kurzes Stück, da hörte ich schon das laute Rauschen eines Wasserfalls. Am Wasser angekommen, half er mir wieder vom Pferd und stützte mich. Die Reiter waren uns gefolgt, sie stiegen etwas von uns entfernt ab und warteten dort.

Vorsichtig setzte ich mich ans Wasser. Samara reinigte behutsam meine Wunde und mein Gesicht. Dann setzte sie sich mit mir ans Ufer, nahm meinen Arm und betrachtete den klaffenden Schnitt, der sich quer über meinen Oberarm zog und immer noch etwas blutete. Sie legte ihre Hände auf die Wunde und schloss wortlos die Augen. Eine Welle der Wärme durchflutete mich. Erschöpft lehnte ich mich zurück und ließ mich auf den Boden sinken. So lag ich eine Weile da und Samara saß schweigend neben mir, die Hände sanft auf der Wunde haltend. Ich beobachtete sie. Sie sah friedlich, aber auch konzentriert aus.

Dann öffnete Samara plötzlich wieder ihre Augen und nahm die Hände von meinem Arm. Die Wunde war völlig verschwunden. Verblüfft schaute ich auf meinen Arm. Von dem tiefen Schnitt war nichts mehr zu sehen.

»Wie hast du das gemacht?«, fragte ich fassungslos.

»Du vergisst, dass ich eine Heilerin bin. Ich erklärte dir bereits, dass wir Krankheiten und Verletzungen heilen können.«

Erstaunt starrte ich meinen Arm an. Ich drehte ihn hin und her und berührte mit den Fingerspitzen vorsichtig die Stelle, an der soeben noch eine tiefe Wunde geklafft hatte.

»Ich wusste nicht, dass du auf diese Weise heilst.«

Ich war immer noch verblüfft. Behutsam legte Samara ihre Hand nun auf meine Schulter, die ich mir bei meinem Sturz verletzt hatte, und nach einer Weile ließ auch dieser Schmerz nach.

Voller Verwunderung betastete ich die Schulter und blickte wieder auf meinen geheilten Arm.

Indessen stand Samara auf und ging zu unserem Retter hinüber. »Ich danke dir, Elias! Ich wusste, dass du in der Nähe bist. Ich sah Belagol gestern auf unserem Weg.«

Ich erinnerte mich an den großen Vogel, der über uns aufgetaucht war und dem Samara so nachdenklich nachgeschaut hatte. Gehörte dieser Vogel zu Elias? Ich hatte geglaubt, er wäre ein Zeichen für eine Bedrohung und nicht für unsere Rettung.

Elias lächelte: »Ich habe die Nachricht über die Ankunft des Fremden bekommen und gehört, dass du ihn in das Tal der Heiler bringen sollst. Da vermutete ich, dass Peredur nichts unversucht lässt, um ihn in seine Gewalt zu bringen. Ich habe Belagol vorausgeschickt, da ich um euer beider Sicherheit besorgt war. Und dies zu Recht, wie sich nun herausstellte. Nichts ist mehr, wie es einmal war. Du musst besser auf dich achten, Samara. Du bist in großer Gefahr.«

»Du kamst im rechten Moment.«

»Wie ich sehen musste, war es fast schon zu spät. Meine Männer und ich werden euch nun auf eurer Reise begleiten.«

»Ich bin dir sehr dankbar für deine Rettung, aber es ist nicht möglich, dass du mit deinen Reitern mit uns kommst. Euch ist als Kriegern der Zutritt in das Tal der Heiler verwehrt.«

»Und dennoch kann ich euch nicht ohne Schutz weiterziehen lassen. Korush wird zurückkehren. Er wird den Schutz, den euch das Tal der Heiler bietet, nicht achten. Dessen bin ich mir sicher. Und ein weiteres Mal werdet ihr ihm vielleicht nicht mehr entkommen. Wir werden euch begleiten!«

Seine Stimme war entschlossen und ließ keinen Widerspruch zu. Samara atmete tief ein.

»So sei es. Von hier an werden wir gemeinsam weiterreiten.«

DIE VERÄNDERUNG BEGINNT
LAURAS WANDEL

In dieser Nacht las ich das Buch ohne Unterbrechung zu Ende. Einmal angefangen, konnte ich nicht mehr mit dem Lesen aufhören, nicht nur weil mich das Schicksal von Darius und Samara und auch von ganz Alchatar interessierte, sondern auch weil ich nach und nach begriff, wie eng ich selbst mit jenem Land verbunden war und dass seine Geschichte auch auf irgendeine Art die meine war. Aber ich will nicht zu viel vorwegnehmen.

Als ich fertig war, hatte ich die verrückte Idee, die Geschichte von Samara zu veröffentlichen, denn erst am Schluss wurde mir richtig bewusst, dass das Buch ein Einzelstück war, das nur ich besaß. Außer meinen Vorfahren hatte vor mir wahrscheinlich niemand diese Geschichte gelesen. Es war eigentlich komisch, dass keiner von ihnen bereits auf die Idee gekommen war, sie zu veröffentlichen. Ich fand sie so schön, und für mich steckte sie voller Weisheit und Mut. Mir hatte es so gutgetan, sie zu lesen, und so hatte ich den Wunsch, auch andere daran teilhaben zu lassen.

Ich dachte noch lange über die Erzählung nach und auch darüber, sie zu publizieren. Erst kurz nach vier Uhr ging ich ins Bett, und selbst im Schlaf beschäftigte sie mich noch.

Erneut träumte ich, ich sei in Alchatar. Ich stand vor Samara und Ava – Ava, die in Weiß erstrahlte und mich anlächelte. Ich träumte auch davon, dass ich die Erzählung tatsächlich bei der Zeitung veröffentlichte.

Ich hatte einen kleinen Platz auf der Kulturseite ergattert. Dort erschien täglich ein kurzer Abschnitt der Geschichte. Und so reiste ich im Traum hin und her, befand mich mal am Meer, sah die wundersame Landschaft von Alchatar und die tiefblauen Augen ihrer Bewohner, um kurz darauf wieder in der Redaktion zu sitzen und die Erzählung einzutippen.

Als um halb sieben der Wecker klingelte, war ich hundemüde und gleichzeitig auch total aufgewühlt. Ich machte mich schnell fertig und eilte in die Redaktion. Mein Traum hatte mich dazu bewegt, wirklich in Betracht zu ziehen, die Erzählung in unserer Zeitung zu publizieren. Ungeduldig wartete ich, bis nach und nach alle eingetroffen waren und die morgendliche Konferenz begann. Ich war ganz schön nervös und hoffte, dass sich bald eine gute Gelegenheit ergeben würde, um den anderen meinen Vorschlag zu unterbreiten. Natalie war für den Kulturteil zuständig, und ich konnte mir vorstellen, dass ihr die Erzählung auch gefiel.

Während ich also die passende Gelegenheit abwartete, schlichen sich allmählich immer mehr Zweifel über mein Vorhaben ein. Meine Euphorie ließ nach, und ich wurde immer unsicherer. War es wirklich eine gute Idee? Ich war mir nicht mehr sicher.

Und schließlich war unsere Morgenkonferenz vorbei, ohne dass ich etwas gesagt hätte. Ich beschloss stattdessen, erst einmal nur Natalie von meiner Geschichte zu erzählen und sie zu fragen, was sie davon hielt.

An diesem Morgen war es irgendwie hektischer in der Redaktion als sonst, und ich fand nicht wirklich Zeit, um Natalie von meiner Idee zu erzählen. Nachmittags musste ich dann auf einen Termin außer Haus, und so klappte es an diesem Tag nicht mehr. Ich dachte mir auch, dass es auf einen Tag früher oder später ja nicht ankam. Ich wollte lieber den richtigen Moment abwarten, damit ich in Ruhe mein Vorhaben erklären konnte. Immerhin lag mir an dieser Sache ja auch persönlich sehr viel. So kam es, dass Wochen vergingen und ich immer noch nichts erzählt hatte.

Stattdessen hatte ich mir detailgenaue Erzählungen über Peters Allergien und das Getratsche von Inge über Susi angehört. Außerdem fiel mir in diesen Wochen auch besonders auf, dass Natalie ganz schön häufig über jemanden herzog. Sie wirkte irgendwie genervt.

Fakt war, dass sich keine passende Gelegenheit ergeben hatte. Ich überlegte, woran das lag. Vielleicht fehlte mir auch schlichtweg der Mut. Aber warum? Ich hatte schon oft Vorschläge gemacht und eine Menge neuer Ideen bei der Zeitung eingebracht. Dieses Mal war es etwas anderes. Ich konnte nichts sagen, ich brachte es einfach nicht heraus. Ich hatte immer das Gefühl, es wäre gerade unpassend.

Als ich abends bei mir zu Hause saß und einen Text korrigierte, fiel mir plötzlich ein, dass ich meiner Mutter ja versprochen hatte, sie anzurufen, wenn ich das Buch gelesen hätte. Das hatte ich total vergessen. Ich blickte kurz auf die Uhr. Es war erst halb neun. Ich griff zum Telefon und rief sie an.

»Hallo, hier ist Laura!«

»Hallo, Kleines. Was gibt es denn?«

»Ich wollte mich doch melden, wenn ich das Buch gelesen habe. Ich bin fertig!«

Meine Mutter und ich unterhielten uns an diesem Abend lange über die Geschichte und unsere Familie. Ich kann mich nicht erinnern, wann wir das letzte Mal ein so gutes Gespräch geführt hatten. Ich berichtete ihr auch von meiner Idee, die Geschichte zu publizieren. Sie fand das toll. Als ich jedoch erklärte, dass ich die Erzählung in die Zeitung bringen wollte, fragte sie erstaunt: »Wieso in der Zeitung? Ich hab gedacht, du veröffentlichst sie als Buch!«

Daran hatte ich komischerweise noch gar nicht gedacht. »Einen Roman? Ich weiß gar nicht, wie man ein Buch veröffentlicht!«

Meine Mutter lachte: »Dann lernst du es!«

Eigentlich hatte sie Recht, ich konnte die Geschichte, wo sie schon einmal ein Buch war, auch als ein Buch veröffentlichen. So schwer konnte das ja nicht sein. Außerdem war es schon immer mein Traum gewesen, Schriftstellerin zu werden. Also, warum eigentlich nicht? So entstand der Gedanke, dieses Buch zu schreiben.

Am nächsten Morgen wollte ich Natalie wenigstens von dieser Neuigkeit berichten. Kaum saßen wir an unseren Schreibtischen, da grinste ich auch schon breit zu ihr hinüber und erklärte feierlich: »Ich habe eine Neuigkeit! Die ist der Hammer!«

Neugierig rollte Natalie mit ihrem Stuhl zu mir herüber. »Da bin ich aber mal gespannt.«

Sie kam mit dem Kopf etwas näher, fast so als, erwarte sie, dass ich ihr ein Geheimnis ins Ohr flüstern würde. Ich grinste und wollte gerade anfangen, ihr alles zu erzählen, da kam Annabell plötzlich mit einem Tablett Sektgläser auf uns zu. Sie strahlte übers ganze Gesicht. »Hallo ihr Lieben! Ihr müsst mit mir anstoßen!« Sie hielt ihre linke Hand hoch und streckte uns ihren Ringfinger stolz entgegen. Daran steckte ein schmaler goldener Ring mit einem kleinen blinkenden Steinchen. »Egon hat mir einen Antrag gemacht! Ich werde heiraten! Ist das nicht schön?!«

Ich stand auf, nahm ihr das Tablett aus der Hand, stellte es neben mir auf den Schreibtisch und umarmte sie. »Das freut mich für dich!«

Sie gab Natalie und mir ein Glas und wir stießen an. Dabei strahlte sie uns weiter an. Ich hatte sie noch nie so glücklich gesehen.

»So, ich zieh mal weiter und stoße noch mit den anderen an. Bis später!« Aufgeregt lief sie mit dem Tablett hinaus, und auf dem Flur hörte man ihre Stimme: »Egon hat mich gefragt, ob wir heiraten!«

Die Redaktion war in fünf Büros aufgeteilt, alle auf einem Flur. Die Türen standen eigentlich immer offen. Ich teilte mir ein Büro mit Natalie, Bernd und Peter.

Lächelnd schaute ich zur Tür. Man hörte Annabell drüben lachen. Ich fand es schön, dass sie heiraten würde. Sie hatte schwere Zeiten hinter sich und war so glücklich, seit sie Egon letztes Jahr kennengelernt hatte. Das war richtig romantisch.

Plötzlich fiel mir auf, dass Natalie mich anschaute und die Augen verdrehte. »Schlimm genug, dass die 'ne Stimme wie eine Ente hat, jetzt grinst die auch noch wie ein Honigkuchenpferd!«

»Hey, die freut sich halt! Ist doch auch voll schön!«

»Die hat auch allen Grund, sich zu freuen. Bei dem Arsch hätte die wahrscheinlich auch keinen anderen mehr abgekriegt. Aber dieser Egon ist ja auch nicht gerade 'ne Schönheit. Da haben sich schon die beiden Richtigen gefunden. An deren Stelle hätte ich auch schnell geheiratet.«

Ich blickte Natalie entgeistert an.

»Hey, Laura! Ist doch nur Spaß. Seit wann verstehst du denn keinen Spaß mehr … Außerdem hab ich recht!« Sie lachte.

»Freu dich doch mal ein bisschen für sie!«

»Ich freu mich ja!«, antwortete Natalie genervt. »Machst du heute einen auf Moralapostel, oder was? Sonst lachst du doch auch über meine Witze!«

Leicht verärgert rollte sie zu ihrem Schreibtisch zurück. Dann fiel ihr wieder ein, dass ich ihr ja noch etwas erzählen wollte, und sie schaute zu mir herüber. »Was wolltest du mir jetzt eigentlich eben sagen?«

»Hä?« Ich war mit meinen Gedanken noch bei Natalies Reaktion auf Annabells Nachricht.

»Du hast doch eben gerade gesagt, du hast Neuigkeiten! Was denn für welche?«, fragte Natalie noch einmal.

Ich dachte kurz nach. Irgendwie hatte ich jetzt gar keine Lust mehr, Natalie an meiner Idee teilhaben zu lassen und ihr von meinem Plan zu erzählen.

»Ach, ich wollte dir nur von Annabells Verlobung erzählen«, log ich. Mir fiel in dem Moment nichts Besseres ein.

»Aaah ja ...« Natalie runzelte die Stirn. So ganz schien sie mir meine Lüge nicht abzunehmen, aber sie entschied sich dafür, es dabei zu belassen, und widmete sich wieder ihrer Arbeit. Und das tat ich dann auch.

Als ich abends die Redaktion verließ, traf ich Bernd noch auf dem Flur. Er war den ganzen Tag unterwegs gewesen. Wir unterhielten uns kurz, und ich fragte ihn: »Weißt du vielleicht, was mit Natalie los ist? Ich finde, sie wirkt momentan so unzufrieden. Sie zieht auf einmal ständig über jemanden her.«

Bernd runzelte die Stirn: »Ich finde nicht, dass sie anders ist als sonst. Eigentlich müsstest du das ja eher wissen als ich. Du hast schließlich mehr Kontakt mit ihr. Aber ich finde, sie ist doch schon immer so. Du fandst ihre Art von Humor, soweit ich mich erinnern kann, immer ganz amüsant.«

Verdutzt schaute ich Bernd an. War das wirklich so? Mir fiel ein, dass Bernd zu Beginn nicht so recht begeistert davon war, sich mit Natalie das Büro zu teilen. Hatte sie schon immer so viel gelästert und hatte ich das auch noch witzig gefunden?

Bernd bemerkte mein Grübeln und klopfte mir auf die Schulter. »Ach Laura, mach dir nicht so viele Gedanken! Morgen ist auch noch ein Tag.«

»Da hast du recht. Bis morgen!«

»Bis morgen!«

Auf dem Heimweg dachte ich dennoch über Natalie und das Gespräch mit Bernd nach. War Natalie schon immer so gewesen? Und warum fiel mir das jetzt erst auf? War ich vielleicht diejenige, die anders war? Aber warum?

Ich dachte an Samaras Erzählungen über die Freude und Güte der Bewohner von Alchatar. Ich dachte an ihre Freude über das Glück anderer und ihre innere Zufriedenheit und wie schlimm die Veränderungen in ihrem Land für sie waren. Zuvor war ihnen Neid und Missgunst völlig fremd gewesen. Wie hatte Darius es gesagt? »Für diese Menschen war das, was in unserer Welt normal war, ein großes Unglück.«

In diesem Moment bemerkte ich das erste Mal, dass ich mich durch die Geschichte verändert hatte. Ich hatte zuerst geglaubt, meine Kollegen und der Job wären diese Woche irgendwie anders als sonst. Dabei war ich es, die sich verändert hatte. Ich war überrascht und gleichzeitig hatte ich auch Panik. Ich wusste nicht, ob ich diese Veränderung gut finden sollte. Meine Arbeit hatte mir vorher mehr Spaß gemacht und ich hatte mich gut mit Natalie und den anderen verstanden. Was, wenn ich diese Entwicklung nicht wieder rückgängig machen könnte? Es wäre doch schade, wenn es nicht wieder so werden würde wie früher.

Aber nur wegen eines Buches? Konnte das sein? Gut, es war nicht irgendeine Geschichte. Es war meine Geschichte. Dennoch wollte ich nicht, dass sich etwas änderte. Das alles beunruhigte mich.

Ich dachte damals, dass es vielleicht auch nur eine Frage der Zeit sei und in ein paar Wochen alles wieder beim Alten und auch ich ganz die Alte sein würde.

Aber ich sollte mich irren – zum Glück!

Am Wochenende überlegte ich mir, wie ich es wohl am besten anstellen würde, mein Buch zu veröffentlichen. Ich hatte keine Ahnung! Ich durchforstete erst einmal das Internet und machte mir allerhand Notizen. Aber so richtig half mir das nicht weiter. Ich fand zwar tausende an Informationen im Netz, aber alles war sehr vage.

Ich hatte das Gefühl, ich müsste lieber jemanden fragen, der schon ein Buch veröffentlicht hatte. Aber ich kannte keinen Schriftsteller. Ratlos saß ich am Schreibtisch. Ich überlegte, ob ich einfach irgendeinem bekannten Schriftsteller schreiben sollte. Vielleicht würde er mir ja tatsächlich antworten.

Während ich grübelte, begann ich meinen Schreibtisch aufzuräumen. Auch den völlig überfüllten Papierkorb leerte ich aus.

Als ich wieder zurückkam und den Papierkorb an seinen Platz stellen wollte, fiel mir eine kleine Karte auf, die unter meinem Schreibtisch auf dem Fußboden lag. Anscheinend hatte ich sie aus Versehen am Papierkorb vorbeigeworfen, und sie hatte die ganze Zeit dahinter gelegen. So hatte ich sie nicht gesehen.

Noch wusste ich nicht, was für eine große Bedeutung

dieses kleine Missgeschick haben sollte.

Ich bückte mich und wollte die Karte in den Papierkorb werfen. Dabei fiel mein Blick auf eine kleine Buddhafigur auf der Karte und ich las von der Seite aus das Wort Meditationsgemeinschaft. Interessiert drehte ich die Karte richtig herum und las:

Meditationsgemeinschaft
Montags 18 Uhr – 20 Uhr Einführung für Anfänger
Jeder ist herzlich willkommen!

Ich erinnerte mich an den schönen Abend auf der Ausstellung und an Nick. Ich hatte mich ja entschieden, mich nicht noch einmal mit ihm zu treffen, aber nun fiel mir ein, dass er erzählt hatte, dass er ein Buch veröffentlicht habe. Ihn könnte ich vielleicht fragen. Er hatte zwar keinen Roman geschrieben, aber er hatte doch bestimmt etwas Ahnung davon, wie das ablief.

Unsere Begegnung lag nun schon einige Wochen zurück und so waren schon etliche Montagabende vergangen. Konnte ich da jetzt einfach auftauchen und dann auch noch fragen, wie man ein Buch publiziert? Nachdenklich blickte ich auf die Karte. Weiter unten stand die Adresse. Ich gab mir innerlich einen Ruck. Ich entschied mich, am nächsten Montag zu dieser Meditationsgruppe zu gehen und bei dieser Gelegenheit Nick wegen der Buchveröffentlichung zu fragen.

Und so stand ich tatsächlich am Montag um kurz vor sechs vor der Haustür der angegebenen Adresse. Auf einem der kleinen Klingelschilder stand handgeschrieben: Meditationsgemeinschaft. Etwas mulmig war mir schon zumute. Ich wusste nicht so richtig, was mich gleich erwarten würde. So atmete ich tief durch und klingelte. Kurz darauf ertönte ein surrendes Geräusch und ich drückte die Tür auf. Etwas zögerlich ging ich durch einen schmalen Flur auf die Treppe zu und dann hinauf. Es war ein älteres Gebäude. Der gelbe Putz an den hohen Wänden war an verschiedenen Stellen schon etwas abgebröckelt und die dunkelbraune Holztreppe knarrte laut, als ich sie betrat. Im zweiten Stock stand die Wohnungstür ein Stück offen. Auf dem Türschild stand ebenfalls Meditationsgemeinschaft. Vorsichtig lugte ich durch den Türspalt. Sollte ich einfach hineingehen? Ich entschied mich, erst vor der Tür abzuwarten.

»Hallo?«

Keine Reaktion. Ich räusperte mich und wiederholte etwas lauter: »Hallo?«

Jemand eilte zur Tür. Ich trat schnell einen Schritt zurück, da öffnete sich auch schon die Tür. Es war eine Frau, so etwa in meinem Alter. Sie trug Sportklamotten und hatte einen Pferdeschwanz. »Hey! Komm ruhig rein! Bist du das erste Mal hier? Mein Name ist Eva.« Sie lächelte mich freundlich an.

»Hallo! Ich bin Laura«, antwortete ich unsicher. Ich war irritiert. Irgendwie hatte ich etwas anderes erwartet. Ich weiß auch nicht, wahrscheinlich eher alte Mönche mit grauen Bärten und braunen Kutten oder zumindest jemanden aus Asien. Aber Eva war blond und sah eigentlich ganz normal aus.

»Ich wollte mir die Meditation nur mal angucken.«

»Klar! Du kannst gern mitmachen, wenn du magst. Komm mit! Ich stell dir die anderen vor. Sie sitzen schon in der Küche.«

Sie marschierte los und ging den Gang hinunter. Ich trat ein und wollte die Tür hinter mir schließen. Da drehte sich Eva zu mir: »Lass ruhig auf! Vielleicht kommt noch jemand.«

»Alles klar«, antwortete ich und folgte ihr. Als wir den Gang entlanggingen, schaute ich mich um. Es war eine ganz normale Wohnung. An den Wänden hatten sie einige buddhistische Bilder aufgehängt. Hinten links aus dem Zimmer hörte ich Stimmen. Das war bestimmt die Küche. Gegenüber von der Tür standen ein paar Schuhe. Eva blieb stehen und zeigte dorthin. »Bevor wir gleich in den Meditationsraum gehen, ziehen wir die Schuhe aus. Ich hoffe, du hast dicke Socken dabei. Ansonsten kann ich dir auch welche leihen.«

»Danke.«

»Komm erst mal mit rein. Wir erklären dir alles in Ruhe. Und wenn du Fragen hast, sag einfach Bescheid, ja?«

»Alles klar!«

Ich folgte ihr in die Küche. Dort saßen sechs Personen. Bis auf eine ältere Frau waren alle so Mitte, Ende zwanzig. Sie trugen wie Eva lockere Sportklamotten. Nick war nicht dabei.

Sie unterbrachen ihr Gespräch und begrüßten mich freundlich. Einer von ihnen, er stellte sich als Erik vor, bat mir einen Sitzplatz an. Ich schätzte Erik auf Ende zwanzig, er hatte kurze braune Haare und sah sehr sportlich aus. »Laura, was weißt du denn bis jetzt über den Buddhismus? Hast du schon mal meditiert?«

»Nein! Ich weiß nicht wirklich viel darüber«, antwortete ich zögerlich, »ich war bloß neugierig.«

Die anderen schauten mich interessiert an, während ich redete. Ich hatte auf einmal das Gefühl, dass es vielleicht doch keine so gute Idee war, herzukommen. »Äh, Nick hat mir auf der Ausstellung für südostasiatische Kunst eure Adresse gegeben«, hangelte ich mich unsicher weiter.

Da unterbrach mich Erik: »Du brauchst das nicht zu erklären. Wir freuen uns, dass du Interesse hast. Wir erklären dir gerne etwas über den Buddhismus. Und wenn du Lust hast, kannst du nachher mal mit uns meditieren. Musst du aber nicht. Falls es dir gefällt, kommst du wieder, wenn nicht eben nicht.« Er lächelte freundlich. »Alles, was wir hier lernen, alle Lehren von Buddha kannst du in Frage stellen. Sollst du sogar. Jeder muss herausfinden, welcher Weg für ihn am besten ist. Prüfe, ob du die Dinge auch so siehst. Die Lehren Buddhas sind eher als eine Art Hilfestellung anzusehen und jeder einzelne kann schauen, was ihm davon weiterhilft. Es geht um die Erfahrung … Aber ich erzähl ja schon viel zu viel. Entschuldigung.«

Er lachte.

»Nein, nein. Ich finde es wirklich sehr interessant.«

»Jeden Montag liest einer von uns einen kleinen Abschnitt aus verschiedenen Werken.« Er zeigte auf eine Reihe Bücher, die in einem schmalen Regal an der Wand standen. »Wenn du eine Frage hast, Laura, sag einfach Bescheid!«

»Alles klar!« antwortete ich nickend.

»Und Laura«, wandte sich Eva an mich, »hier steht Tee, falls du möchtest, entweder grüner Tee oder eine Kräutermischung.«

Ich bedankte mich und goss mir etwas ein.

»Wer will heute lesen?« fragte Erik.

Die ältere Frau, sie hieß Manuela, erklärte sich bereit vorzulesen. »Da wir einen Neuling haben, würde ich vorschlagen wir lesen etwas Grundlegendes, vielleicht einen Text über Buddhas Lebensgeschichte.«

Sie nahm eines der Bücher aus dem Regal, setzte sich wieder und begann zu lesen. Ich trank einen Schluck Tee und lauschte ihr.

»Vor über 2500 Jahren wurde ein Kind namens Siddhartha geboren. Er war der Sohn einer Königsfamilie und wuchs wohlbehütet und mit viel Reichtum auf. Eines Tages jedoch verließ der junge Prinz den Palast und begegnete zum ersten Mal dem Leid der Menschen. Er sah zuerst einen alten Greis, daraufhin einen schwerkranken Mann und anschließend eine Gruppe Trauernder, die einen Toten trugen. Diese Erfahrung berührte Siddhartha zutiefst und veranlasste ihn, seine königliche Familie zu verlassen, um einen Weg zu finden, das Leiden der Menschen zu mindern.

Er suchte verschiedene spirituelle Meister auf und lernte von ihnen. Aber er fand für sich keine ausreichenden Antworten. Danach lebte er eine Zeit lang bei einer Gruppe Asketen, wo er seinen körperlichen Bedürfnissen solange entsagte, bis er fast zu Tode kam. Auch dieser Weg half ihm nicht weiter.

So setzte er sich schließlich unter einen Bodhibaum und wollte diesen Platz erst wieder verlassen, wenn er eine Erkenntnis darüber erlangt hatte, wie die Dinge sind. Mit diesem Wunsch blieb er unter dem Baum sitzen und erreichte eine tiefe Meditation. Nach sieben Tagen war sein Geist voller Klarheit und er erlebte die Erleuchtung.

Die Grenzen um ihn herum lösten sich auf, und er wurde eins mit allem, was war, was ist und je sein wird. In diesem Zustand verweilte er weitere einundzwanzig Tage. Er erlebte tiefe Liebe und intensive Freude, vollkommen befreit von Angst. Dieser Zustand war dauerhaft. Siddhartha erkannte, wer er wirklich war.

Nach dieser Erkenntnis lehrte er fünfzig Jahre. Zahlreiche Menschen wurden von seiner starken positiven Ausstrahlung, angezogen, viele wollten so werden wie er. Sie gaben ihm den Namen »Buddha«, der Erwachte. Buddha lehrte sie, Verantwortung für ihr Leben zu übernehmen. Er zeigte ihnen das Prinzip des Karmas, das Prinzip von Ursache und Wirkung. Vielen half er, sich von Gier, Hass und Verblendung zu befreien. Er erklärte, was zu Leid und was zu Glück führte, und lehrte seine Schüler auch, wie man den Geist beruhigte. Waren erst einmal die Gedanken zur Ruhe gekommen, so wurden die Menschen mehr und mehr mit Freude und Liebe erfüllt.

Zahlreichen Menschen half er auch, einen tieferen Sinn in ihrem Leben zu finden, der ihnen mehr Erfüllung schenkte.«

Manuela schaute von dem Buch auf: »Und, hast du eine Frage, Laura? Wahrscheinlich war es doch ein bisschen viel fürs erste Mal.« Sie lächelte mich an.

»Ich fand es sehr interessant, ich kannte die Lebensgeschichte von Buddha nicht. Ist daraus dann die Glaubensrichtung entstanden?«

»Nicht ganz. Der Buddhismus ist keine Glaubensreligion wie das Christentum. Es ist eine Erfahrungsreligion. Buddha hat verschiedene Erfahrungen gemacht. Mit Hilfe seiner Lehren können wir die gleichen Erfahrungen machen. Es geht nicht darum seine Lehren einfach zu lernen, sondern tatsächlich selbst die Erfahrungen zu machen. Deshalb ist es so wichtig, alles kritisch zu hinterfragen. Buddhas Ziel war es, dass die Menschen glücklicher und liebevoller wurden.«

»Seine Lehre ist unabhängig von Kultur und Zeitgeist«, fügte Erik hinzu, »du arbeitest direkt am Geist.«

»Aha …«, meinte ich etwas verwirrt.

Erik lachte. »Ich sehe, viel zu viel Theorie. Du musst

das nicht alles verstehen. Wir vergessen manchmal, dass das für die meisten Leute alles ziemlich fremd ist. Hast du trotzdem Lust, mal die Meditation auszuprobieren? Du musst nicht mitmachen, du kannst auch nur mal zuschauen.«

»Ach, ich würde gern mal mitmachen. Neugierig bin ich ja schon!«

Erik wandte sich Manuela zu und fragte sie etwas. Ich hörte aber nicht mehr zu, denn in diesem Augenblick kam Nick herein, und mein Puls schoss auf hundertachtzig. Ich war damals selbst überrascht über meine Reaktion.

Nick erkannte mich sofort wieder und kam auf mich zu. »Hey, das ist ja mal 'ne Überraschung! Ich hab gar nicht mehr mit dir gerechnet«, er lächelte mich freundlich an. »Einen Tee hast du ja schon, wie ich sehe. Haben sie dir auch schon etwas erklärt.

Ich antwortete nur mit einem knappen »Ja«. Ich war richtig aufgeregt. Sein plötzliches Erscheinen hatte mich total aus der Bahn geworfen. Er hatte heute eine lockere, schwarze Sporthose und ein Langarmshirt an statt der braunen Kutte, die er auf der Ausstellung getragen hatte. Ich hatte ihn gar nicht als so gut aussehend in Erinnerung.

»Wie gefällt es dir denn bisher?«

»Gut! Ehrlich gesagt hatte ich irgendwie etwas anderes erwartet.«

»Was denn?«, fragte er und runzelte die Stirn.

»Hmm, alte, weise, schweigende Mönche?«

Wir lachten beide. Es tat gut mit ihm zu reden.

»Ja, die alten Mönche sind gerade auf Wanderschaft.«

Wir lachten wieder. Nick fragte gar nicht, warum ich jetzt erst hergekommen war. Wir unterhielten uns über die Ausstellung, den Buddhismus und über sein Buch.

Ich erzählte ihm sogar von meinem Buch und von der Idee, die Geschichte zu veröffentlichen. Er fand mein Vorhaben großartig und bot mir sogleich seine Hilfe an. Ich war so froh darüber, dass ich mich dazu entschieden hatte, ihn doch wieder zu treffen.

Plötzlich bemerkten wir, dass die anderen uns grinsend anschauten. Sie warteten wohl schon eine ganze Weile.

»Sollen wir?«, fragte Erik.

»Klar!«, antwortete Nick grinsend.

Und so erlebte ich meine erste Meditation.

DER WEG ZUM TAL DER HEILER

Samara ließ mich noch einen Moment lang ausruhen, dann setzten wir gemeinsam mit Elias und seinen Begleitern unsere Reise fort. Ich hatte es Samara und ihren Heilkräften zu verdanken, dass ich keine Verletzungen und auch keine Schmerzen mehr hatte. Jedoch saß mir der Schreck noch in den Gliedern. Meine Hände zitterten, als ich die Zügel wieder aufnahm. Alles war so schnell gegangen, langsam wurde mir bewusst, was passiert war und welches Glück wir gehabt hatten. Während wir durch den Wald ritten, erinnerte ich mich an die Geschehnisse.

Erst war da dieser seltsame Traum von der alten Frau, Ava, wie sie Samara genannt hatte, und ihre Botschaft an mich: »Ihr tragt ein großes Schicksal!« Was hatte sie nur damit gemeint? Warum war meine Ankunft nur von solch großer Bedeutung und warum machte jeder ein Geheimnis darum?

Ava hatte mich eindeutig davor gewarnt, dass sich uns eine Bedrohung näherte, und dass ich nicht kämpfen sollte. Wie konnte sie das wissen? War sie hellsichtig? Hatten alle Heiler diese Gabe? Aber hätte Samara dann nicht auch die Gefahr eher spüren müssen? Ich hatte so viele Fragen.

Dann dachte ich an Korush, und ein eiskalter Schauer lief mir bei diesem Gedanken über den Rücken. Ich erinnerte mich an die scharfe Schwertklinge an meiner Kehle. Immer noch konnte ich den Druck des blanken Stahls spüren. Warum wollten sie mich mitnehmen, einen fremden Geschichtenerzähler? Was hatten sie nur mit mir vor? Wenn sie mich hätten töten wollen, hätten sie dazu genügend Gelegenheiten gehabt. Also wozu konnte ich ihnen wohl nutzen? Wenn es ihnen gelungen wäre, mich mitzunehmen, wäre ich vollkommen unwissend gewesen. Warum gab mir niemand Antworten? Wieso schwieg Samara nur so beharrlich über dieses Thema?

Tief in Gedanken versunken ritt ich Samara hinterher. Wir durchquerten zügig den Wald und machten keine Pause. Als Elias an mir vorbeitrabte, um weiter hinten nach dem Rechten zu sehen, blickte ich ihm nach. Woher hatte er gewusst, wo wir sind? Seit wann war er uns gefolgt? Ich erinnerte mich an seine Worte: »Ich habe Belagol vorausgeschickt.« Ich war sicher, dass er damit den großen Vogel gemeint hatte. Aber wie stand er mit dem Tier in Kontakt? Ich drehte den Kopf nach hinten und schaute Elias weiter hinterher. Er stoppte bei einem seiner Männer und sprach mit ihm. Ihre silbernen Rüstungen blitzten in der Sonne unter den dunkelblauen Umhängen hervor. Warum gab es Krieger in einem Land, in dem stets Frieden geherrscht hatte? Je länger ich nachdachte und Klarheit erlangen wollte, desto mehr Fragen stellten sich mir.

Ich trieb mein Pferd an und ritt neben Samara. Sie lächelte mir freundlich zu. »Darius, wie fühlst du dich? Hast du genügend Kraft, um noch weiter zu reiten?«

»Ja«, antwortete ich knapp. »Ich habe nur so viele Fragen!«

Samara blickte mich traurig an. »Ich kann dich verstehen, aber ich kann dir dennoch leider nicht mehr Antworten geben. Kannst du dich noch gedulden?«

»Warum wollten die Männer mich mitnehmen? Warum bin ich so wichtig?«

Samara sah mich nachdenklich an. Ich spürte, dass es ihr schwerfiel, mir die Antworten zu verweigern. »Du wärst für mich gestorben. Wieso?« Ich blickte sie ernst an.

»Meine Aufgabe ist es, dich zu schützen.«

»Wovor?«

»Es ist besser, wenn Ava dir diese Dinge erklärt.«

»Aber was wäre gewesen, wenn mich Korush mitgenommen hätte und ich Ava gar nicht erreicht hätte? Samara, du hast mich mit deinem Leben verteidigt. Warum bin ich von so großer Bedeutung?«

»Versteh doch, es ist zu deinem Schutz, wenn du nicht so viel über diese Dinge weißt, noch nicht.«

Enttäuscht senkte ich den Kopf. Dann blickte ich wieder zu Samara. »Dann sag mir, warum es Krieger in eurem Land gibt, wenn dauerhaft Frieden herrscht. ... Und woher kennst du Elias?«

Samara lachte. »Du wirst keine Ruhe geben, oder? Nun gut, darüber kann ich dir etwas erzählen. Die Krieger schützten uns von jeher vor einem Angriff aus der Fremde. Wir wussten nie mit Sicherheit, dass nicht eines Tages doch fremde Schiffe an unsere Küste gelangen und auch nicht welche Absichten diese haben würden. Im letzten Jahr wurde die Anzahl der Krieger jedoch immer größer, da der Frieden im Land bedroht ist. Peredur stellt seine Armee auf und niemand weiß, wann er angreifen wird. Außerdem sind die Krieger Teil der Prophezeiung, aber dies wird dir Ava erklären, wenn es an der Zeit ist.«

Sie beendete ihre Erzählung und schaute mich nachdenklich an. Wir ritten eine Weile schweigend nebeneinander her.

»Und woher kennst du nun Elias?«, fragte ich neugierig.

Sie lachte wieder. »Du hast es nicht vergessen!«

Einen Augenblick lang hielt sie inne, und ich dachte

schon, sie würde mir nichts mehr erzählen.

»Üblicherweise haben Heiler und Krieger keinen Kontakt. Wir behandeln einander mit Respekt. Die Heiler heilen auch die Krieger, spenden ihnen Licht und helfen ihnen bei ihrer Regeneration oder bei möglichen Verletzungen. Aber ansonsten treffen wir nicht aufeinander.«

Ich erinnerte mich wieder an Samaras wundersame Heilkräfte und wie sie meine Verletzungen einfach hatte verschwinden lassen.

»Eines Tages«, fuhr Samara fort, »traf ich Elias im Wald. Sein Vogel Belagol hatte einen gebrochenen Flügel und Elias war daher auf der Suche nach einem Heiler. Ich half ihm und heilte den Flügel des Vogels. Danach unterhielten wir uns. Du musst wissen, es gibt sehr wenige dieser Vögel, und noch seltener ist eine solche Verbindung, wie sie Elias und Belagol haben.«

»Was meinst du damit?«

»Sie sind eng miteinander verbunden. Elias kann sehen, was Belagol sieht, wenn er mit ihm in Kontakt tritt. Der Vogel ist sein drittes Auge, und ihre Lebenswege sind unwiderruflich miteinander verbunden. Belagol wird Elias bis an sein Lebensende begleiten.«

»Belagol wird Elias nicht verlassen, bis er stirbt?«

»Nein, Belagol wird Elias nicht verlassen, bis Elias stirbt. Diese Vögel sind uralte Geschöpfe, die viele hunderte von Jahren alt werden. Es war damals das erste Mal und auch bisher das einzige Mal, dass ich ein solches Wesen behandelte. Bei jeder Berührung spürte ich die unglaubliche Stärke und Weisheit, die von diesen Vögeln ausgeht. Ich wusste damals, dass Elias ein besonderer Mensch sein musste, wenn dieses Geschöpf sich mit ihm verband. Er musste reinen Herzens sein, und auch wenn er ein Krieger ist, ist sein Glauben und Handeln von dem der Heiler nicht sehr verschieden. So unterhielt ich mich an jenem Tag mit Elias und erfuhr auch für mich sehr viel Lehrreiches. Er begleitete mich noch einige Tage auf meinem Heimritt und dann trennten sich unsere Wege. Seither habe ich ihn nicht mehr gesehen, dennoch verbindet uns seit diesen Tagen eine tiefe Freundschaft.«

Gespannt lauschte ich Samaras Geschichte. Als sie aufhörte zu reden, fragte ich weiter nach: »Warum haben Heiler und Krieger ansonsten keinen Kontakt?«

»Die Heiler sind, wie ich dir bereits erklärt habe, Wesen des Lichts. Wir tragen das Licht des Lebens in uns und geben es weiter. Niemand von uns trug jemals eine Waffe mit sich. Wir heilen und spenden Leben. Der Krieger hingegen, auch wenn er dies zum Schutz des Lebens tut, verletzt oder zerstört das Leben. Die Waffe, die er bei sich trägt, dient nur dem Zweck, Gewalt auszuüben und Schaden zuzufügen. Das Volk der Krieger ist zwar mit den Prinzipien von Alchatar aufgewachsen und sie sind ebenso ehrfürchtig vor dem Leben. Jedoch ist es ihre Aufgabe, das Leben und den Frieden in Alchatar mit Gewalt zu erhalten. Diesem Prinzip widersprechen die Heiler. Daher ist es den Kriegern nicht gestattet, das Tal der Heiler zu betreten, und der Kontakt zwischen den beiden Gemeinschaften ist beschränkt. Wünscht eine Heilerin eine Bindung mit einem Krieger, so muss sie die Gemeinschaft der Heiler verlassen und verliert ihre Fähigkeiten. Das ist jedoch bisher nur ein einziges Mal vorgekommen. So, und nun genug der Erzählungen. Wir haben noch einen weiten Weg vor uns, und du bist viel zu neugierig!«

Sie lachte, spornte ihr Pferd an, und wir ritten in zügigem Schritt einen geschwungenen Waldweg hinab.

Vor uns ritten etwa zwanzig Krieger und hinter uns war etwa dieselbe Anzahl. Alle zu meinem Schutz, zum Schutz des bedeutungsvollen Fremden.

Nach einer Weile trabte Elias neben Samara. Gespannt hörte ich, was sie sprachen.

»Samara, ich vermute, Korush wird sobald wie möglich mit genügend Männern zurückkommen und uns suchen. Ich habe bereits Belagol ausgesandt, um Ausschau nach seiner Rückkehr zu halten, und Alexandro wird gleich aufbrechen und nach Hortona reiten und mit mehr Kriegern zurückkehren. Er hat das schnellste Pferd von uns. Aber ich fürchte, er wird dennoch nicht vor Korush wieder zurück sein. So könnten wir gezwungen sein, den Weg über den Berg zu nehmen.«

»Das ist völlig unmöglich. Ein Aufstieg wäre zu gefährlich und mühselig. Noch dazu müssten wir die Höhle von Tarah durchqueren. Du weißt, dass wir diesen Ort meiden. Noch dazu ist es für Darius eine zu große Gefahr. Du weißt, von jenem Ort geht nichts Gutes aus!«

Elias schwieg einen Moment und sah Samara ernst an. »Ich fürchte, wenn Korush uns den Weg abschneidet, werden wir keine andere Wahl haben. Auf der einen Seite nähert er sich, und auf der anderen Seite liegen die steilen Klippen am Meer. Es wird uns wohl nichts anderes übrig bleiben, als den Berg zu überqueren.«

Samara schaute ihn besorgt an und nickte.

Elias ritt noch eine Weile neben Samara her, dann trabte er wieder nach vorne. Samara sprach bis zum Einbruch der Dunkelheit kein Wort mehr. Sie wirkte sorgenvoll. Ich hoffte, wir würden vor Korushs Rückkehr den Berg passieren, ich wollte nicht auf diesen Berg hinauf und unter keinen Umständen in diese

Höhle. Aber ich spürte jetzt schon, dass es wohl unumgänglich war.

Bei Einbruch der Nacht machten wir endlich Rast. Elias hatte dafür eine kleine Anhöhe am Waldrand gewählt. Vor uns lag eine weite Ebene, und in der Dämmerung konnte man in der Ferne die großen schwarzen Umrisse des Berges erkennen. Auf unserem Weg hatten Samara und einige der Krieger Früchte, Pilze und Blätter gesammelt. Sie hatten auch Wasser in verschiedene Gefäße gefüllt.

Nun machten sie ein Feuer, wir setzten uns und aßen gemeinsam. Keiner der Männer hatte bisher mit mir gesprochen, sie hatten mich lediglich neugierig und leicht unsicher beäugt.

Nun, da wir zusammen saßen, brach ich Samaras Verbot und sprach Elias an: »Ich danke Euch für unsere Rettung. Ihr kamt im rechten Moment.« Zu meiner Überraschung ließ Samara mich gewähren. »Ohne Euch wäre ich nun gewiss in den Händen Korushs und Samara wahrscheinlich nicht mehr am Leben.«

Elias blickte mich freundlich an. Er sah mir direkt in die Augen und ich konnte keinerlei Unsicherheit erkennen. »Es ist mir eine Ehre, Euch zu schützen und wohlbehütet ans Ziel zu bringen. Euer Ruf eilt Euch voraus. Als ich von Eurer Ankunft in Anthalatta erfuhr, machte ich mich sogleich auf den Weg.«

»Ich danke Euch dafür.«

Mehr wagte ich nicht zu sagen. Ich lächelte Elias zu und aß einige Beeren. Nach diesem langen, anstrengenden Tag hatte ich großen Hunger. Samara kletterte auch diese Nacht wieder auf einen der Bäume, um dort zu schlafen. Ich zog es vor, bei den Kriegern auf dem Boden zu schlafen. Ich war so erschöpft, dass ich sofort einschlief. Diese Nacht erschien mir Ava nicht im Traum. Ich schlief tief und fest, bis Samara mich noch vor Tagesanbruch aufweckte. »Darius, wir reiten weiter. Wir dürfen keine Zeit verlieren.«

Noch im Dunkel der Nacht betraten wir die Ebene und ritten weiter auf den großen Berg zu. Meine Beine schmerzten von dem langen Ritt gestern. Samara bemerkte mein schmerzverzerrtes Gesicht. Sie lenkte ihr Pferd neben mich. »Gib mir deine Hand!«

Zögerlich nahm ich die Zügel in eine Hand und streckte Samara die andere entgegen. Sie nahm meine Hand und umschloss sie behutsam mit ihrer Hand. Dann schloss sie die Augen. Ich spürte wie meine Hand warm wurde und ein seltsam wohliges Gefühl meinen Körper durchflutete. Nach einer Weile öffnete Samara wieder die Augen. »Besser?«

Verwundert stellte ich fest, dass die Schmerzen verschwunden waren. Ich fühlte mich stark und voll neuer Energie. »Deine Kraft ist bemerkenswert!«

»Das sind nicht meine Kräfte. Das ist das Licht, ich bin nur die Überbringerin.«

Wir ritten über einen breiten Hügelkamm, und die ersten Sonnenstrahlen blitzten hinter uns über den Baumspitzen hervor, als Belagol zurückkehrte. Sein heller Schrei durchschnitt die Stille. Samara blickte erschrocken zu Elias.

»Wir müssen uns beeilen!«, sagte er, und dann fügte er mit ernster Stimme hinzu. »Und wir müssen nun über den Berg!«

Samara stand der Schreck ins Gesicht geschrieben, aber sie schwieg.

»Los! Auf, auf!«, schrie Elias und gab den Männern ein Zeichen. Er schlug die Beine in den Bauch seines Pferdes und galoppierte davon. Wir folgten ihm. Die

Pferde rasten im gestreckten Galopp über den Hügelkamm, die Hufschläge donnerten dumpf auf dem dichten Grasboden. Der Wind fegte durch mein Gesicht, trieb mir die Tränen in die Augen und ließ meinen Umhang flattern. Ich hielt mich vorne am Sattel fest, unter mir galoppierte mein Pferd mit kraftvollen, gleichmäßigen Sprüngen. Die Muskeln des Tieres traten deutlich hervor und die weiße Mähne wehte im Wind. Rasend schnell flog der Wiesenboden unter uns hinweg.

Aus der Ferne betrachtet war es sicherlich ein beeindruckendes Bild: eine Schar Reiter auf schneeweißen Pferden in gestrecktem Galopp auf einem langen, grünen Hügelkamm. Bald ging es leicht bergab und ich hatte immer größere Mühe mich zu halten.

Wir galoppierten lange Zeit, es kam mir ewig vor. Ich spürte deutlich, dass wir auf der Flucht waren. Ich wusste nicht wirklich, vor wem und warum, nur dass ich der Grund dafür war und dass es besser war, wenn wir es rechtzeitig ins Tal der Heiler schaffen würden. Wer weiß, wie viele Menschen ansonsten womöglich ihr Leben verlieren würden.

Wir näherten uns erneut einem Waldrand, und Elias wurde langsamer. Wir parierten die Pferde.

»Im Wald müssen wir Schritt gehen. Es ist zu eng und zu gefährlich.«

Ich erinnerte mich daran, wie mein Pferd bei der Hetzjagd im Wald plötzlich ausgewichen war, und ich mich nicht mehr halten konnte.

Zügig und schweigend ritten wir weiter. Man konnte die Anspannung deutlich fühlen. Auch Samara wirkte sehr ernst und besorgt. Ich wusste nicht, ob dies an der Tatsache lag, dass uns unsere Verfolger so dicht auf den Fersen waren, oder daran, dass wir den Berg hinauf mussten. Sie blickte starr nach vorn und sprach kein

Wort. So ritten wir den ganzen Tag und machten kaum Halt, selbst als die Dämmerung hereinbrach und die Schatten im Wald allmählich immer länger und dunkler wurden, bis es schließlich tiefe Nacht war. So ritten wir durch die Finsternis.

Das weiße Fell der Pferde war trotz der Dunkelheit noch deutlich zu erkennen. Ich sah vor mir den dunkeln Umriss von Samara. Jemand ritt neben sie, und ich erkannte Elias' Stimme.

»Samara. Die Zeit läuft uns davon. Wir müssen noch vor Tagesanbruch den Berg erreichen. Kannst du uns helfen? Du bist mit der Natur mehr verbunden als wir.«

Samara zögerte kurz. »Nun gut. Ich werde es versuchen.«

Sie streckte ihre rechte Hand aus und begann vor sich hinzumurmeln: »Aga te omena me! Aga te omena me!«

Sie wiederholte die befremdlichen Worte immer wieder und wurde dabei allmählich lauter. Sie tat dies mit Nachdruck, und ihre Stimme war fest und klar. Von hinten konnte ich erkennen, dass etwas an ihrem Hals zu leuchten begann. Erst erhellte es nur ihren Kopf, dann den gesamten Oberkörper und schließlich reichte das Licht bis auf den Boden. Als sie sich zur Seite drehte, sah ich, dass sie irgendeinen Anhänger an einer Kette um den Hals hängen hatte. Und dieser Anhänger war die Quelle des Lichtscheins. Das Licht war sehr hell, fast weiß.

Plötzlich tauchten überall kleine Lichter aus der Finsternis des Waldes auf. Von allen Seiten schwärmten sie auf uns zu. Es waren die kleinen leuchtenden Käfer, die ich schon in der ersten Nacht im Wald gesehen hatte. Sie sammelten sich auf beiden Seiten des Weges. Es sah beinahe so aus, als würden die Sterne vom Himmel hinabgleiten, um uns auf unserem Weg zu leuchten. Fasziniert beobachtete ich dieses außergewöhnliche Schauspiel. Ich hatte zuvor noch nie etwas Derartiges gesehen. Der Pfad, den wir entlangritten, war nun hell erleuchtet und Samara verstummte wieder.

Die kleinen Lichtbringer begleiteten uns auf unserem Weg und erleuchteten die finstere Nacht mit ihrem hellen Licht. So konnten wir unsere Reise fortsetzen.

Immer wieder blickte ich begeistert nach den winzigen Wesen. Manche flogen dicht an meinem Pferd entlang, um dann wieder surrend zum Wegesrand zurückzukehren.

Die Sonne war noch nicht aufgegangen, da erreichten wir den Fuß des Berges. Ich war sehr erschöpft von dem langen Ritt und war mir nicht sicher, ob ich erleichtert darüber sein sollte, dass wir unser Ziel erreicht hatten. Düster ragte der Berg vor uns in die Höhe. In der Dunkelheit erschien er mir noch viel bedrohlicher. Es wurde allmählich hell, und der Berg stand wie ein riesiger tiefschwarzer Schatten vor uns.

»Wir warten mit dem Aufstieg noch, bis es heller geworden ist«, sagte Elias und stieg ab. Ich blickte weiter auf den Berg und erkannte einen schmalen Pfad, der sich verschlungen den Berg hinaufwand. Erst schien es nur sanft bergauf zu gehen, nach oben hin wurde der Weg jedoch immer steiler und felsiger. Mit einem mulmigen Gefühl betrachtete ich diesen steinernen Riesen. Dann stieg auch ich vom Pferd.

Zunächst war der Aufstieg nicht so beschwerlich, wie ich ihn mir vorgestellt hatte. Wir ritten hintereinander den schmalen Pfad entlang. Dieser führte stetig bergauf. Dann wurde der Weg jedoch immer schmaler und steiler. Schließlich mussten wir absteigen und die Pferde auf dem kleinen, felsigen Pfad führen. Auf der einen Seite wurde der Weg begrenzt durch eine steile dunkle, Felswand, auf der anderen Seite durch einen gefährlichen Abgrund, der mit jedem Meter, den wir weiter gingen, immer tiefer wurde.

Vorsichtig schritt ich meinem Pferd voraus. Ich hatte die Zügel in der einen Hand, mit der anderen tastete ich mich an der Felswand entlang. Ich bemühte mich, geradeaus vor mich zu schauen und nicht in die Tiefe zu blicken. Langsam wurde es neblig und je höher wir kamen, umso dichter wurde der Nebel.

Ich konnte kaum meine eigene Hand erkennen und sah nicht mehr, wohin ich trat. Ich drückte mich nun immer dichter an die Felswand und setzte vorsichtig einen Fuß vor den anderen.

Plötzlich polterte es über unseren Köpfen, und vor mir schlug etwas mit einem lauten Knall auf den Weg, um dann weiter in die Tiefe zu stürzen. Ich konnte nicht erkennen, was es war. Ich sah nur dunkle Schemen. Geduckt drückte ich mich gegen die feuchten Felsen.

Samaras Pferd, das vor mir ging, scheute jedoch und sprang wiehernd mit einem Satz nach vorn. Ich hörte Samara erschrocken laut aufschreien. Entsetzt blickte ich in den dichten, trüben Nebel vor mir und sah, wie eine Gestalt vor mir in die Tiefe stürzte.

»Samara!«, schrie ich panisch auf und kletterte ein Stück weiter nach vorn. Ich stand nun sehr dicht am Abgrund und fühlte die Flanke des aufgescheuchten Pferdes neben mir. Am Rand des Pfades sah ich Samara, die dicht vor den Vorderhufen ihres Pferdes am Abgrund hing und sich mit aller Kraft an die kantigen Felsen klammerte.

»Oh Gott!«

Die Worte blieben mir fast im Hals stecken. Mein

Herz raste, und ich hörte, wie mein Blut durch meine Adern rauschte. Sehr vorsichtig versuchte ich mich Samara zu nähern, da sah ich, wie von der anderen Seite ein Schatten auf Samara zukam. Es war Elias, er kniete sich zu Samara nieder und zog sie herauf. Samara klammerte sich dabei fest an ihn, kraftvoll zog er sie zu sich. Sie fiel ihm in die Arme und die beiden knieten einen Moment lang eng umschlungen am Abgrund.

»Geht es dir gut?«, fragte Elias nach einer Weile.

Samara umklammerte ihn weiter und nickte zögerlich. Elias stand langsam auf und half Samara behutsam, ebenfalls wieder aufzustehen. Er legte seine Hand auf ihre Wange. Samara lehnte ihren Kopf zur Seite und schmiegte ihr Gesicht in seine Hand.

»Geht es dir wirklich gut?«, fragte Elias mit sanfter Stimme.

Samara nickte wieder.

»Ich dachte schon, ich hätte dich verloren!«

Wir hielten noch einen Moment inne, dann setzten wir unseren Weg fort. Mit großer Vorsicht tastete ich mich zurück hinter Samaras Pferd. Ich war sehr angespannt und spürte, dass auch den anderen der Schreck in den Gliedern saß.

Bedächtig setzte ich einen Fuß vor den anderen und tastete mich dabei an der feuchten Felswand entlang. Der Nebel wurde noch dichter, ich sah im hellen Grau nur dunkle Schemen vor mir. Die Luft war feucht, viele winzige Regentropfen fielen mir ins Gesicht. Meine Kleidung wurde allmählich immer nasser und schwerer. Mühsam und sehr langsam bewegten wir uns fort.

Die Pferde, deren große stämmige Körper kaum auf den schmalen Pfad passten, folgten uns treu. Dicht am Abgrund schritten sie den steinigen Weg entlang. Hin und wieder polterte es über uns und irgendwo stürzte

Gestein in die Tiefe. Ich betete, dass wir alle diesen Weg lebend überstehen würden.

Nun verstand ich, wieso Samara sich so vehement dagegen gewehrt hatte, diesen Berg zu überqueren.

Angestrengt blickte ich in das trübe Weißgrau um mich herum. Alles war verschwommen und farblos, als hätte sich ein Schleier über meine Augen gelegt. Nach mehreren Stunden, die mir unendlich lange vorkamen, bewegten wir uns immer noch Schritt für Schritt dicht am Abgrund den Berg hinauf. Meine Haut war nass und kalt, meine Kleidung hing tropfend an mir herunter, und ich kam nur schwerlich voran. Meine Beine zitterten, und auch meine Arme wurden immer schwerer. Ich hatte meine Arme schon vor einiger Zeit kraftlos sinken lassen. Und die Zügel des Pferdes baumelten nur noch locker in den Fingern.

So schleppte ich mich vollkommen erschöpft weiter, abgeschirmt von der Welt. Vor mir Samaras Pferd, hinter mir mein eigenes, auf der einen Seite eine Felswand und auf der anderen ein tiefer Abgrund. Um mich herum nichts als dichter Nebel, der mich kaum etwas sehen ließ und alle Geräusche dumpf verschluckte. Es war eng, einsam und still. Jeder war für sich. Ich hatte das Gefühl, ich könne schon bald nicht mehr weitergehen. Daher wollte ich Samara um Hilfe bitten. Doch mir fehlte schlichtweg die Kraft, um sie anzusprechen. Aber selbst, wenn ich Samara durch Rufen erreicht hätte, hätten wir weder umkehren noch Rast machen können. Es gab nur einen Weg, und der führte weiter den Berg hinauf. Dessen war ich mir bewusst.

Also setzte ich mühsam weiter einen Fuß vor den andern und blickte starr vor mich auf den Boden.

Ich dachte in diesem Moment, ich würde es nicht

schaffen. Den nächsten Schritt würde ich nicht mehr tun können. Ich würde zusammenbrechen, den dunklen Abgrund in die Tiefe stürzen und einfach von der Stille und dem Nebel verschluckt werden. Mittlerweile hatte ich alle Angst verloren, ich war nur noch erschöpft, so erschöpft wie noch nie zuvor in meinem Leben.

War ich vom Meer verschont geblieben und hatte den Schiffbruch überlebt, um nun in dieser stillen, grauen Welt des Berges zu sterben? Dieser Weg erschien mir erbarmungslos und ohne Ende.

Da hörte ich Samaras Stimme plötzlich vor mir: »Halte durch! Wir sind fast da!«

Ich war zu schwach, um ihr zu antworten, aber ihre Worte gaben mir Kraft.

Und kurze Zeit später lichtete sich tatsächlich der Nebel. Zuerst dachte ich, meine Augen hätten sich an die Trübung gewöhnt, aber dann erkannte ich deutlich, dass es immer heller und klarer wurde, bis die Sonne uns wieder entgegenblitzte und der blaue Himmel endlich hervortrat.

Geblendet kniff ich die Augen zusammen und atmete die frische Luft ein. Ich blickte um mich, wir waren erst auf halber Höhe des Berges. Neben mir ragten die Felsen noch weit hinauf. Angestrengt sah ich nach oben. Ich konnte den Gipfel aber nur erahnen. Dann schaute ich hinab, unter uns erstreckte sich die lange, weite Ebene, die wir durchquert hatten, mit ihren Wäldern, Wiesen und sanften Hügelkämmen.

Ich bückte mich nach vorn und blickte direkt den Abgrund hinunter. Unter uns verschwand der Berg in dichten, weißgrauen Wolken. Es war ein seltsames Gefühl. Über mir war der weite, klare Himmel und unten die dichten Wolken. Als würden wir hier zwischen Himmel und Erde wandeln. Der schwarzbraune Felsen glitzerte und funkelte in der hellen Sonne. Meine Augen brauchten eine Weile, bis sie sich wieder an das Licht gewöhnt hatten. Ich war froh, aus dem Nebel heraus zu sein. Noch ahnte ich nicht, welche Finsternis vor uns lag.

Langsam stiegen wir weiter nach oben. Ich blickte wieder in die Ferne. Sogar die Küste und das Meer konnte ich von hier oben sehen. Die Sonne stand mittlerweile schon tief über dem Meer. Wir hatten fast einen ganzen Tag für den Aufstieg gebraucht, und der Gipfel schien noch unendlich weit von uns entfernt.

Jedoch wurde der Weg nun immer breiter und flacher, bis er schließlich in eine größere Einbuchtung mündete. Wir betraten den kleinen Platz, und ich war erleichtert, nach dieser langen Zeit endlich keinen Abgrund mehr neben mir zu haben.

Die Männer hielten die Pferde an. Samara drehte sich zu mir um, und ich sah, dass sie Blut an ihrer Stirn hatte. Erschrocken ging ich auf sie zu: »Du bist verletzt!«

Ich blickte an ihr herunter. Ihre zarten Hände waren von den kantigen Felsen aufgeschnitten und ihr Umhang hatte mehrere Risse.

Samara lächelte: »Sorge dich nicht um mich. So wie ich dich heilte, kann ich auch mich selbst heilen. Ich benötige nur Zeit und Ruhe, um wieder zu Kräften zu gelangen.«

Unsicher blickte ich auf die aufgeschürfte und angeschwollene Stelle an Samaras Kopf, auch in ihren Haaren klebte Blut.

Da kam Elias auf uns zu. »Wir schlagen dort unser Lager auf.«

Er zeigte auf eine geschützte Stelle innerhalb der Einbuchtung. »Die Nacht über wird immer jemand von uns Wache halten.« Er blickte auf Samaras blutige

Hände. »Ich hoffe, ihr findet Ruhe und Erholung in der Nacht!«

»Wir bleiben über Nacht hier?«, fragte ich unsicher.

»Es ist zu gefährlich, nachts weiterzugehen. Wir haben keine andere Wahl. Wir sind zu erschöpft, um weiterzugehen. Außerdem können wir nachts nicht die Höhle durchqueren. Wir müssen warten, bis die Dunkelheit vorübergeht.

»Das ist die Höhle?«

Erst jetzt bemerkte ich den Eingang der Höhle am anderen Ende der Einbuchtung. Ein tiefschwarzes Loch, das in dem dunklen Felsen klaffte. Ein Schauer lief mir kalt über den Rücken. In mir sträubte sich alles dagegen, dort hineinzugehen. Ich starrte von großer Furcht erfüllt auf diesen düsteren Eingang. Es wirkte so, als entziehe er seiner Umgebung sämtliches Licht.

»Ist das der Eingang der Höhle?«, fragte ich ernst.

»Ja. Dies ist die Höhle von Tarah«, antwortete Samara.

»In der Höhle ist es so finster. Welchen Unterschied macht es, sie erst bei Tagesanbruch zu betreten? Im Inneren wird es doch auch tagsüber nicht heller.«

»Es macht einen Unterschied. In der Finsternis der Höhle verbergen sich Kreaturen von solcher Düsterkeit und Boshaftigkeit, wie du es dir nicht vorstellen kannst. Sie leben in dieser Höhle und sind Geschöpfe der Nacht. Daher ist es die einzige Möglichkeit, es am Tag zu versuchen.«

»Und wenn diese Kreaturen uns dennoch begegnen?«

Samaras Augen wurden von Furcht erfüllt. »Dies sollte nicht geschehen! Ich hoffe, dass unsere Anwesenheit unbemerkt bleibt!«

Wir gingen zu der Stelle, auf die Elias gezeigt hatte.

Einige der Krieger kümmerten sich um die Pferde. Sie nahmen mein Pferd und führten es zu den anderen.

Erschöpft ließ ich mich auf den steinigen Boden sinken. Ich nahm den Umhang ab. Meine Kleidung war durch die Sonne und den Wind angetrocknet und nur noch klamm. Der Platz, an dem ich saß, lag geschützt, und es war hier oben angenehm warm. Das dunkle Gestein hatte die Wärme der Sonne aufgenommen und gab sie nun wieder ab.

Allmählich wurde es immer dunkler. Ich war unendlich erschöpft und müde, fühlte mich matt und schwach. Die Strapazen der letzten Tage und der mühselige Aufstieg hatten deutliche Spuren hinterlassen. Ich sackte zusammen, lehnte mich an den warmen Felsen und schloss die Augen. So versuchte ich zu schlafen.

Dennoch war ich innerlich aufgewühlt, voller Unruhe und Anspannung. Der Berg und besonders auch die Höhle flößten mir schreckliche Angst ein.

Langsam umgab uns die Finsternis, und mit ihr kamen die Stimmen. Zuerst glaubte ich, mich verhört zu haben. Aber der Wind brachte ein leises Murmeln und Flüstern zu uns, und aus der Tiefe des Gesteins seufzte und grollte es. Dann hörte ich dumpf ein Schreien, das aus dem Fels selbst zu kommen schien. Vor Angst erstarrt blickte ich auf den Eingang der Höhle. Selbst in der Dunkelheit der Nacht war der tiefschwarze Eingang deutlich zu erkennen. Es kam mir so vor, als würde sich die Finsternis der Höhle ausbreiten und immer näher kommen. Ich hatte das Gefühl, die Dunkelheit übermannte mich, lähmte mich und nahm mir mehr und mehr die Luft. Voller Furcht und Entsetzen lauschte ich den düsteren Stimmen und starrte weiter gebannt in diese Schwärze, in diese alles Licht verschlingende

Finsternis. Ich erwartete, dass jeden Moment jene Kreaturen, von denen Samara erzählt hatte, hervortreten würden. Mein Atem wurde immer schneller, mein Körper war vollkommen gelähmt. Ich hatte den Blick starr auf die Höhle gerichtet.

Plötzlich spürte ich eine Hand auf meiner Schulter. »Sieh nicht hin!«

Ich löste mich aus der Erstarrung und blickte zur Seite. Samara kniete neben mir. Ihre Wunden waren fast verschwunden und ihre Haut schimmerte weiß in der Dunkelheit der Nacht.

»Durch deine Furcht und die große Aufmerksamkeit, die du dieser Finsternis schenkst, nimmt sie Besitz von dir. Versuch zu schlafen. Du brauchst morgen Kraft.«

»Aber hörst du nicht diese Stimmen?«

»Doch, ich höre sie, aber ich schenke ihnen nicht eine solche Aufmerksamkeit. Dieser Ort hier ist sehr gefährlich. Schon manch einer hat dem Raunen zu lange gelauscht und zu tief in die Dunkelheit geblickt. Sie umklammert das Herz mit tiefer Furcht und nimmt schließlich jene ganz und gar in Besitz, die ihr folgen. Es sind ihre Stimmen, die du vernimmst. Sie wurden eins mit der Dunkelheit, eins mit der Angst und sind dazu verdammt, an diesem Ort zu bleiben. Hüte dich davor, ihren Stimmen zu folgen!«

Ungläubig schaute ich Samara an. Ich hatte immer noch schreckliche Angst. Es war für mich eine entsetzliche Vorstellung, in diesem Berg gefangen zu sein.

»Wie kann hier das Böse herrschen? Du sagtest, euer Land wäre voll von Gutem und es habe immer Frieden geherrscht!«

»So ist es auch. Doch wo Gutes ist, da ist auch Böses. Wo Licht ist, ist auch Schatten. Wir wurden mit dem

Glück gesegnet, dass wir ein Leben wohlbehütet und voller Licht genießen können und dass die Bewohner dieses Landes durch ihre Göttlichkeit so besonnen und von Liebe erfüllt sind. Das Böse hat sich in Alchatar in die letzten Winkel zurückgezogen. Unsere Herzen sind frei von Hass, Neid und Gier. Das Böse hat keinen Platz in unserem Leben. Jedoch ist es immer da und wird auch immer da sein. Wie sehr es dich und dein Handeln bestimmt, liegt in deiner Hand. Die Angst, die dich übermannt und lähmt, ist der erste Schritt der Dunkelheit in dein Herz! Du musst deiner Angst entgegentreten und sie überwinden, dann nimmst du ihr die Kraft.«

Nachdenklich blickte ich vor mich in die Dunkelheit. »Ich bin nicht wie du. Mein Herz ist voller Angst. Ich habe nicht die Kraft, mich dagegen zur Wehr zu setzen!«

Samara lächelte mich verständnisvoll an. »Leg dich hin, Darius!«

Behutsam nahm sie meine Hand und begann leise zu singen. Sie hatte eine wunderschöne Stimme. Klar und voller Wärme sang sie eine seltsame Melodie. Ich verstand nicht, was die Worte bedeuteten, aber sie beruhigten mich, und die Angst verschwand. Ich schloss die Augen. Allmählich wurde es warm und hell in meinem Inneren.

Voller Dankbarkeit hielt ich Samaras Hand und lauschte diesem wundersamen Lied.

»Eolisa dari naton. Meka di ta kaney. Ofa kasi te oseum. Mera ti ladyum ...«

Ich merkte nicht, wie ich langsam weiter nach hinten sank und in einen tiefen Schlaf fiel.

Später erfuhr ich, dass dies ein Schutzlied in ihrer alten Sprache war. Es bedeutete: »Wende deine Augen zum Licht hin! Vertraue auf die Kraft in dir! Du bist behütet und beschützt. Sieh deine Liebe …«

DIE HÖHLE VON TARAH

Am folgenden Morgen machten wir uns auf, die Höhle von Tarah zu durchqueren. Wir führten die Pferde an der Hand. Samara hatte einige der Abrols mitgenommen. Diese begleiteten uns nun auf unserem Weg und erleuchteten die Dunkelheit. Sie flogen uns voraus, diese bezaubernden kleinen Wesen. Der Stein, den Samara um den Hals hängen hatte, leuchtete ebenfalls.

Dann traten wir durch den Eingang in die Dunkelheit hinein. Keiner sprach ein Wort, still und bedächtig setzten wir einen Fuß vor den anderen. Die Dunkelheit umgab uns, und ich hatte das Gefühl, das Licht der kleinen Geschöpfe und Samaras Anhänger wurde von der Finsternis aufgesogen. Sie schienen zwar noch, aber sie konnten nicht weit in das Dunkel der Höhle hinein leuchten. Ich konnte den Boden und die Wände der Höhle nicht erkennen, um uns herum war alles schwarz. Leise summte ich die Melodie von dem Lied, das Samara für mich gesungen hatte. An dem langen Hallen der dumpfen Hufschläge konnte ich erahnen, wie unfassbar groß die Höhle sein musste.

So schritten wir einige Zeit schweigsam durch die Dunkelheit. Ich dachte an Samaras Worte und summte weiter das Lied. Zwar verspürte ich immer noch Angst, doch ich ließ nicht mehr zu, dass sie von mir Besitz ergriff. Ich blickte in das Licht, das von Samaras Anhänger ausging, und ließ mich nicht mehr von der Düsterkeit um mich herum einnehmen.

Wir gingen sehr lange durch die Höhle. Das gleichmäßige dumpfe Schlagen der Hufe war das einzige Geräusch, ansonsten herrschte Stille. Je tiefer wir in die Höhle gelangten, desto beklemmender war es für mich, kaum etwas zu sehen, zu hören oder ertasten zu können.

Plötzlich wurde die Stille jäh unterbrochen. Ein dunkles, unbeschreiblich lautes Grollen ertönte und ließ die Wände der Höhle erzittern. Der Boden unter unseren Füßen bebte. Ich geriet ins Schwanken, mein Pferd scheute, und ich musste es loslassen. Panisch hielt ich mir die Ohren zu und stolperte nach vorn. Um mich herum brach Chaos aus. Die Pferde scheuten, sprangen aufgeregt umher und rannten davon. Als ich einem der Tiere auswich, verlor ich das Gleichgewicht und stürzte rücklings zu Boden. Ich war noch am Fallen, da sprang einer der riesigen, schweren Körper über mich hinweg. Ich spürte den Luftzug der Hufe knapp über meinem Gesicht.

Als ich auf dem Boden aufschlug, drehte ich mich so schnell wie ich konnte zur Seite und sprang wieder auf. Mein Herz raste. Voller Panik sah ich mich um. In der Düsterkeit erkannte ich nur Schatten. Die Krieger versuchten ihre Pferde zu beruhigen, doch die Tiere stiegen, sprangen auf der Stelle oder rissen sich los. Schnell drückte ich mich mit dem Rücken an die Felswand, mehrere Pferde galoppierten an mir vorbei. Die Hufschläge schallten donnernd durch die Höhle.

Ich wusste nicht, was ich tun sollte. Verzweifelt suchte ich nach Samara. Einen Moment zuvor war sie noch wenige Schritte vor mir gewesen. Nun konnte ich sie nirgends finden. »Samara? Wo bist du?«

Ich drehte mich unsicher um. Da vernahm ich in dem Chaos von Wiehern, Männerrufen und dem unaufhörlichen lauten Grollen Samaras Stimme. »Darius, lauf! Lauf! Der Ausgang ist nicht weit! Lauf! Und schau dich nicht um! Ich werde versuchen, sie aufzuhalten.«

Ich zögerte noch einen Moment lang unsicher. Dann erbebte die Höhle ein zweites Mal und Staub und kleine Steinchen fielen auf mich herab. Ich rannte los. Ich lief um mein Leben und blickte nicht zurück. Meine Lungen brannten und meine Beine begannen zu schmerzen, doch ich rannte weiter. Ich hielt den Arm vor mein Gesicht, da ich nur Schemen erkannte und Angst hatte, gegen einen Felsvorsprung zu laufen oder auf dem unebenen Boden ins Stolpern zu geraten. Hinter mir hörte ich Samara in der fremden Sprache etwas rufen. Ihre Stimme war beschwörend und dunkel. Voller Kraft ertönten ihre Worte in dem Durcheinander. Obwohl ich mich von ihr entfernte, wurde ihre Stimme immer lauter und schallte machtvoll durch die Höhle.

Einen Augenblick später sah ich auch schon Licht vor mir, eine kreisrunde helle Öffnung. Dies musste der Ausgang sein. Mit letzter Kraft spurtete ich auf ihn zu und ließ die Dunkelheit hinter mir. Ich stürzte aus der Höhle hinaus dem Licht entgegen. Meine Augen hatten sich an die Finsternis gewöhnt, die helle Sonne blendete mich. Ich kniff die Augen zu und stolperte noch einige Schritte weiter, dann fiel ich zu Boden und rang keuchend nach Luft.

Erst nach einer Weile hatte ich wieder die Kraft, mich auf die Knie zu setzen und mich umzusehen. Viele der Männer waren da und fingen die Pferde wieder ein. Auf dem Platz vor der Höhle herrschte reges Treiben. Ich blickte zu allen Seiten und suchte nach Samara oder Elias, aber ich konnte die beiden nirgends entdecken. Ich drehte mich um und sah auf den dunklen Ausgang der Höhle. Niemand kam mehr heraus. Auch von hier draußen konnte ich das tiefe Grollen vernehmen. Es erschütterte den gesamten Berg.

Nach einer Weile waren die Pferde zur Ruhe gekommen und die Krieger hatten sich schweigend vor dem Ausgang der Höhle versammelt. Manche von ihnen blickten voller Hoffnung, bei anderen sah ich Angst oder Trauer in den Augen. Einige wirkten auch sehr verunsichert. Wir alle warteten auf Samara und Elias, die immer noch in der Höhle von Tarah waren. Und so vergingen Stunden. Das Warten kam mir endlos vor. Bis einer der Krieger das Wort ergriff: »Wir werden weiterziehen müssen!«

Er machte eine Pause und blickte sich traurig um. »Die Macht der Geschöpfe in der Höhle ist groß, kaum einer hat diese je überlebt. Elias und Samara haben sich ihnen gestellt und sie aufgehalten, um uns die Flucht zu ermöglichen. Lasst ihr Opfer nicht umsonst gewesen sein und unsere Aufgabe vollenden. Wir müssen den Fremden in Sicherheit bringen.«

Er drehte sich zu mir. »Wir werden Euch nun in das Tal der Heiler bringen!«

Fassungslos starrte ich ihn an und bekam kaum noch Luft. Ich konnte nicht glauben, dass Samara und Elias tot sein sollten. »Nein!«, schrie ich, »nein! Wir wissen nicht, ob sie tot sind. Wir können sie doch nicht ihrem Schicksal überlassen!«

Ich stand auf und eilte zurück zur Höhle. Der Mann, der eben gesprochen hatte, lief mir jedoch nach und hielt mich zurück.

»Es wäre Selbstmord, dort wieder hineinzugehen!«, ermahnte er mich und packte mich am Arm.

Ich wehrte mich mit aller Kraft, schlug seinen Arm weg und rief: »Bitte lasst mich los! Es ist meine Schuld. Wir müssen ihnen helfen!«

Tränen liefen mir die Wangen hinunter. Dann fiel ich auf die Knie. Ich saß auf dem Boden und weinte bitterlich. Meine Bindung an Samara war in der kurzen Zeit, die ich in diesem Land war, sehr stark geworden. Ich konnte nicht glauben, dass sie von jetzt auf gleich nicht mehr da sein sollte. Verzweiflung und auch tiefe Trauer übermannten mich und raubten mir die Kraft. Samara und Elias waren die wundervollsten Menschen, die ich je kennengelernt hatte. In ihrer Nähe hatte ich mich auch in dieser Fremde heimisch und beschützt gefühlt. Nun sollten sie einfach fort sein? Das konnte und wollte ich nicht glauben!

Plötzlich hörte ich ein erstauntes Raunen durch die Reihen der Krieger gehen und blickte auf. Und da sah ich sie. Vor mir traten Samara und Elias aus der Höhle. Mühevoll stützte Samara Elias. Er schien schwer verletzt. Erleichtert sprang ich auf. Sie lebten! Ich hatte sie nicht verloren! Sie sahen sehr erschöpft aus und waren verletzt, aber sie lebten!

Zwei Männer eilten ihnen entgegen und stützten Elias. Alle waren sehr erleichtert darüber, die beiden wiederzusehen.

»Ihr wart lange fort!«, sagte einer der beiden Männer.

Sie brachten Elias einige Meter vom Höhlenausgang weg und legten ihn vorsichtig auf den Boden. Er war bei Bewusstsein, schien aber sehr schwach zu sein. Sein Kopf und sein rechter Arm waren voller Blut.

Samara kniete sich neben ihn und tastete seine Schulter und Brust behutsam ab. »Diese Verletzungen kann ich nicht allein heilen und auch nicht hier. Er muss zur Quelle des Lichts! Wir müssen ihn zu Ava bringen! Nur dort kann er Heilung finden! Aber wir haben nicht viel Zeit.«

Sie bückte sich zu Elias hinunter und küsste ihn auf die Stirn. »Halte durch, Elias! Halte durch!«

ZWEIFEL

Meine erste Meditation war knapp gesagt anstrengend und schrecklich. Ich hätte nie gedacht, dass es so schwierig sein könnte, einfach ruhig dazusitzen, sich mal fallen zu lassen und einen Moment lang über nichts nachzudenken.

Erst war ich sehr optimistisch gewesen. Ich hatte mich vorher in der Gruppe sehr wohlgefühlt. Voller Vorfreude war ich in den Meditationsraum gegangen. Erst als wir uns hingesetzt hatten, bemerkte ich, wie aufgewühlt ich war. Es war alles so neu und fremd, aber vor allem hatte ich mich gefreut, Nick wiederzusehen. Ich hatte mir vorher nicht ganz eingestanden, wie toll seine Gesellschaft für mich war und wie gern ich ihn wiedergetroffen hätte.

Meine Befürchtungen, ein zweites Treffen mit Nick könnte ernüchternd sein und den schönen Abend im Museum kaputt machen, hatten sich nicht bewahrheitet. Ich fand, wir hatten uns dieses Mal sogar noch besser verstanden als zuvor. Und ich hatte deutlich gespürt, dass er sich wirklich über unser Wiedersehen gefreut hatte.

Als ich dann dasaß, schossen mir tausend Gedanken durch den Kopf. Wir hatten uns auf kleine Kissen auf dem Boden gesetzt, teils im Schneidersitz, teils auf den Knien – so wie es jeder für sich als bequem empfand. Erik hatte mir erklärt, wenn ich mitmachen wolle, dann solle ich einfach ruhig dasitzen, die Augen schließen und mich auf meinen Atem konzentrieren: gleichmäßig langsam ein- und langsam ausatmen. Wenn mir ein Gedanke in den Sinn komme, solle ich ihn einfach fallenlassen und meine Konzentration wieder auf den

Atem richten.

Als langsam Ruhe einkehrte, versuchte ich mich zu entspannen, aber ein Gedanke folgte dem anderen, in meinem Kopf war ein regelrechtes Durcheinander. Je stiller es in dem Raum wurde, umso mehr lärmte es in meinem Kopf. Mir ging so vieles durch den Kopf. Ich konnte mich nicht auf meine Atemzüge konzentrieren. Sogar einfach nur ruhig dazusitzen, fiel mir ungeheuer schwer. Meine Haare kitzelten mich an der Stirn, meine Hand lag irgendwie ungünstig, und nach einer Weile schlief mir der rechte Fuß ein. Ich kratzte mich, rutschte hin und her, atmete tief durch. Aber ich konnte mich einfach nicht entspannen.

Vorsichtig öffnete ich die Augen und schaute mich um. Um mich herum saßen die anderen vollkommen regungslos da. Sie sahen sehr entspannt und friedlich aus. Wie schafften sie das nur?

Links von mir saß Nick. Ich musterte ihn. Er saß im Schneidersitz, und ich sah, dass er sich verschiedene Kissen unter die Beine geschoben hatte. Sein Rücken war gerade, seine Arme hingen entspannt herunter und seine Hände lagen auf den Oberschenkeln auf. Sein Atem war sehr langsam und gleichmäßig, und sein Gesicht sah so zufrieden und friedlich aus. Er hatte ein leichtes Lächeln auf den Lippen. Es wirkte fast, als würde er schlafen, so voller Ruhe und Frieden. Es war faszinierend. Ich wünschte, ich hätte das auch so gekonnt.

Während ich Nick ansah, stieg mein Puls an. Es war ein komisches Gefühl, ihn so zu beobachten. Was würde ich sagen, wenn er seine Augen jetzt öffnen würde?

Vorsichtig schob ich meinen Fuß etwas nach vorn, atmete noch einmal tief durch und schloss dann wieder die Augen. Ich dachte an das Buch und an Samara, dann dachte ich wieder an Nick. Ich sah seinen entspannten

Gesichtsausdruck vor mir. Es war ein Gefühl, als könnte ich seine Nähe spüren. Ich fühlte mich zu ihm hingezogen. Gleichzeitig wäre ich am liebsten aufgestanden und hinausgerannt. Was war nur mit mir los? Ich fühlte mich wie ein Teenager. Seine Gegenwart entspannte mich und machte mich gleichzeitig auch nervös. Obwohl ich mich bei ihm so wohlfühlte, bereitete mir die Situation auch Angst.

Konnte ich nicht einfach den netten Kontakt genießen? Ich wollte mich auf keinen Fall verlieben!

Und so saß ich so still ich konnte, und meine Gefühle fuhren Achterbahn. Ein Gedanke jagte den nächsten, und ich ließ es einfach geschehen und blieb sitzen, rutschte nur immer wieder hin und her und wartete ungeduldig.

Nach ungefähr einer Stunde, die mir wie eine halbe Ewigkeit vorkam, begann Erik leise zu singen, die anderen stimmten mit ein. Erst sehr lange, dann wurden sie allmählich lauter. Der Gesang war langgezogen und in einer fremden Sprache. Das alles war für mich sehr befremdlich. Ich fühlte mich nicht so wohl in meiner Haut und saß einfach nur still da.

Als sie fertig waren, standen alle auf. Sie streckten und reckten sich, lächelten sich zu und gingen zur Tür. Nick drehte sich zu mir: »Und, wie war's?«

Ich schaute ihn unsicher an und überlegte, was ich darauf antworten sollte. Nick sah meinen Gesichtsausdruck und lachte. »Hey! So schlimm?« Er machte eine kleine Pause. »Also ich hatte am Anfang tausend Dinge im Kopf und konnte mich gar nicht konzentrieren. Ich konnte auch gar nicht still sitzen. Alles hat gejuckt und gezwickt, die Füße sind mir eingeschlafen.«

Er lachte wieder, und ich lachte mit ihm.

»Ja, so ungefähr. Du hast es getroffen!«, antwortete ich schmunzelnd.

Er legte mir die Hand auf die Schulter. Ein Kribbeln ging durch meinen Körper.

»Mach dir nichts draus. So ging es uns allen am Anfang. Das ist ganz normal. Lass dir Zeit, versuch es einfach immer wieder und du wirst sehen, nach einer Weile wird es stiller. Dann ist da eine wunderbare, friedliche Stille, die dich ganz erfüllt und dein Herz berührt. Es braucht seine Zeit, irgendwann kommt es von ganz allein.«

Er lächelte mir aufmunternd zu. Dann hob er die Hand. »Ach so, was sehr wichtig ist: Egal, ob es dich juckt oder mit der Zeit unbequem wird, beweg dich nicht. Probiere solange aus, bis du eine geeignete Lage gefunden hast. Aber wenn du einmal angefangen hast zu meditieren, dann beweg dich nicht mehr. Du wirst sehen, das macht einen großen Unterschied. Und das Kitzeln und Jucken geht nach einer Weile weg.«

Ich schaute ihn verwundert an. »Nicht bewegen?«

»Ja«, sagte er grinsend, »auf keinen Fall bewegen!«

»Nicht mal zur Seite rutschen?«

»Nein, nicht mal zur Seite rutschen!«

»Auch nicht den Fuß bewegen?«

»Nein!«

»Den kleinen Finger?« Ich grinste ihn übermütig an.

Er lachte. »Nein! Nein! Auf keinen Fall den kleinen Finger! Am besten gebe ich Erik Bescheid. Dann stellt sich jemand vor dich und achtet darauf, dass du dich ja nicht rührst!«

Erschrocken schaute ich Nick an.

Da lachte er schallend. »War nur Spaß!«

»Oh Mann, ich fall auch auf alles rein!« Ich knuffte ihn leicht in die Seite, und wir schauten uns lächelnd an.

»Magst du noch einen Kaffee mit mir trinken gehen? Dann können wir uns weiter über dein Buch unterhalten. Ich wüsste gern mehr!«

Wir standen uns gegenüber und lächelten. Es war ein schöner Moment. Aber dann kam bei mir wieder diese Panik hoch und mir wurde ganz flau im Magen.

»Äh, ich würde gern, aber ich muss noch arbeiten.«

»So spät?«

»Ich war heute Nachmittag auf einem Termin und jetzt muss ich das, also den Text, noch schreiben.« Ich stotterte leicht. Dann blickte ich auf die Uhr. »Ja, ich muss dann auch am besten gleich los!«

Ich hatte das Gefühl, ich müsste so schnell wie möglich weg. Und mein Hinauseilen glich eher einer Flucht. Schnell sagte ich allen Tschüss und lief dann eilig zur Tür. Als ich gerade die Haustür öffnen wollte, kam Nick hinter mir her. »Du hast es aber eilig! Bist du sicher, dass du so gehen willst?«

Verwirrt schaute ich ihn an. »Ääh, ja. Tut mir leid, ich muss jetzt wirklich los und …«

Er schaute grinsend an mir herunter zu meinen Füßen. Ich folgte seinem Blick und sah, dass ich nur Socken anhatte! Das hatte ich gar nicht bemerkt, ich hatte tatsächlich vergessen, meine Schuhe anzuziehen, als ich aus dem Meditationsraum gehechtet war. Jetzt im Nachhinein finde ich die Situation superkomisch. Ich frage mich, wann mir das wohl aufgefallen wäre. Wahrscheinlich spätestens, wenn ich die Treppe hinabgelaufen wäre.

Nick hielt mir meine Schuhe hin. »Läuft sich doch besser!« Dabei grinste er mich breit an.

»Danke!«

Ich zog mir schnell die Schuhe an und eilte die Treppe hinunter. Damals fand ich die Situation nicht wirklich lustig, es war mir schlichtweg peinlich, und ich wollte einfach nur weg.

Als ich dann die Straße entlangging, überlegte ich mehrmals, ob ich nicht umdrehen und wieder zurückgehen sollte. Ein Teil von mir wäre an diesem Abend gerne mit Nick Kaffee trinken gegangen und hätte über das Buch gesprochen. Aber dieser wurde von der Panik, wieder verletzt zu werden, überschattet. Und so ging ich zügigen Schrittes davon.

Zu Hause angekommen, setzte ich mich ans Fenster und blickte hinaus auf die dunkle nasse Straße und das trübe Licht der Straßenlaternen.

Ich beschloss, nicht wieder zur Meditation zu gehen. Erstens hatte mir das überhaupt keinen Spaß gemacht und zweitens wollte ich Nick doch lieber aus dem Weg gehen. Mir war klar, er war nicht das Problem, ich war es. Ich hatte einfach viel zu schnell viel zu starke Gefühle für ihn entwickelt. Und ich hatte das nicht unter Kontrolle.

Es war auf jeden Fall besser, jemand anderen wegen dem Buch um Rat zu fragen. Ich war gut damit gefahren, allein zu bleiben. Es war zwar wirklich schön, mit ihm zu reden und zu lachen, aber wenn ich dabei zum verknallten Teenager mutierte, verzichtete ich lieber. Ich konnte Nick auch gar nicht einschätzen, er war so locker und gelassen. Keine Ahnung, was er über mein Verhalten dachte. Jemand wie er war mir zuvor noch nie begegnet.

Was ich aber wusste, war, dass es so wieder nur in einem Drama enden würde, und ich hatte schon mindestens ein Drama zu viel in meinem Leben gehabt.

Traurig schaute ich wieder hinaus in die Dunkelheit.

In den folgenden zwei Wochen ging es mir nicht

sonderlich gut. Die Arbeit war sehr stressig, und Nina war ganz schön biestig. Ich fand keine Zeit und Muße, um meinen Roman anzufangen. Auch meine Recherche darüber, wie man einen Roman veröffentlicht, brachte nur vage und widersprüchliche Ergebnisse. Außerdem musste ich immer wieder an meine letzte Begegnung mit Nick denken. Ich spürte, dass mein Verhalten eigentlich nicht wirklich schlau sondern vielmehr feige war. Am Montag hatte ich sogar kurz darüber nachgedacht, noch einmal hinzugehen. Aber ich merkte ja jetzt schon, dass mir das nicht gutgetan hatte. Es war alles so viel einfacher gewesen. Ich war für die Liebe einfach nicht gemacht. Wir hatten uns zweimal getroffen, gut unterhalten, viel gelacht, Spaß zusammen gehabt, und ich hatte mich in seiner Nähe auch sehr wohlgefühlt. Aber gleich darauf war ich ja schon neben der Spur gewesen, und es ging mir schlecht dabei.

Ob er gemerkt hatte, was mit mir los war? Er war so aufmerksam gewesen. Wahrscheinlich würde er es ganz schön kindisch finden, dass ich mich nach nur zwei Treffen Hals über Kopf in ihn verliebt hatte und dann auch noch weggelaufen war. Ich dachte immer, ich hätte mein Leben im Griff und wäre für mein Alter ganz schön reif, aber in solchen Situationen stellte ich mich irgendwie einfach kindisch und unreif an. Da denkt man, es ist alles super, und dann läuft einem ein Kerl über den Weg, und man merkt auf einmal, dass eigentlich gar nichts super ist und man Riesenangst davor hatte, für immer allein zu sein. Und die einzige Angst, die dann noch größer ist, ist die Angst davor, die Gefühle wirklich zuzulassen. Vertrauen war nicht gerade meine Stärke!

Nach einer weiteren Woche war ich so langsam

wieder in meinem Trott. Aber die Unzufriedenheit, die war geblieben. Meine Arbeit machte mir einfach keinen Spaß mehr, die Leute nervten mich, und meinen Roman hatte ich immer noch nicht angefangen.

Ich verstand das nicht. Meine Euphorie, meine Begeisterung für das Buch und mein anfänglicher Tatendrang waren abgeebbt. Ich fühlte mich wie in einer Tretmühle, tagaus, tagein, ohne Ausweg. Ich stand morgens auf, machte meine Arbeit – die machte ich sogar sehr gut –, ging essen, unterhielt mich mit meinen Kollegen, fuhr zu Terminen … Aber ich machte das alles ohne Leidenschaft, ohne Gefühl, ohne Hingabe. Als wäre es gar nicht mein Leben, sondern das von irgendwem irgendwo auf dieser Welt.

Am Samstag ging ich meine Mutter besuchen. Ich wollte mit ihr noch einmal über die Geschichte sprechen und die Idee, sie zu veröffentlichen.

Als ich vor dem Haus meiner Eltern ankam, regnete es in Strömen. Ich hielt mir meine Jacke über den Kopf und rannte zur Haustür. Meine Mutter begrüßte mich herzlich und ging mit mir ins Wohnzimmer. Sie hatte Tee gekocht. Ich setzte mich aufs Sofa, hielt mir wärmend die Tasse an meine Wange und trank dann einen Schluck.

Meine Mutter hatte sich neben mich gesetzt. Sie musterte mich, ihr Blick war etwas besorgt. »Laura, Kind, was hast du auf dem Herzen?«

»Ach, eigentlich ist nichts Besonderes. Alles soweit okay.«

»So siehst du aber nicht aus!«

Ich redete nicht oft mit meiner Mutter über Probleme, wir hatten ja in den letzten Jahren nicht gerade das beste Verhältnis gehabt. Aber heute war es irgendwie anders. Das Buch verband uns auf eine besondere Art und

Weise und ich wollte gerne mit ihr darüber sprechen.

»Also, was ist los, Laura?«

»Ach, ich weiß nicht. Erst war ich so begeistert, nachdem ich das Buch gelesen hatte. Ich hatte so viele Pläne …« Ich brach ab.

»Aber?«, fragte meine Mutter nach einer kleinen Pause.

»Aber jetzt hat sich irgendwie nichts geändert! Ich hab gar keine Zeit, um das Buch zu veröffentlichen. Ich weiß auch nicht. Alles läuft weiter wie immer. Es ist so, als wäre nichts gewesen. Ich hab dieses Buch gelesen und irgendwie hat das etwas in mir ausgelöst. Und jetzt ist alles normal. Außer, dass ich nicht mehr hineinpasse. Verstehst du das? Mein Leben ist genau wie vorher, alles läuft nach Plan, alles ist so, wie ich es mir aufgebaut habe, aber jetzt will ich das gar nicht mehr. Macht das irgendeinen Sinn?«

Meine Mutter lächelte verständnisvoll. »Du hast andere Wünsche, andere Träume.«

»Aber ich lebe doch meinen Traum! Ich wollte zur Zeitung und schreiben. Ich habe einen tollen Job, tolle Kollegen, eine wunderschöne Wohnung …«, ich schnaufte, »und dann ist da diese Geschichte … Ach, ich weiß einfach nicht, was mit mir los ist! Vielleicht liegt es ja auch an dem Kerl.«

Meine Mutter schaute mich gespannt an. »Welcher Kerl?«

»Nee, das war nichts. Ich hatte jemanden kennengelernt. Da ist aber nichts draus geworden.«

»War er nicht interessiert?«

»Nee, ich glaube nicht. Oder? Ich weiß es nicht. Wir haben uns nur zweimal getroffen. Aber auch nicht so wirklich verabredet. Das eine Mal war im Kunstmuseum, ganz zufällig. Und das zweite Mal im

Meditationszentrum …«

»Du hast meditiert?«, fragte meine Mutter völlig überrascht und lachte.

»Danke, Franziska!«

»Tut mir leid. Ich kann mir dich nur bei einer Meditation nicht vorstellen. Das ist ja eine ganz neue Seite an dir!«

»Es hat auch nicht geklappt!« Jetzt lachte ich.

»Wieso? Versuchs doch einfach noch mal. Es ist noch kein Meister vom Himmel gefallen!«

»Nein, das ging gar nicht!«

»Schade.«

Meine Mutter blickte mich aufmunternd an: »Und der Kerl, wie heißt der?«

»Nick.«

»Und Nick triffst du nicht noch mal?«

»Ich glaube nicht. Ich war bis jetzt am Ende immer nur unglücklich, wenn ich mich verliebt habe. Am Anfang sieht das alles so toll aus und nachher tut's einfach nur weh.«

»Aber willst du denn für den Rest deines Lebens allein bleiben?« Sie schaute mich besorgt an.

»Ach, ich weiß nicht. Ich hab's ja probiert. Aber es klappt einfach nicht. Ich will nicht verletzt werden.«

»Kind, du verpasst so viel, wenn du es nicht zulässt. Vielleicht wird es dieses Mal anders.« Sie lächelte und streichelte mir liebevoll über den Arm. »Ja, du könntest verletzt werden, aber du hast auch die Chance, jemanden zu finden, der dich ebenso liebt, und du könntest mit ihm glücklich werden. Du bist doch noch jung. Manchmal wird man verletzt. Aber sich vor dem Leben und der Liebe zu verschließen, ist viel schlimmer und verletzt dich auf Dauer noch viel mehr. Geh doch positiv an die Sache ran. Bis jetzt war einfach noch nicht der Richtige dabei! Aber ich bin sicher, du wirst ihn noch finden, oder er dich! Und vielleicht ist es ja sogar Nick.«

Ich lächelte.

»Und das Buch?«

»Ich finde keine Zeit dafür. Ich weiß einfach nicht, wann ich das schreiben soll. Oder meinst du, ich soll es einfach so veröffentlichen, wie es ist?«

»Lies es doch noch mal! Vielleicht kommen dir dann ein paar Ideen?«

Ich überlegte kurz und stimmte ihr zu. Das war eine gute Idee. Unter Umständen bekam ich dadurch wieder die Begeisterung zurück, die ich zu Anfang hatte. Und vielleicht fand ich dann eine Möglichkeit, es zu veröffentlichen, und würde darüber auch meine Sorgen wegen Nick vergessen.

An diesem Abend saß ich noch lange mit meiner Mutter zusammen. Wir redeten, lachten und alberten etwas und verstanden uns richtig gut. Es war wirklich schön. Ich konnte mich nicht erinnern, wann wir das letzte Mal so zusammengesessen hatten.

Als ich nach Hause kam, nahm ich das Buch vom Schreibtisch, setzte mich gemütlich in meinen Sessel und begann erneut diese wundersame Geschichte zu lesen, von der auch ich in gewisser Weise ein Teil war …

AVA
UND DIE QUELLE DES LICHTS

Samara sah sehr besorgt aus. Sie kniete vor dem Ausgang der Höhle neben Elias. Ihr Kleid war voller Blut und auch ihre Hände waren blutverschmiert. Sie stützte Elias' Kopf und blickte ihn an. »Elias, halte durch. Ich bringe dich zu Ava. Wenn wir schnell reiten, sind wir in einem halben Tag da. Versprich mir, dass du bis dahin durchhältst!« Sie küsste ihn auf die Stirn.

Die Krieger, die um sie herum standen, sahen sich überrascht an.

Samara stand auf und sprach einen der Krieger an. »Schnell! Helft ihm auf ein Pferd. Wir haben nicht mehr viel Zeit. Wir müssen auf dem schnellsten Weg ins Tal der Heiler. Seine Kraft schwindet bereits.«

Zwei Männer eilten zu ihr und hoben Elias aufs Pferd. Einer der beiden setzte sich hinter Elias, stützte ihn und nahm die Zügel auf.

Wir anderen liefen nun auch zu den Pferden, stiegen auf, und einen Augenblick später befanden wir uns schon im schnellen Galopp in Richtung der Stätte der Heiler.

Es blieb keine Zeit für Fragen. Niemand wusste, was Samara und Elias in der Höhle zugestoßen war und welches Geschöpf den Fels zum Erbeben gebracht hatte. Nur das war klar: dass wir uns im Wettlauf mit der Zeit befanden und dass mit jeder Stunde die Heilungschancen für Elias schwanden.

Wir galoppierten eine sanft abfallende Wiese den Berg hinunter. Auf dieser Seite war der Berg weder felsig noch steil. Er war von saftig grünem Gras und bunten Blumen bedeckt und fiel ganz leicht ab, bis hinunter ins Tal. Unten war ein dichter, dunkelgrüner Wald zu erkennen, der sich bis zum Meer hinzog.

Unsere Tiere rasten schnaubend dem Wald entgegen. Es war sehr anstrengend, mich bei dieser Geschwindigkeit bergab auf dem Pferd zu halten. Ich spürte, wie die Anstrengungen der vergangenen Tage an meinen Kräften zehrten. Vor mir galoppierte Samara, sie hielt ihr Pferd gleich neben dem Reiter mit Elias und blickte immer wieder beunruhigt auf ihn. Elias hing leblos über dem Pferd, der Krieger hatte Mühe, ihn zu halten. Angst lag in Samaras Blick. Ich spürte, dass Elias ihr viel bedeutete.

Ich fragte mich, was den beiden wohl in der Höhle zugestoßen war. Ich hoffte inständig, dass wir rechtzeitig zu Ava gelangen würden.

Ich bewunderte Elias für seine Stärke und Weisheit. Auf meinen Reisen mit Edliolus, dem Edelmann, den ich begleitet hatte, hatte ich viele Krieger gesehen, jedoch keinen wie Elias. Er strahlte so viel Stärke und gleichzeitig auch so viel Güte aus, so viel Kraft und Mut und doch Besonnenheit, dass er mich vom ersten Moment an beeindruckt hatte. Genau wie sein Begleiter Belagol, dieses uralte faszinierende Wesen an seiner Seite. Ich blickte hinauf zum Himmel, konnte Belagol jedoch nirgends sehen.

Kurz darauf erreichten wir den Wald. Er war hier sehr licht, die Bäume waren gigantisch groß und standen weit auseinander. Ihre mächtigen Kronen reichten weit hinauf. Ein breiter Weg führte durch diesen Wald. Wir galoppierten weiter und erhöhten auf dem flachen Waldweg noch das Tempo. Die Pferde waren sehr kraftvoll und ausdauernd. Sie wirkten in keiner Weise erschöpft durch den beschwerlichen Weg, den wir hinter uns hatten.

Ich blickte mich weiter um. Die Bäume rauschten an uns vorbei. Der Wald war sehr hell, und der Boden über und über mit bunten Blumen übersät. Wenn wir nicht in so einer misslichen Lage gewesen wären, hätte ich der Schönheit des Waldes mehr Beachtung geschenkt. Aber so flog alles nur an mir vorbei.

Einige Stunden hetzten wir so durch den Wald, meine Beine schmerzten, und ich wurde nach und nach immer schwächer. Ich konnte die Zügel kaum noch halten.

Plötzlich verlangsamten die Reiter vor uns ihre Pferde. Wir erreichten eine große, sonnendurchflutete Lichtung. Eine Gruppe Menschen stand schon dort und erwartete uns. Unter ihnen erkannte ich Ava. Zwei Krieger stiegen sofort ab und hoben Elias behutsam vom Pferd. Samara sprang vom Pferd und eilte zu ihnen. Sie drehte sich dabei zu Ava. »Schnell! Er braucht deine Hilfe! Ich befürchte, es ist beinahe schon zu spät! Es war ein Uganu«, rief sie hektisch.

Ava lächelte und antwortete ihr mit ruhiger Stimme. »Ich weiß. Mach dir keine Sorgen, mein Kind. Ihr habt ihn rechtzeitig hergebracht.« Sie bückte sich über Elias und betrachtete ihn kurz. »Bringt ihn herein!«, sagte sie zu den Männern, die mit ihr gewartet hatten. Alle waren, so wie sie, vollkommen in weiß gekleidet.

»Woher wusstest du, was geschehen ist?«, fragte Samara Ava leicht verwundert.

Die alte Frau lächelte. »Die Botschaft hat mich schon einige Zeit vor euch erreicht.« Sie blickte hinüber zu einem der großen Bäume.

Samara und wir anderen folgten ihrem Blick und sahen Belagol, der auf einem der langen, geschwungenen Äste saß und auf uns herabblickte.

»Er war lange vor euch da«, erklärte Ava. Dann

drehte sie sich um und folgte den Männern, die Elias trugen. Samara und ich blieben mit den Kriegern auf der Lichtung stehen und schauten ihnen nach.

Erschöpft stieg nun auch ich ab. Doch als meine Füße den Boden berührten, versagten meine Beine den Dienst und ich fiel nach vorn auf die Knie. Ich war doch schwächer, als ich geglaubt hatte. Samara kam zu mir und half mir wieder auf.

»Was geschieht jetzt?« Ich schaute sie fragend an.

Samara sah nachdenklich und immer noch sehr besorgt aus. Sie sah mich prüfend an. »Wir sind fast da. Du wirst dich bald erholen können und wieder zu Kräften kommen. Warte einen kurzen Moment.«

Samara ging zu den Kriegern und sprach kurz mit ihnen. Ich kämpfte mit der Müdigkeit. Mir war übel und schwindlig.

Samara kam zu mir zurück und ging mit mir gemeinsam an den Rand der Lichtung. »Dies ist der Eingang ins Tal der Heiler.«

Sie zeigte auf einen großen Torbogen vor uns. Er bestand aus ineinander geschlungenen Hölzern. Sie waren eng miteinander verwoben. Es schien so, als wären sie so gewachsen und hätten diesen großen Torbogen natürlich geschaffen. Aufmerksam betrachtete ich dieses seltsame, wunderschöne Gebilde. Wie feine Triebe waren die schmalen Ranken ineinander gewunden. Sie waren mit zarten hellgrünen Blättern und kleinen weißen Blüten bedeckt. Das Tor war offen. Es bestand lediglich aus einem schlanken, hohen Bogen.

Samara blickte auch auf das Tor, sie schien nachzudenken. Dann drehte sie sich zu mir um. Ich hatte das Gefühl, sie hatte einen Entschluss gefasst. Sie streckte mir ihre Hand entgegen. »Der Zutritt in das Tal der Heiler ist nur den Heilern selbst gestattet. Durch dieses Tor ist noch nie jemand anderes außer den Menschen aus dem Volk der Heiler gegangen, bis heute. Dieser Ort steht unter besonderem Schutz. Aber dir ist es bestimmt, mit mir zu kommen und diesen Ort der Reinheit und des Lichts zu betreten. Komm! Folge mir!«

Tief bewegt von ihren Worten, atmete ich tief ein. Ich nahm ihre Hand und ging mit ihr gemeinsam durch den Torbogen. Mir stockte vor Erstaunen der Atem, als ich erkannte, was dahinter lag. Zuvor hatte ich durch das Tor bereits den Wald gesehen, so wie er auch um uns herum auf der anderen Seite war. Nun aber tat sich ein völlig neues Bild vor mir auf. Es kam mir beinahe so vor, als hätte ich einen Schritt in eine andere Welt gemacht.

Nachdem wir einige Meter gegangen waren, blieben wir wieder stehen. Vor uns ragte ein mächtiger, übergroßer, stämmiger Baum in die Höhe. Der Stamm durchmaß mehrere Meter, die Krone breitete sich weit aus. Ich konnte nicht erkennen, wie hoch er war. In dem Stamm waren Stufen, die wie eine Art Wendeltreppe den Baum hinaufführten. Überall schimmerten leuchtende Steine und tauchten den gesamten Baum in ein warmes Licht. Auf den wuchtigen Ästen waren Lager ausgebreitet, die mit transparenten Stoffen überhängt waren, wie eine Art Himmelbett. Die feinen Stoffe waren in bunten, leuchtenden Farben und wehten sanft im Wind hin und her. Jetzt wusste ich, wieso Samara nachts auf dem Baum Schutz gesucht hatte und wir dort oben geschlafen hatten.

Um den Baum herum flogen zahlreiche der kleinen leuchtenden Käfer, und am Boden im dichten dunkelgrünen Moos blühten abertausende winzige, sternförmige Blumen. Die Blütenblätter glitzerten und funkelten in den schönsten Farben.

Wie gebannt schaute ich auf diesen wundervollen,

mysteriösen Ort. »Ich habe noch nie einen Ort von solcher Schönheit erblickt!«, rief ich fasziniert aus.

Samara lächelte mich freudig an: »Ja, es ist wundervoll hier. Ich freue mich immer sehr, wieder nach Hause zu kommen.« Sie zog mich an der Hand mit sich. »Komm! Ich zeig dir alles!«

Aufgeregt folgte ich ihr.

Samara wirkte erleichtert und zum ersten Mal, seit ich sie kennengelernt hatte, entspannt.

»Ist die Gefahr jetzt vorüber?«, fragte ich sie.

»Nein, das wohl nicht. Aber fürs Erste sind wir in Sicherheit. Alles Weitere werden wir sehen.«

»Hier können sie mich nicht finden? Der Zauber am Tor hält sie auf?«

Samara lachte. »Das hat mit Zauberei nichts zu tun. Es ist die Natur, das Leben selbst, die Energie, die alles durchfließt. Wir haben keine Zauberkräfte. Wir sind mit dem Licht, der Lebensenergie verbunden. Niemand außer uns würde es wagen, diesen Ort zu betreten, und niemand, seine Reinheit zu zerstören. Es ist ein Ort des Lichts, des Friedens und der Heilung und er ist nur den Trägern des Lichts vorbehalten. Alchatar braucht uns und achtet uns. Die Gesetze sind so alt wie dieses Land.«

Wir gingen auf den riesigen Baum zu. Darunter standen einige lange Tische. Alles sah so aus, als wäre es nicht erbaut worden, sondern auf natürliche Weise gewachsen. Alles war eins mit der Natur. Männer und Frauen in weißen Gewändern gingen unter dem Baum entlang oder saßen an einem der Tische. Hin und wieder blickte einer von ihnen zu mir. Jedoch erkannte ich in ihren Augen, anders als in Anthalatta, kein Misstrauen und keine Angst. Sie lächelten mir freundlich zu. Ich lächelte zurück. Allerdings fühlte ich mich hier fremder als je zuvor.

Samara führte mich zu einem der Tische. Ein älterer Mann stand auf und nickte mir lächelnd zu.

Samara sprach ihn an: »Das ist Darius. Er ist sehr erschöpft und hungrig. Wir haben einen langen und beschwerlichen Weg hinter uns.«

Der Mann nickte: »Mein Name ist Ferey. Ich begrüße dich. Wenn du möchtest, bringe ich dir etwas zu essen und du kannst dich gleich danach ausruhen.«

»Danke.«

Die Reise hatte mich all meine Kraft gekostet. Ich hatte kaum Gelegenheit gehabt, mich auszuruhen. Und jetzt, da wir in Sicherheit waren und die Anspannung von mir abfiel, spürte ich, wie schwer meine Glieder waren. Mein ganzer Körper schmerzte von den Anstrengungen, ich hatte großen Hunger und Durst.

Samara legte mir die Hand auf die Schulter. »Nun, da ich dich in guten Händen weiß, werde ich gehen und nach Elias sehen. Ich komme später wieder zu dir.«

Wir verabschiedeten uns und Samara ging.

Nachdem ich gegessen hatte, brachte mich Ferey die Wendeltreppe den Baum hinauf zu einem der schönen Lager. Er schlug den leichten Stoff zur Seite, und ich kletterte hinein. Das Lager war mit weichem, dichtem Moos bedeckt. Ich ließ mich hineinsinken und fiel sofort in einen tiefen Schlaf.

Als ich erwachte, fühlte ich mich erholt und ausgeruht. Ich streckte mich und blickte durch den zartblauen Vorhang. Es war ein heller Tag. Die Sonnenstrahlen schienen durch die breiten Äste des großen Baumes und fielen durch den feinen Vorhang auf mein Lager. Ich wusste nicht, wie lange ich geschlafen hatte. Ich erhob mich von meinem Schlafplatz und ging die Treppe wieder hinunter. Die abgerundeten

Stufen waren mit Rinde und Moos bedeckt.

Unten an einem der langen Tische saß Samara mit einigen Männern und Frauen. Als ich näher kam, sah ich, dass auch Elias bei ihnen war. Erfreut eilte ich zu ihnen.

»Darius«, sprach mich Samara an, »wir dachten schon, du würdest gar nicht mehr aufwachen!«

Ich war überrascht über ihre Begrüßung. »Wie lange habe ich denn geschlafen?«

Samara lachte. »Fast drei Tage lang!«

»Nein! Drei Tage?«

»Aber wie es scheint, bist du nun wieder bei Kräften. Du siehst erholt aus. Setz dich zu uns!«

Ich setzte mich zu ihnen und schaute zu Elias. Er sah gut und erholt aus und war voller Stärke. Die Anstrengungen und die schweren Verletzungen hatten kaum sichtbare Spuren hinterlassen. Ich musterte Elias genauer und da fiel mir auf, dass er seine Hand sehr nah an die Hand von Samara gelegt hatte. Sie berührten sich leicht. Als Samara meinen Blick bemerkte, zog sie schnell ihre Hand weg.

»Fühlst du dich besser, Darius?«, fragte mich Elias.

»Ja, es geht mit gut«, antwortete ich. Mit meinen Gedanken war ich jedoch woanders. Ich hatte von Anfang an gespürt, dass Samara und Elias sich besonders nah zu sein schienen. Mir war nicht entgangen, wie er sie angesehen hatte und wie sie in seiner Nähe strahlte. Als Samara auf dem Berg gestürzt war und die beiden so eng umschlungen auf dem schmalen Pfad gekniet hatten, hatten sie sich angesehen wie Verliebte. Ich erinnerte mich auch an Samaras tiefe Verzweiflung, als sie Elias verletzt aus der Höhle geschleift hatte und wie sich die Krieger angeschaut hatten, als Samara Elias auf die Stirn geküsst hatte.

Ich war mir sicher, die beiden verband mehr als eine tiefe Freundschaft. Aber aus irgendeinem Grund verbargen sie ihre Gefühle und ließen die Liebe, die sie füreinander hatten, nicht zu.

Ich dachte an Samaras Worte darüber, dass Heiler und Krieger normalerweise keinen Kontakt miteinander hatten. Es war sehr traurig, dass die beiden nicht zusammen sein konnten, obwohl sie sich liebten. Sie waren beide so wundervolle Menschen, jeder auf seine Weise.

Samara blickte mich unsicher an, als könne sie meine Gedanken lesen. Ich räusperte mich und fragte Samara: »Was geschieht jetzt?«

»Wir warten!«

»Warten auf was?«

»Die Heiler kehren von überall aus dem Land hierher zurück, auch die Ältesten, die lange nicht mehr hier gewesen sind. Es wird eine Versammlung geben, in der sich alle Heiler treffen. Die Ältesten werden dann darüber beraten, was wir tun werden und was mit dir geschehen wird.«

Ich blickte sie erschrocken an.

»Mach dir keine Sorgen. Dir wird nichts geschehen. Wir wollen dich beschützen!« Samara machte eine kurze Pause, dann fuhr sie fort: »Es wird noch einige Tage dauern, bis alle eingetroffen sind. Bis dahin werde ich dir alles zeigen. Du kannst ruhig mit den anderen hier sprechen. Sie werden dir gerne weiterhelfen. Auch Ava wird bald schon das Gespräch mit dir suchen. Sie wird dir viele der Antworten geben, die du so begehrst, und sie hat auch einige wichtige Fragen an dich.«

»Und die Prophezeiung?«

»Darüber wird Ava auch mit dir sprechen. Du wirst deine Antworten bekommen, nach denen du dich schon so lange sehnst!«

In den folgenden Tagen lernte ich viel über Alchatar und das Volk der Heiler. Ich erholte mich, und zum ersten Mal, seit ich in dieses wundersame Land gekommen war, konnte ich mich entspannen und wurde gelassener. Die Ruhe an diesem Ort erfasste auch mich. Die Heiler waren wie Samara sehr freundliche Menschen. Eine gewisse Weisheit und Ruhe umgab sie, und sie faszinierten mich sehr. Sie waren eng mit der Natur verbunden und hatten ein sehr feines Gespür für alles, was in ihnen vorging oder um sie herum geschah.

An einem Morgen saß ich unter dem großen Baum und blickte mich noch einmal um. Ich versuchte, mir das Bild dieses friedlichen, wundervollen Ortes einzuprägen.

Die Kinder tollten fröhlich auf der bunt blühenden Wiese, ihr Lachen schallte laut zu mir herüber. Einige der Älteren bereiteten an den Tischen duftende Speisen zu. Ein Stück von mir entfernt saß eine Gruppe beisammen und unterhielt sich.

Sie alle strahlten dabei so viel Lebensfreude aus. Ich hatte das Gefühl, ich war im Paradies. Vielleicht war ich doch ertrunken, und dies war der Himmel? So würde ich mir den Himmel vorstellen!

Die Idylle wurde jedoch immer wieder von Ankömmlingen getrübt, die von schrecklichen Ereignissen in Alchatar berichteten. Die Armee von Peredur hatte einige Dörfer überfallen und zerstört. Wer sich ihnen nicht anschloss oder sich ihnen gar in den Weg stellte, wurde angegriffen. Sie hatten Häuser verbrannt und ganze Dörfer verwüstet. Sie suchten nach mir und hatten versucht, uns den Weg abzuschneiden.

Aber trotz dieser Umstände wirkten die Heiler sehr

ruhig. Sie versicherten mir, dass mir hier nichts geschehen könne, da niemand, der nicht dem Volk der Heiler angehörte, diesen Ort betreten würde.

Elias erwartete jeden Tag Nachricht von seinem Volk. Es war nun einige Zeit her, dass er Alexandro ausgesandt hatte, um Hilfe zu holen.

Ich war hin und her gerissen. Auf der einen Seite genoss ich die Idylle und den Kontakt zu diesen wundervollen Menschen, auf der anderen Seite war ich tief erschüttert über die Ereignisse in Alachatar und hatte Angst vor dem, was noch geschehen könnte. Endlich, nach einigen weiteren Tagen, rief mich dann Ava zu sich. Samara brachte mich zu einem gewölbten Eingang, der in eine große Steinhöhle führte. Samara blieb vor dem Eingang stehen, unsicher drehte ich mich zu ihr.

»Begleitest du mich nicht?«

Samara schüttelte den Kopf. »Mach dir keine Gedanken und geh hinein. Ava erwartet dich bereits.«

Ich zögerte einen Moment lang, dann betrat ich die Höhle. Sie war in ein warmes, goldenes Licht getaucht, und ihre Wände schimmerten und funkelten, als seien sie mit unzähligen, winzigen Edelsteinen übersät. Verwundert schaute ich mich um. Es schien beinahe so, als käme das Licht aus dem Gestein selbst. Auch der Boden schimmerte. Unsicher ging ich ein Stück weiter und blickte mich dabei immer wieder fasziniert um. Dann kam ich in einen großen Raum, der hell erleuchtet war. Als ich weiter hineinging, sah ich, dass das Licht aus der Mitte des Raumes kam. Dort war ein See aus golden leuchtendem Wasser. Es strahlte, schimmerte und funkelte mir entgegen. Fasziniert trat ich näher und blickte in den See. Was so leuchtete, war das Wasser, anscheinend eine Art flüssiges Licht. Es war atemberaubend. Ich war geblendet von so viel Schönheit. Mein Gesicht, meine Hände, mein ganzer Körper wurden von dem Licht im Wasser angeleuchtet, und meine Haut schimmerte golden. Die Wände und die Decke der Höhle schimmerten und feine Muster bewegten sich durch die Spiegelung des Wassers auf den Felsen. Voller Faszination stand ich am Ufer dieses mysteriösen, wundervollen Höhlensees.

So bemerkte ich gar nicht, dass jemand sich mir von hinten näherte und sich neben mich stellte.

»Das ist die Quelle des Lichts!«

Diese Stimme hatte ich schon einmal gehört, wenn auch nur im Traum. Ich drehte mich zur Seite und sah, dass Ava neben mir stand. Sie lächelte mich voller Wärme und Herzensgüte an.

»So bist du denn nun hier angekommen, Fremder. Lange schon habe ich dich erwartet.«

Ihre Haut, ihr Haar waren in das warme Licht getaucht und schimmerten golden. Ihre blauen Augen blickten mich prüfend und doch liebevoll an. Wieder hatte ich das Gefühl, sie sahen bis auf den Grund meines Herzens.

Ich blickte sie wortlos an. Ich hatte so viele Fragen, aber ich wusste nicht, was ich sagen sollte.

»Du wartest auf Antworten? Du willst die Prophezeiung hören?«

Ich nickte. Ich war verwundert. Es schien fast, als könne sie meine Gedanken lesen.

»Folge mir, Darius!«

Wir gingen am Ufer entlang auf die andere Seite des Sees. Ich war aufgeregt. Endlich würde ich erfahren, warum mein Erscheinen in diesem Land für so viel Aufruhr gesorgt hatte, was die Ankunft des Fremden für Alchatar bedeutete und was für eine Aufgabe mir dadurch zuteil wurde.

Wir näherten uns einer Tafel und blieben davor stehen. Die Tafel bestand aus hellem Kristall und leuchtete in demselben Licht wie das Wasser und die Felsen. Sie war in das Gestein eingebettet. Seltsame Ornamente bedeckten sie. Ich musterte sie und versuchte etwas zu entziffern. Aber die Schriftzeichen waren mir völlig unbekannt. Ava zeigte auf die fremdartigen Symbole und begann zu lesen:

»Seht, was geschehen wird.
Eines Tages wird das Meer sich öffnen
und einen Fremden an unsere Küste spülen.
Und was sich zuvor schon im Verborgenen bereit gemacht hat,
wird dann zum Vorschein kommen.
Es wird Krieg herrschen auf Alchatar,
eine Heilerin wird ihre Kräfte verlieren.
Ein Baum wird niederbrennen,
viele Unschuldige werden ihr Leben verlieren.
Ein tapferer Krieger wird sterben,
und ein Wunder wird uns im schimmernden Grün der Smaragde erscheinen
und eine neue Zeit ankündigen.
Der Fremde jedoch, der Bote des Todes und der Zerstörung,
trägt das Schicksal dieses Landes in seinen Händen.
Er allein kennt die Antwort,
und wird denen, die ihm Zuflucht gewähren,
zu neuer Stärke verhelfen.
Ihm ist es bestimmt, wenn Alchatar eines Tages
in den Fluten des Meeres versinken wird,
unser Geschlecht zu erretten und
das kostbare Erbe zu bewahren.«

Ava schwieg, nachdem sie die letzten Worte der Prophezeiung vorgelesen hatte. Ungläubig starrte ich sie an.

»Ihr müsst Euch täuschen! Ich kann nicht dieser Fremde sein, den die Prophezeiung nennt. Ich bin ein Geschichtenerzähler. Ich berichte von Heldentaten, vollbringe jedoch keine. Ich kann Euch nicht helfen. Ich kenne die besagte Antwort nicht.«

»So kamst du nicht aus der Fremde zu uns? Wurdest nicht als Einziger vom Meer hierher getrieben und an unsere Küste gespült?«

Ich wusste nicht, was ich antworten sollte.

Ava lächelte: »Das Schicksal nimmt oft wundersame Wege. Vertraue darauf und vertraue auf deine eigenen Kräfte!«

Ich konnte nicht glauben, was Ava sagte. Ich war ein Dichter, ein Komödiant, ein Abenteuererzähler, der einen Edelmann begleitet hatte. Ich war kein Held, der das Schicksal eines ganzen Landes in seinen Händen trug. Ich wäre fast ertrunken, und doch wurde ich auch an diese Küste gespült, so wie es die Prophezeiung besagte, aber ich war nicht der Retter, auf den sie warteten. Ich wollte und konnte es nicht sein.

Nun verstand ich, warum alle so aufgebracht und teils so angsterfüllt über meine Ankunft waren. Sie glaubten, dass das Kommen eines Fremden ihren Untergang vorhersagte und dass mit mir Krieg und Tod in dieses Land kommen würden. Gleichzeitig war ich aber auch ihre einzige Hoffnung, ihre Rettung. Das war furchtbar. Wie sollte ich diesen Menschen nur helfen?

Ava riss mich aus meinen Gedanken. Sie legte ihre Hände behutsam auf meine Schultern. »Sorge dich nicht. Du wirst die Kraft haben, wenn du sie brauchst. Vertrau mir! Wenn es soweit ist, wirst du wissen, was zu tun ist. Du darfst nur deinen Glauben an dich selbst nicht verlieren, Darius. Schwere Zeiten und eine harte Prüfung stehen dir bevor. Bewahre stets die Hoffnung und die Liebe in deinem Herzen, dann wird dir nichts geschehen. Auch wenn du es selbst noch nicht weißt, du trägst die Antwort schon in dir.«

»Was bedeutet das? Was wird passieren?« Ich verstand Ava nicht.

»Sieh her! Ich zeig es dir!«

Sie trat dicht ans Ufer, bückte sich hinunter und tauchte ihre Finger in das leuchtende Wasser. Als ihre Fingerspitze die glatte Wasseroberfläche berührte, entstanden kleine Wellen, die sich in Kreisen nach außen ausbreiteten und sich an den Wänden der Höhle spiegelten.

Dann erhob sich Ava wieder und trat vor mich. Behutsam nahm sie meine Hand. »Schließ deine Augen!« sagte sie zu mir.

Ich schloss sie und wartete. Sie drehte meine Handinnenfläche nach oben. Ich spürte, wie ein Tropfen in meine Hand fiel. Ein warmes Gefühl breitete sich von der Hand aus. Wie eine Woge des Glücks durchflutete sie meinen ganzen Körper. Ich kann dieses Gefühl kaum mit Worten beschreiben. Es war ein Gefühl von vollkommenem Glück, von purer Liebe. Ich fühlte mich eins mit allem um mich herum, mit der gesamten Welt. Es erschütterte mich in der tiefsten Tiefe meiner Seele, durchströmte mich ganz und gar. Noch nie zuvor im Leben hatte ich mich so glücklich und tief verbunden gefühlt.

Als ich die Augen öffnete, bemerkte ich, dass sie mit Tränen gefüllt waren. Ava sah mich liebevoll an. Ich blickte auf meine Hand. Es war nur ein einziger Tropfen gewesen, ein Tropfen aus der Quelle des Lichts.

»Was ist das?«, fragte ich verwundert.

»Das Leben, die Liebe, das Göttliche, das Licht der Welt … es hat viele Namen. Vergiss nicht, was du gespürt hast!«

Dann drehte sich Ava um und ging davon. Ich stand regungslos da und starrte ihr hinterher. Nach einem kurzen Moment der Verwirrung, rief ich ihr nach. »Samara sagte, du hast wichtige Fragen an mich!«

Ava blieb stehen und drehte sich noch einmal zu mir um. Sie lächelte geheimnisvoll: »Die hast du bereits beantwortet.«

Dann verließ sie den Raum. Verblüfft schaute ich ihr nach. Was hatte sie mich denn gefragt?

Ich blieb noch eine Weile an diesem zauberhaften Ort und schaute in das wunderschöne, helle Wasser. Ich wusste, ich würde die Schönheit dieser Höhle nie vergessen und auch die Worte Avas nicht, auch wenn ich sie zu diesem Zeitpunkt noch nicht begreifen konnte.

SAMARAS WAHL

Am folgenden Tag war die Versammlung. Zahlreiche Heiler waren zur Stätte gekommen, alle hatten sich an diesem Morgen zusammengefunden. Sie saßen auf der Lichtung hinter dem großen Baum in mehreren Reihen in einem Kreis auf dem Boden. Auch die Kinder waren mit dabei. Leise und brav knieten sie in den hinteren Reihen. Ich saß inmitten der Heiler und wartete gespannt darauf, was sie über mich entscheiden würden. Doch zunächst sollte mich erst eine freudige Überraschung erwarten.

Als Ava in die Mitte trat und die Versammlung eröffnete, standen Elias und Samara auf. Sie hielten sich an der Hand und gingen zu Ava. Es wurde unruhig, ich vernahm von allen Seiten Gemurmel. Samara sah Ava kurz fragend an, dann sprach Samara laut in die Runde:»Hört mich an!«

Es kehrte wieder Stille ein. Alle schauten Elias und Samara voller Spannung an.

»Ihr wundert euch sicherlich, wieso ich einen Krieger in unsere Mitte bringe. Ich weiß, es war dem Volk der Krieger von jeher untersagt, diesen Boden zu betreten und hier unter uns zu weilen. Sein Name ist, wie viele von euch bereits wissen, Elias. Ava nahm sich seiner an, als er im Sterben lag, und brachte ihn zur Quelle. Seitdem ist er hier bei uns. Darius, der Fremde, und auch ich verdanken ihm unser Leben. Er war es, der den Fremden unbeschadet hierher zu uns brachte. Ohne ihn wären wir heute nicht hier. Dieser Krieger ist einzigartig unter seinesgleichen.«

Einer der Männer erhob sich. Er hatte weißes Haar und einen langen weißen Bart. Seine tiefblauen Augen strahlten in dem weiß eingerahmten Gesicht. Seine Haut war von zahlreichen Falten durchzogen, jedoch war seine Statur aufrecht und kraftvoll.

»Samara, warum erzählst du uns all das? Dem Krieger ist bereits der Zutritt in diese Stätte gewährt worden.«

Samara schaute ihn mit klarem Blick an, sie sah kurz lächelnd zu Elias. Dann wandte sie sich wieder an die Runde. Ich war sehr aufgeregt und gespannt darauf, was Samara nun antworten würde.

Sie hob die Hand und zeigte auf den Baum neben uns. Dort saß Belagol auf einem der Äste und blickte zu uns herunter. Die Versammelten folgten mit dem Blick ihrer Hand und musterten den schönen großen Vogel.

»Dieser Athop begleitet ihn. Ihr alle wisst über das edelmütige Wesen solcher Vögel. Dieses uralte Wesen hat das aufrichtige und tapfere Wesen, das gute Herz von Elias erkannt und sich mit ihm bis an sein Lebensende verbunden.« Samara drehte sich zu Elias und schaute ihm in die Augen. Sie holte tief Luft und sprach mit fester Stimme. »Und so wie dieser Vogel habe auch ich Elias' Wesen erkannt, mein Herz für ihn geöffnet, und ich möchte mich ebenso bis ans Lebensende mit ihm verbinden.«

Elias schaute Samara gerührt an, ich sah, dass er Tränen in den Augen hatte.

Samara wandte sich wieder an die Heiler. »Ich möchte darum bitten, seine Gefährtin zu werden, denn ich liebe ihn!«

Ein Raunen ging durch die Reihen.

»Du bist dir bewusst, dass du deine Kräfte nahezu verlierst«, antwortete der ältere Mann.

»Dessen bin ich mir bewusst, Anolas!«

Nun ergriff Elias das Wort: »Samara, das kann ich

nicht zulassen. Du darfst um meinetwillen nicht auf diese wundervolle Gabe verzichten. Sie ist ein Teil von dir. Es ist dir bestimmt, zu heilen. Du schenkst den Menschen so viel Kraft und Liebe. Alchatar braucht dich mehr als je zuvor.

Samara hielt Elias' Hand fest. »Elias, ich liebe dich. Ich möchte mit dir zusammen sein. Wenn Liebende sich nicht lieben dürfen, warum sollten wir dann dieses Land retten? Mein Platz ist an deiner Seite, ich habe mich für dich entschieden. Ich weiß, die Heilkräfte waren stets ein Teil von mir, aber nun ist auch die Liebe zu dir ein Teil von mir. Mein Herz gehört schon lange Zeit dir, ich möchte nicht länger von dir getrennt sein. Lass uns unsere Liebe nicht länger verstecken, als sei sie etwas Schlechtes. Viele Jahre war ich Heilerin, aber auch ohne meine Kräfte kann ich Menschen die alten Weisheiten lehren, ihnen helfen und Trost spenden.«

Elias sah sie traurig an. »Du wirst früher sterben.«

Samara lächelte. »Ich wähle lieber ein kurzes Leben mit dir als ein langes Leben ohne dich und deine Liebe.«

Ich sah, wie Elias eine Träne die Wange hinunterlief. Auch ich war tief bewegt von Samaras Worten.

Elias hielt Samaras Hand. »Auch ich liebe dich sehr und habe dir schon lange mein Herz geschenkt. Es war kein Zufall, dass ich dich gerettet habe. Ich habe Belagol ausgesandt, um dich im Auge zu behalten und auf dich zu achten, damit dir nichts geschieht.«

Der ältere Heiler ergriff nun wieder das Wort. »So sei es. Wir akzeptieren eure Entscheidung und wünschen euch beiden von ganzem Herzen Glück auf eurem Lebensweg.«

Ava, die neben den beiden stand, sah sehr besorgt aus.

Samara bemerkte ihren Gesichtsausdruck. »Ava?

Akzeptierst auch du meine Wahl?«

Ava sah Samara mit traurigen Augen an. »Kind, wie gerne würde ich dich vor diesem schweren Schicksal bewahren. Es wird der Tag kommen, an dem du diese Entscheidung bereuen wirst. Doch ich vermag den Verlauf des Schicksals nicht zu ändern. Du hast deine Wahl getroffen, und ich akzeptiere diese. Du bist jederzeit bei uns willkommen, Samara. Wir verlieren mit dir eine besondere Frau und Heilerin. Doch mit dem Herzen werde ich immer bei dir sein.« Avas Augen glänzten, während sie sprach.

Samara umarmte sie weinend.

»Und nun genieße dein Glück. Verschenke keinen Tag in dieser düsteren Zeit, in der die Zukunft so ungewiss ist.«

Samara und Elias küssten sich. Ich freute mich sehr für die beiden, auch wenn Avas Worte mich doch in Sorge versetzt hatten. Es war schön, die beiden so glücklich zusammen zu sehen. Samara hatte viel aufgegeben und ihre Ansprache war sehr mutig gewesen. Sie musste Elias wirklich sehr lieben. Vielleicht würde auch ich eines Tages eine solch tiefe Liebe empfinden.

Die Versammlung wurde fortgeführt. Man entschied, dass ich bis zur Ankunft der Reiter vom Volk der Krieger hier bleiben sollte, im Tal der Heiler, im Schutz der Quelle. Dann würden sie über den weiteren Verlauf beraten. Ich war erleichtert darüber, dass ich noch einige Zeit an diesem wunderschönen Ort sein durfte.

An dem Abend nach der großen Versammlung gab es ein großes Fest zu Ehren von Elias und Samara. Es wurde gegessen, gesungen und getanzt. Die Heiler hatten wunderschöne Stimmen. Ich hätte ewig ihrem Klang lauschen können.

An diesem Abend sah ich sie zum ersten Mal: Elenor. Sie war wohl jetzt erst angekommen, sonst hätte ich sie mit Sicherheit schon vorher bemerkt. Mit ihrem langen, goldblonden Haar strahlte sie aus der Menge hervor. Sie war die schönste Frau, die ich je gesehen hatte. Ihre Erscheinung war voller Anmut und Stärke und doch wirkte sie auf eine Art so zart und zerbrechlich, dass ich sie in meine Arme schließen und beschützen wollte. Ihre feinen Gesichtszüge wurden von ihren langen, blonden Haaren umrahmt, ihre Lippen waren zartrot und ihre blauen Augen schienen leuchtender und voller, als die der anderen. Wie gebannt schaute ich zu ihr hinüber. Sie tanzte. Ihre weichen Bewegungen, ihr wunderschönes Lachen zogen mich in ihren Bann. Mit einem Lächeln im Gesicht beobachtete ich sie.

Plötzlich bemerkte ich Samara neben mir. Sie lächelte mich an.

»Sie heißt Elenor.«

»Ich dachte, in diesem Land hätten die Bewohner dunkles Haar.«

Samara grinste. »Viele, aber nicht alle, wie du siehst.« Sie machte eine kurze Pause. »Geh ruhig hin, Darius, und sprich mit ihr!«

Ich war vom ersten Moment an in Elenor verliebt, obwohl ich sie nicht kannte. Jede Bewegung, jeder Blick, ihre Ausstrahlung, die ganze Erscheinung zeigten mir ihr inneres Wesen, ihre Schönheit, ihre Güte, ihre Liebe! Es war, als würde ich sie besser kennen als mich selbst. Ich wusste, dass ich sie liebte, und ich wusste auch, dass ich ihr das nicht sagen würde, dass ich ihr das nicht sagen konnte. So entschloss ich mich, nicht zu ihr zu gehen, um sie anzusprechen.

So verbrachten wir alle einen wundervollen Abend, feierten die Liebe von Elias und Samara, vergaßen alle

Sorgen und genossen unsere gemeinsame Zeit. Ich unterhielt mich mit Frey. Er war ein sehr weiser Mann und lehrte mich einiges über die Mentalität der Heiler. Später tanzte ich mit Samara, und sie stellte mich weiteren Heilern vor.

Dieser Abend bereitete mir sehr viel Freude. Ich fühlte mich leicht und unbeschwert. Für einige Stunden vergaß ich die Strapazen unserer Reise und meine ungewisse Zukunft hier in Alchatar. Ich erfreute mich an der Gesellschaft dieser liebevollen und fröhlichen Menschen. Immer wieder suchte mein Blick dabei Elenor. Ich wagte es jedoch nicht, mich ihr zu nähern. Für einen Moment glaubte ich, sie habe mir tatsächlich zugelächelt. War das möglich oder hatte ich mich geirrt? Unsicher sah ich wieder zu ihr. Ich beobachtete, wie sie lachte und tanzte. Jede ihrer Bewegungen bezauberte mich und ließ mein Herz höher schlagen.

Am späten Abend suchte mich Ava nochmals auf. Sie überreichte mir eine Kette, an der eine zierliche Phiole befestigt war. Darin konnte ich eine Flüssigkeit erkennen. Ava hängte mir die Kette um. Ich bückte mich nach vorn, und behutsam stülpte sie sie über meinen Kopf. Sie deutete auf die fein verzierte Phiole, die jetzt auf meiner Brust auflag.

»Darin befinden sich einige Tropfen aus der Quelle des Lichts. Lege sie niemals ab und öffne sie nicht! Sie soll dir in dunklen Zeiten den Weg leuchten, dich schützen und dir Hoffnung geben.«

Ich betrachtete den kunstvoll verarbeiteten Anhänger und bedankte mich. Ava umarmte mich, und ich konnte ihre Wärme und Liebe spüren. Ich fühlte mich sehr wohl in der Nähe dieser alten, weisen Frau, obwohl sie immer etwas Geheimnisvolles zu umgeben schien und sie weiter in die Zukunft zu blicken vermochte, als es uns anderen möglich war.

Ich spürte, dass es nichts Gutes war, was sie sah. Ihre Hinweise für mich, dass ich ein großes Schicksal trüge und auf meine Kräfte vertrauen solle, die geschenkte Phiole für dunkle Zeiten und auch ihr trauriger Blick, als Samara sich entschieden hatte, ihre Kräfte aufzugeben, all das beunruhigte mich.

Ich sah mich um und blickte in die fröhlichen Gesichter um mich herum. Und ein Gefühl überkam mich, dass etwas Schreckliches passieren würde, das dieser Sorglosigkeit und Freude ein jähes Ende setzen würde. Ich spürte die Gefahr, die dunkle Bedrohung, die sich uns näherte. Ich hätte jedoch niemals damit gerechnet, wie schnell und mit welcher Wucht sie uns treffen würde.

FINSTERNIS BRICHT HEREIN - DARIUS GEFANGENSCHAFT

Am folgenden Tag saß ich mit einer Gruppe von Heilern zusammen und lauschte ihrem Gespräch. Ich war immer noch fasziniert von ihrer Kultur und Lebensweise. Dieser Morgen war sehr idyllisch und ich vergaß für einen Moment meine düstere Vorahnung vom Vorabend.

Mala, eine der älteren Heilerinnen, saß mit den Kindern auf der blumenbedeckten Lichtung hinter dem Baum und lehrte sie die Kunst des Heilens und den Umgang mit dem Licht. Ich blickte immer wieder interessiert zu den Kindern hinüber und beobachtete, was Mala ihnen zeigte.

Samara und Elias saßen eng umschlungen unter dem großen Baum im Gras und genossen die Nähe. Sie sahen sehr verliebt und glücklich aus. Samara hatte ihren Kopf auf Elias' Brust gelegt und die Augen geschlossen.

Gerade wollte ich mich mit einer Frage an Ferey wenden, da hörten wir plötzlich Hufgetrappel. Es wurde schnell lauter, in das Donnern der Hufschläge mischten sich gellende Schreie. Erschrocken sprangen wir auf und sahen uns um. Auch Samara und Elias waren eilig aufgestanden und blickten nervös auf die Lichtung.

In dem Augenblick tauchte auch schon eine große Schar von Reitern aus dem Wald auf. Es waren gut fünfzig Mann, große Gestalten in dunklen Rüstungen mit brennenden Fackeln und hoch erhobenen Schwertern. Und sie rasten auf uns zu. Ich erstarrte vor Angst und blickte diesen Furcht einflößenden, grölenden Kriegern entgegen.

Um mich herum brachen die Menschen in Panik aus.

Sie liefen voller Angst wild durcheinander und versuchten, sich in Sicherheit zu bringen. Die Kinder schrien und weinten. Alles passierte so unglaublich schnell, binnen weniger Sekunden war aus der friedlichen Idylle ein Ort des Chaos und der Panik geworden. Ich konnte mich nicht bewegen. Ich hätte auch nicht gewusst, wo ich hinlaufen sollte. Außerdem näherten sich uns die Männer auf den Pferden in einer solchen Geschwindigkeit, dass es keinen Sinn mehr machte davonzulaufen. Wie gebannt starrte ich in die finsteren Gesichter der brüllenden Krieger.

Da hatten uns auch schon die ersten Reiter erreicht, und zu meinem Entsetzen musste ich mit ansehen, wie einer der Männer sein Schwert hob und mit voller Wucht auf einen der flüchtenden Heiler einschlug, der blutüberströmt auf den Waldboden stürzte. Ein anderer warf eine Fackel in einen der Büsche auf der Lichtung, und dieser ging sogleich lichterloh in Flammen auf.

Mir stockte der Atem. Mit aufgerissenen Augen blickte ich entsetzt auf dieses Bild des Grauens. Die Stätte der Heiler, dieser Ort des Friedens, hatte sich in ein blutiges Schlachtfeld verwandelt. Die Männer schlugen brutal auf die wehrlosen und verzweifelt flüchtenden Heiler ein. Auch Frauen und Kinder verschonten sie nicht und steckten alles in Brand.

Mitten in den panischen Schreien ertönte eine dunkle Männerstimme: »Sucht ihn! Er muss hier irgendwo sein!« Ich erkannte diese Stimme. Es war diejenige von Korush! Und da sah ich ihn auch schon auf mich zukommen. Ich löste mich aus meiner Erstarrung, drehte mich panisch um und rannte auf die Höhle zu. Da wurde ich von einem der Reiter beim Vorbeigaloppieren am Arm gepackt. Er riss mich hoch und schleifte mich ein Stück mit. Ich konnte mich befreien und stürzte zu Boden. Ich rappelte mich auf und kroch auf dem Boden weiter. Um mich herum waren panisch flüchtende, schreiende Menschen, überall schlugen die heißen Flammen hinauf und erste Äste krachten herunter, dazwischen die Männer auf ihren Pferden. Beißender, dunkler Rauch schlug mir ins Gesicht und versperrte mir die Sicht.

Ich kämpfte mich weiter auf den Knien in Richtung Höhle. Dabei blickte ich mich immer wieder hektisch nach allen Seiten um. Ich konnte weder Elias noch Samara oder Ferey entdecken. Plötzlich kam ein Pferd von der Seite angaloppiert. Das Tier sah mich wohl in den Flammen und dem Rauch zu spät. Einer der Hufe prallte gegen meine Seite und warf mich zu Boden. Das Pferd sprang über mich hinweg, ich schützte mein Gesicht mit den Händen und blieb einen Moment lang benommen liegen. Dann richtete ich mich unter Schmerzen auf. Mein Herz raste. Ich hatte Todesangst. Zahlreiche Gedanken schossen mir durch den Kopf. Was hatten sie mit mir vor? Warum töteten sie die wehrlosen Heiler? Würden sie auch mich töten?

Vor mir sah ich den Eingang der Höhle. Ich nahm all meine Kraft zusammen, stand auf und lief auf die Höhle zu. Die Angst schnürte mir die Luft ab, doch ich rannte so schnell ich konnte. Ich blickte auf den rettenden Eingang der Höhle. Fast hatte ich sie erreicht, da hörte ich hinter mir Hufschläge auf mich zukommen und einen lauten Ausruf: »Ich hab ihn!«

Ein Schreck durchfuhr meine Glieder, panisch rannte ich weiter. Ich versuchte, mich im Laufen umzudrehen und zu sehen, was hinter mir war. Da spürte ich einen harten Schlag auf dem Kopf, und mir wurde schwarz vor Augen …

Als ich wieder zu mir kam, bemerkte ich, dass ich auf

dem Rücken eines Pferdes lag. Ich hing mit dem Bauch über dem Pferd, und mein Kopf und meine Beine baumelten an den Seiten herunter. Verschwommen sah ich die Beine des Tieres und den Boden unter mir. Die Erde war dunkel, kahl und mit spitzen Steinen übersät. Wo war ich? Was war geschehen?

Vom eiligen Traben des Pferdes wurde ich hin und her geschüttelt. Ich merkte, wie mir schwindlig wurde und der Boden vor meinen Augen verschwamm. Ich versuchte mit aller Kraft wach zu bleiben. Aber es gelang mir nicht, und ich wurde wieder ohnmächtig.

Als ich das nächste Mal zu mir kam, lag ich auf einem Steinboden. Mein Kopf schmerzte, und Übelkeit stieg in mir hoch. Ich lag lang gestreckt auf den Steinen, mit einer Gesichtshälfte auf dem von Schmutz bedeckten Boden. Langsam öffnete ich die Augen. Um mich herum war nichts als Dunkelheit. Ich konnte nichts sehen.

Ich schloss meine Augen wieder und öffnete sie erneut. Doch es blieb düster, ich konnte nichts erkennen als tiefe Schwärze. Vorsichtig versuchte ich mich zu bewegen. Ich stöhnte auf. Mein ganzer Körper schmerzte, und ich hatte nicht genug Kraft mich aufzurichten. Ich blieb bewegungslos liegen und starrte in die Finsternis. Ich konnte kaum denken. Eine Zeit lang lag ich einfach nur da, so schwach und kraftlos war ich. Dann begann ich mich zu erinnern. Die Bilder des schrecklichen Überfalls kamen zurück. Ich sah, wie die brüllenden Reiter auf mich zu rasten, ihre entschlossenen, Furcht einflößenden Gesichter, ich sah die panisch flüchtenden Heiler, mit denen ich zuvor noch in idyllischer Ruhe zusammengesessen hatte, ich sah die lodernden Flammen und den schwarzen Rauch um mich herum. Und ich sah, wie die Reiter die wehrlosen Menschen niederschlugen. Ihre angsterfüllten Schreie hallten in meinem Kopf. Wieso hatten sie das nur getan?

Ich weinte bitterlich. Die Tränen liefen mir die Wangen herunter und fielen auf den Boden. Warum mussten diese Menschen sterben? Sie waren so friedvoll und warmherzig gewesen. Ich verstand einfach nicht, warum man ihnen das angetan hatte.

Lange lag ich so da und weinte um die vielen Menschen, die an diesem Tag so viel Leid erlebt hatten. Dann dachte ich an Samara und Elias. Wie ein Blitz schoss mir der Gedanke durch den Kopf. Und Elenor? Meine Trauer verwandelte sich in Panik. Mit einem schmerzhaften Stöhnen richtete ich mich auf und kniete nun. Was war aus ihnen geworden? Sie konnten nicht alle tot sein!

Verzweifelt sah ich mich um. Allmählich ließ meine Benommenheit nach, und ich gewöhnte mich an die Dunkelheit, die mich umgab. Der Raum, in dem ich war, sah wie ein Kerker aus. Nur durch einen kleinen Schlitz am Boden fiel ein wenig Licht, ansonsten war der Raum finster. Ich vermutete dort eine Tür und tastete um mich herum alles ab. Die Wände und der Boden waren aus grobem Gestein, wie eine Art Fels. An der rechten Hand trug ich eine Eisenfessel, die an der Wand befestigt war. Ich zog an der schweren Kette und betastete sie. Selbst wenn ich die Kraft gehabt hätte, komplett aufzustehen, so hätte die schwere Kette es kaum zugelassen, dass ich mich viel durch den Raum bewegte.

Nervös schaute ich mich in dem dunklen Verlies um: nichts als Finsternis. Panisch begann ich, an der Kette zu rütteln. Ich wusste, es machte keinen Sinn, sie war fest im Fels verankert, und ich war auch ohne diese Fessel in dem Verlies eingesperrt. Aber ich konnte nicht aufhören, daran zu zerren.

Meine Gedanken überschlugen sich. War nur ich gefangen genommen worden? War alles niedergebrannt? Hatten sie alle getötet oder gab es Überlebende? Waren Samara, Elias und Elenor noch am Leben? Elenor ... würde ich sie je wiedersehen? Was hatte man mit mir vor? Würde ich für den Rest meines Lebens in diesem Verlies bleiben? Ich rüttelte weiter an der Kette und versuchte aufzustehen. Aber meine Kräfte verließen mich schnell wieder, so dass ich kurze Zeit später wieder regungslos dalag und in die Dunkelheit starrte.

Ich fühlte mich vollkommen hilflos und gefangen. Irgendwann würden meine Entführer mich wohl aufsuchen und zu sich holen, dachte ich. Bis dahin blieb mir nichts anderes übrig als zu warten. Endlose Stunden vergingen. Ich sah nichts als die Dunkelheit um mich herum. Und ich hörte auch nichts, alles war still, nicht das kleinste Geräusch drang zu mir durch. Niemand kam, um mich zu holen oder nach mir zu sehen. Würden sie mich in diesem Loch einfach verenden lassen? Sollte ich in dieser Finsternis einsam und jämmerlich zugrunde gehen?

Hatte ich einen Schiffbruch überlebt, die beschwerliche Reise überstanden, dieses wundervolle Land mit seinen zauberhaften Menschen kennengelernt, um jetzt hier ganz allein zu sterben? Was machte das alles für einen Sinn? Stunde um Stunde litt ich mehr unter dieser Dunkelheit und Stille. Was jedoch noch viel schlimmer war, war diese Ungewissheit. Ich wusste nicht, was im Tal der Heiler noch geschehen war, wusste nicht, wie es meinen Freunden ergangen war, und auch nicht, was mit mir geschehen sollte. Wo war ich hier und warum? Diese Gedanken quälten mich unaufhörlich.

Irgendwann hielt ich diese Stille nicht mehr aus. Warum hatten sie mich nicht einfach getötet, wenn sie mich nun hier verrotten lassen wollten. Wenn ich sterben sollte, hätte ich lieber dem Feind ins Auge gesehen, als auf diese Weise langsam zu verenden.

Ich richtete mich auf und begann zu schreien: »Wer seid ihr? Was wollt ihr von mir? Dann tötet mich doch! Tötet mich, ihr Feiglinge! Kommt schon!« Ich schrie so laut ich konnte, meine Stimme überschlug sich. »Ihr Feiglinge! Ich hasse euch! Ich hasse euch! Feiglinge! Ich will hier raus! Ich will raus!!!«

Wieder und wieder schrie ich, unaufhörlich, bis ich nur noch ein leises Krächzen hervorbrachte. Nichts passierte. Es blieb still und dunkel. Erschöpft kauerte ich mich auf den Boden und starrte wieder in die Finsternis. Resigniert lag ich da und harrte weiter aus, Stunde um Stunde, bis ich irgendwann wieder einschlief.

Jegliches Zeitgefühl war mir abhanden gekommen. Ich wusste nicht, wie lange ich schon in diesem Loch saß.

Da hörte ich plötzlich Schritte. Schnell rappelte ich mich auf. Ich sah, wie jemand eine kleine Klappe an der Tür öffnete und etwas auf den Boden stellte. Dann schloss er die Klappe sofort wieder.

»Wer ist da? Was wollt ihr von mir?«

Keine Antwort. Die Schritte entfernten sich.

»Redet mit mir! Ihr Monster, so sagt doch was!«, schrie ich ihm hinterher. Die Schritte wurden leiser, dann herrschte wieder Stille. Voller Verzweiflung und Wut schlug ich mit der Faust gegen die harte Steinwand. Ich hockte noch einen Moment lang starr auf der Stelle. Dann robbte ich mich zu dem kleinen Lichtspalt, wo sich eben die kleine Luke geöffnet hatte. Vorsichtig tastete ich den Boden ab. Ich fühlte einen kleinen Krug und einen Teller. Hastig nahm ich den Krug in die Hände. Ich konnte ihn kaum fassen, meine Finger zitterten und meine rechte Hand schmerzte von dem Schlag gegen den Stein. Wacklig hob ich den Krug hoch. Ich hatte schrecklichen Durst. Meine Kehle war nach der langen Zeit und dem stundenlangen verzweifelten Schreien ausgetrocknet und schmerzte beim Schlucken.

Ich führte den Krug zitternd an meine Lippen und trank einen Schluck. Angewidert spukte ich das Wasser sofort wieder aus. Es schmeckte abscheulich, nach Moder und Verwesung. Voller Zwiespalt hielt ich den Krug in der Hand. Ich wollte dieses Wasser keinesfalls trinken, aber ich hatte so unglaublichen Durst. Dann führte ich den Krug erneut an den Mund und trank. Der Geschmack war so widerlich, dass mir davon übel wurde. Widerwillig schluckte ich die stinkende Brühe hinunter. Es war wirklich abscheulich und ich wusste nicht, ob es nicht vielleicht sogar giftig war. Aber ich konnte nicht anders. Ich hatte solchen Durst, dass ich es einfach trank.

Danach betastete ich den Teller. Darauf lagen kleine Stücke, sie waren hart und rau. Wenn ich sie leicht eindrückte, fielen kleine Krümel durch meine Finger. Ich roch daran. Es roch kaum nach etwas. Vorsichtig biss ich ein kleines Stück ab. In der Dunkelheit konnte ich nicht erkennen, was ich da probierte. Zu meiner Erleichterung stellte ich fest, dass es trockenes Brot war. Ich konnte es kaum schlucken, weil mein Hals noch so schmerzte. Lange kaute ich Stück für Stück und trank dazu diese eklige Brühe. Aber auch wenn es so schlecht schmeckte, war ich doch froh um jeden Bissen, den sie mir gebracht hatten.

Und so vergingen die Tage. Ich saß da, starrte in die Dunkelheit und schlief, ab und zu brachte man mir

Essen und Trinken. In der Finsternis des Verlieses wusste ich nicht, wann Tag und wann Nacht war und wie viel Zeit ich bisher an diesem Ort verbracht hatte. Wenn sie mir jeden Tag einmal etwas zu Essen brachten, dann waren bisher schon zwanzig Tage vergangen, seit ich hier war. Die meiste Zeit saß ich an die Wand gelehnt und starrte vor mich hin.

Nach einigen Tagen hatte ich, auf der Suche nach einem Ausweg, mein Gefängnis erforscht. Mühevoll und langsam hatte ich mich durch den Kerker gerobbt und alles abgetastet. Es war ein winziger Raum mit niedriger Decke. Die Wände, die Decke und auch der Boden bestanden aus unbehauenem grobem Fels. Neben der Verankerung der Eisenkette, an die ich gefesselt war, befand sich eine Holztür mit schweren Eisenbeschlägen und einer kleinen Klappe knapp oberhalb des Bodens. Hierdurch reichte mir irgendjemand wortlos Essen und Trinken. Ich hatte nach einigen Tagen aufgegeben zu rufen. Denn niemand hatte mir geantwortet. Ich war allein in diesem stillen, dunklen Verlies, allein mit meinen Gedanken und Ängsten.

Erst nach einer Weile hatte ich bemerkt, dass ich die Kette von Ava noch um den Hals trug. Ich hielt die zierliche Phiole in der Hand. Immer wieder versuchte ich das Wasser aus der Quelle des Lichts, das sich darin befand, zum Leuchten zu bringen. Ich tastete das kleine Fläschchen ab und sprach zu ihm. Es geschah jedoch nichts. Es blieb finster.

Nun hatte ich alles aufgegeben. Ich schrie nicht mehr, suchte keinen Ausweg mehr und auch mit der Phiole beschäftigte ich mich nicht mehr. Alle Versuche, mich irgendwie aus dieser Situation zu retten, waren gescheitert. Mir blieb nichts anderes übrig, als mich meinem Schicksal zu ergeben. Ich konnte nichts tun außer abzuwarten, still und geduldig zu warten, bis etwas geschehen würde, was auch immer es war, vielleicht sogar mein Tod.

Dann plötzlich rappelte und quietschte die Tür und jemand öffnete sie. Ein Mann mit einer Fackel kam herein. Geblendet schloss ich die Augen und nahm die Hand vor mein Gesicht. Ich spürte eine Schwertklinge an meinem Hals und presste mich erschrocken an die Wand. Dabei versuchte ich die Augen wieder zu öffnen. Doch nach der langen Zeit hatten sich meine Augen an die Dunkelheit gewöhnt, und das Licht der Fackel war so grell, dass ich nur blinzeln konnte. Ich fühlte die scharfe, kalte Klinge an meiner Kehle und mein Herz begann zu rasen. Ich war starr und atmete flach. Würden sie mich töten? War es jetzt vorbei?

Trotz der Qualen der vergangenen Wochen wollte ich nicht sterben. Lieber harrte ich hier weiter in dieser Finsternis aus. Ich hoffte immer noch auf Rettung. Mein Leben konnte nicht vorbei sein, nicht so und nicht hier.

»Du hast Besuch«, brummte der Mann grimmig. Ich blinzelte vorsichtig und sah, wie eine Frau durch die Tür trat. Zunächst konnte ich nur ihre Umrisse erkennen. Sie trug ein Gewand mit Umhang und hatte langes Haar. War es Samara? Aufgeregt versuchte ich aufzustehen.

Mit einem kräftigen Hieb stieß der Mann mich wieder zu Boden. »Bleib sitzen und beweg dich nicht!«

Etwas benommen sah ich wieder die Frau an. Meine Augen gewöhnten sich allmählich ans Licht. Es brannte immer noch in den Augen, aber ich konnte nach und nach mehr erkennen. Die Frau vor mir hatte zwar lange, dunkle Haare wie Samara, aber ansonsten hatte sie nichts mit ihr gemeinsam. Sie hatte ein junges, hübsches Gesicht, jedoch waren ihre Gesichtszüge hart und spitz.

Sie blickte mich mit kalten, hellblauen Augen an und

ihr Ausdruck war so voller Boshaftigkeit und Kälte, dass es mir das Blut in den Adern gefrieren ließ. »Du bist also der große Fremde«, sagte sie verächtlich und lachte. »Wir werden dich zu nutzen wissen.« Skeptisch beäugte sie mich und kam näher. »Du tust besser daran, mir zu gehorchen.« Sie nahm ein kleines Fläschchen hervor und öffnete es. »Das hier wird dir guttun.«

Erneut lachte sie. Ihr Lachen war schrill und voller Hass. Ich presste mich weiter an die Wand und starrte sie angsterfüllt an. Sie war spindeldürr und hielt das Fläschchen in ihren knochigen Händen. Trotz ihrer boshaften Ausstrahlung war ihr Gesicht ebenmäßig und schön. Nur die Augen sahen so kalt und leer aus, als hätte sie vor langer Zeit schon ihr Leben ausgehaucht und ihre Seele verloren.

Sie näherte sich nun mit dem Fläschchen und hielt es mir vor den Mund. »Trink das!«, befahl sie herrisch.

Ich presste die Lippen zusammen und schüttelte den Kopf. Niemals würde ich das freiwillig trinken. Was immer das für ein Trunk war, es konnte nichts Gutes sein, wenn sie ihn mir gab. Vielleicht wollte sie mich damit vergiften, aber möglicherweise war es sogar schlimmer als der Tod.

Wütend packte sie mich an der Schulter, schreckte aber sogleich wieder zurück und starrte auf meine Brust. Ich folgte ihrem Blick an mir hinunter und sah, dass sie auf die Kette mit der Phiole schaute. War sie vor ihr zurückgeschreckt? Schützte der Anhänger mich?

Zornig starrte sie mich noch einen Augenblick an, dann drehte sie sich mit einem Ruck um und verließ wortlos den Kerker. Der Mann nahm das Schwert von meinem Hals, versetzte mir noch einen Hieb und folgte ihr hinaus. Krachend fiel die schwere Tür hinter ihm zu und ich war wieder allein in der Dunkelheit. Verblüfft saß ich da und dachte darüber nach, was gerade geschehen war. Was hatte das zu bedeuten?

Ich erinnerte mich an Avas Worte: »Sie soll dir in dunklen Zeiten den Weg leuchten, dich schützen und dir Hoffnung geben.«

Anscheinend schützte mich die Phiole vor dieser fremden Frau. Hatte Ava gewusst, was passiert? Warum hatte sie nicht versucht es zu verhindern? Warum hatte sie uns nicht gewarnt?

Ob Ava den Angriff überlebt hatte? Ich grübelte über ihre Worte nach. Welcher Weg? Ich nahm die Phiole in die Hand. Ava hat mich ermahnt, sie niemals abzulegen oder zu öffnen. Nachdenklich betrachtete ich sie. »Kennst du den Weg? Leuchte mir!«

Ich blickte auf das kleine Fläschchen. Nichts geschah, es blieb dunkel. Was hatte Ava nur damit gemeint? Mir den Weg in dunklen Zeiten leuchten? Die Zeiten waren düster und beinahe ohne Hoffnung. Was musste ich tun, um den Weg zu finden? Und war es überhaupt möglich hier hinauszukommen?

Ich erinnerte mich an die Prophezeiung. Obwohl Ava sie mir nur ein einziges Mal vorgelesen hatte, wusste ich noch jedes Wort, so als hätte sie sich mir ins Gedächtnis eingebrannt. Ich hörte Avas Stimme in meinem Kopf.

»Seht, was geschehen wird.
Eines Tages wird das Meer sich öffnen
und einen Fremden an unsere Küste spülen.
Und was sich zuvor schon im Verborgenen bereit
gemacht hat,
wird dann zum Vorschein kommen.
Es wird Krieg herrschen auf Alchatar,
eine Heilerin wird ihre Kräfte verlieren.
Ein Baum wird niederbrennen,

viele Unschuldige werden ihr Leben verlieren.
Ein tapferer Krieger wird sterben,
und ein Wunder wird uns im schimmernden Grün
der Smaragde erscheinen
und eine neue Zeit ankündigen.
Der Fremde jedoch, der Bote des Todes und der
Zerstörung,
trägt das Schicksal dieses Landes in seinen Händen.
Er allein kennt die Antwort,
und wird denen, die ihm Zuflucht gewähren,
zu neuer Stärke verhelfen.
Ihm ist es bestimmt, wenn Alchatar eines Tages
in den Fluten des Meeres versinken wird,
unser Geschlecht zu erretten und
das kostbare Erbe zu bewahren.«

Ich dachte über die einzelnen Teile der Prophezeiung und über das, was bisher schon geschehen war, nach. Am Anfang war ich an diese Küste angeschwemmt worden – ich war der erste Fremde in Alchatar gewesen. Ich erinnerte mich an die Männer, die uns angegriffen hatten, und an die Erzählungen der Heiler, dass Peredurs Männer schon mehrere Dörfer verwüstet hatten. Es herrschte Krieg, das hatte ich mit eigenen Augen gesehen. Dann dachte ich an Samara, die aus Liebe zu Elias ihre Heilkräfte aufgegeben hatte. Sie war die Heilerin aus der Prophezeiung, die ihre Kräfte verlieren würde. All das hatte sich tatsächlich bewahrheitet. Ich erinnerte mich an den Tag des Angriffs, an die vielen Heiler, die vermutlich gestorben waren, und an das Feuer. Hatten sie den wundervollen, riesigen Baum, den Mittelpunkt der Stätte, auch niedergebrannt?

Die schrecklichen Bilder tauchten wieder vor meinen

Augen auf. Der tapfere Krieger aus der Prophezeiung, der sterben würde, war das Elias? War er wirklich tot?

Es war so schlimm, nicht zu wissen, was geschehen war und was mich erwarten würde, falls ich hier jemals wieder hinauskam. Ich dachte weiter über die Prophezeiung nach. Was war das Wunder im Grün? Ich konnte mir nicht im Geringsten vorstellen, was damit gemeint sein sollte. Das Schicksal lag in den Händen des Fremden, laut Ava in meinen Händen. Ich würde das Geschlecht erretten. Aber wie? Was sollte ich ausrichten, was konnte ich tun? Besonders jetzt, da ich allein und in Gefangenschaft war. Ich grübelte noch lange über die Worte der Prophezeiung nach, doch ich kam zu keiner Lösung. Selbst mein eigenes Schicksal lag nicht in meiner Hand. Ich war verdammt, hier zu warten und darauf zu hoffen, dass ich irgendwie überleben würde.

Einige Zeit verging, noch weitere unendlich lange Stunden in der Finsternis. Ich schloss immer wieder die Augen und erinnerte mich an die vergangenen Wochen, an Anthalatta, die prunkvolle, glänzende Stadt am Meer, an Samara und Elias, unsere beschwerliche Reise, an das wunderschöne, friedliche Tal der Heiler, an den See aus Licht, an dem ich mit Ava gesprochen hatte, und an meinen letzten Abend bei den Heilern, an dem wir getanzt und gelacht hatten, so unbeschwert und voller Freude. Immer wieder spielte ich in Gedanken unsere Reise durch, sah die einzelnen Orte vor meinem inneren Auge und stellte mir vor, ich wäre wieder dort. Doch die meiste Zeit dachte ich an Elenor, die schönste Frau, die ich je gesehen hatte. Ich sah Elenors Gesicht vor mir, betrachtete ihre strahlenden Augen und wie ihr Haar in der Sonne leuchtete. Sie stand auf der Lichtung vor mir, hinter uns war der große Baum. Ich konnte beinahe den

Duft der Blumen riechen.

Ohne diese Gedanken wäre ich wohl in dem düsteren Kerker verrückt geworden. Ich merkte jedoch, wie mich die Finsternis Tag für Tag mehr zermürbte und die Bilder meiner Erinnerungen immer blasser wurden.

Nach vielen Tagen des Wartens öffnete sich die Tür ein zweites Mal. Wieder kam der Mann mit der Fackel herein. Ohne ein Wort packte er mich am Arm und zog mich hoch. Er riss mich grob an meinem rechten Handgelenk zu sich und öffnete die Fessel. Der Arm schmerzte mittlerweile von dem Gewicht der schweren Eisenkette.

»Unser Herr will dich sehen! Komm mit!«

Er zog mich nach vorn und schubste mich vor sich her.

Aufgeregt ging ich einen schmalen dunklen Gang entlang. Am Ende des Ganges führte eine lange Treppe nach oben. Danach folgte ein weiterer Gang und dann noch eine Treppe. Immer wieder schubste er mich oder packte mich grob am Arm. Ich hatte große Probleme, die Treppe hinaufzugehen. Ich war geschwächt und meine Beine versagten ihren Dienst. Der Mann schleifte mich den größten Teil der Treppe mit sich.

Am oberen Ende der Treppe blieb er mit mir stehen und schloss eine schwere Eisentür auf. In der ganzen Zeit hatte er kein einziges Wort gesprochen. Er war ein sehr großer, schwerer Kerl mit dunklen Haaren und finsterer Miene. Beim Hinaufgehen schnaufte und keuchte er.

Wir gingen durch die Tür und betraten eine Art Palast. Er war nicht so prächtig wie die Gebäude in Anthalatta, aber die Wände und der Boden waren kunstvoll verarbeitet. An den Seiten des breiten Korridors standen große, goldene Fackelhalter. Das Feuer der Fackeln tauchte den Gang in ein warmes Licht. Meine Augen hatten sich auf dem Weg nach oben allmählich wieder an die Helligkeit gewöhnt. Doch sie schmerzten, und wenn ich sie ganz öffnete, blendeten mich die vielen Fackeln noch.

Blinzelnd sah ich mich um. Der Mann führte mich den Gang entlang. Ich folgte ihm. Ich wusste nicht, was mich erwartete. Würde ich Antworten erhalten? Was hatte man hier mit mir vor?

Immerhin war ich erleichtert darüber, dass überhaupt etwas geschah, dass ich endlich der Finsternis entflohen war und vielleicht mit jemanden sprechen konnte.

Der Mann brachte mich in einen Raum. Es war ein prunkvolles Gemach mit einem stoffüberzogenen Himmelbett. Durch ein großes Fenster fiel sanftes Tageslicht herein. Auf der linken Seite sah ich eine reich gedeckte Tafel. Der feine Geruch des Essens stieg mir in die Nase, und ich spürte, wie ausgehungert ich von den vergangenen Wochen war. Sehnsüchtig blickte ich auf die Speisen. War das alles hier für mich? Ich war verunsichert. Warum warf man mich zuerst in ein dunkles Verlies bei Wasser und Brot, um mich jetzt in diesem Gemach mit den feinsten Speisen zu verwöhnen?

Fragend schaute ich mich um. Der Mann war mit mir in der Mitte des Raumes stehen geblieben. Er hielt mich fest und wartete wortlos. Wir standen einen Moment lang so da. Dann hörte ich, wie sich Schritte näherten. Ich blickte zur Tür. Ein Mann in rotgoldener Kleidung trat herein. Er hatte schwarze Haare und sehr markante Gesichtszüge. Obwohl er mich anlächelte, ging von ihm etwas Finsteres und Böses aus, das mir einen Angstschauer über den Rücken jagte.

Er stellte sich vor mich. »Seid gegrüßt, Fremder! Mein Name ist Peredur. Ich fürchte, Ihr seid bisher nicht gut behandelt worden.«

Er warf dem Mann neben mir einen Blick zu, und dieser ließ meinen Arm sogleich los.

»Setzt Euch! Dies ist Euer Gemach. Ich habe zahlreiche Speisen kommen lassen. Ihr könnt mit mir essen und Euch danach ausruhen.« Er zeigte auf das Bett.

Skeptisch blickte ich ihn an. Was hatte das zu bedeuten?

Dann ging er zu der Tafel. »Nehmt doch Platz!«

Peredur machte eine einladende Bewegung. Ich blickte mich um. Die Frau, die mich im Kerker besucht hatte, stand neben der Tür und beobachtete uns. Hier im hellen Licht sah sie noch Furcht einflößender aus. Zögerlich ging ich zu dem Tisch und setzte mich. Ich starrte auf das Essen und konnte kaum einen klaren Gedanken fassen, solcher Hunger plagte mich. Das Wasser lief mir im Mund zusammen. Ich konnte mich kaum noch an den Geschmack von etwas anderem als trockenem Brot erinnern. Das Essen duftete herrlich. Einen Moment lang zögerte ich, dann griff ich zu.

Doch in diesem Moment, hob Peredur die Hand. »Nicht so eilig!«

Erschrocken hielt ich inne und blickte auf. Peredur sah mich durchdringend an. »Esst und trinkt, genießt dieses schöne Gemach und erholt Euch von den Strapazen! Dies alles und noch viel mehr ist für Euch! Ich kann Euch Schätze bieten, wie Ihr sie Euch nie im Leben erträumt hättet.« Er machte eine kurze Pause, bevor er weitersprach. »Jedoch erwarte ich eine

Gegenleistung.«

Fragend sah ich ihn an, und er fuhr mit seiner Ansprache fort. »Schließt Euch mir an. Versprecht mir Eure Unterstützung! Vergesst das närrische Volk der Heiler und tragt nicht weiter diesen Anhänger. Nehmt die Kette ab und schwört mir Eure Treue! Ich werde Euch reich dafür belohnen. Andernfalls, das versteht ihr sicherlich, seid Ihr mein Feind und als mein Feind kann ich Euch hier nicht länger dulden. Überlegt mit Bedacht und wählt Eure Worte gut!«

Die Phiole schützte mich auf irgendeine Weise vor ihm, das spürte ich, und dass er mir die Kette wohl nicht mit Gewalt wegnehmen konnte. Ich blickte auf die köstlichen Speisen, betrachtete das prunkvolle Zimmer. Dann sah ich in Peredurs Augen. Sie waren ebenso kalt und leer wie die der unheimlichen Frau, die mich besucht hatte.

Ich nahm all meine Kräfte zusammen und sagte entschlossen: »Niemals! Niemals werde ich Euch dienen! Lieber verrotte ich dort unten im Kerker!«

Peredurs Augen blitzten zornig auf, er sprang zu mir und lehnte sich über mich. »Wisst Ihr denn, wem Ihr da überhaupt so loyal gegenüber seid? Denkt Ihr, sie haben Euch alles erzählt?« Er lachte.

»Was wisst Ihr schon von diesem Land? Haben sie Euch erzählt, dass sie uns verbannt haben, dass sie uns an diesen Ort schickten und wir hier wie Geächtete leben müssen?«

Wütend packte er mich und zog mich mit sich ans Fenster. Er zeigte nach draußen. »Seht Ihr das? Schaut es Euch genau an!«

Ich blickte hinaus auf ödes, steiniges Land mit dunklen, verkrüppelten Bäumen. Auf der rechten Seite erstreckte sich eine riesige, karge Steinwüste, soweit das

Auge reichte. Auf der linken Seite lag ein düsterer Wald. Geschockt blickte ich auf diese schreckliche Landschaft. Sie passte überhaupt nicht zu dem Alchatar, das ich bisher kennengelernt hatte.

»Seht es Euch genau an! Hierher haben sie uns verbannt. Das hat man Euch mit Sicherheit nicht erzählt. Sie haben nicht nur Gutes getan. Lange haben wir ausgeharrt, aber jetzt ist die Zeit der Rache gekommen, jetzt ist unsere Zeit. Ihr wisst so vieles nicht. Warum seid Ihr Euch so sicher, in dieser Schlacht auf der richtigen Seite zu stehen?«

Ich dachte daran, wie die Männer die unbewaffneten Heiler angegriffen hatten und auch Frauen und Kinder nicht verschont hatten. Was immer vorher geschehen war. Auf die Seite solcher Menschen würde ich mich nie stellen, ganz gleich, warum sie so gehandelt hatten!

Peredur sah meinen Gesichtsausdruck. Er packte mich, zog mich nah an sich und starrte mir direkt in die Augen. »Auf was hofft Ihr? Denkt Ihr, jemand wird hierherkommen, um Euch zu retten? Denkt Ihr das?« Er machte eine Pause und blickte mich durchdringend an. »Niemand wird kommen! Hier wird Euch keiner retten! Ihr werdet nie wieder das Tageslicht erblicken und dort unten jämmerlich und einsam einen langsamen, grausamen Tod sterben. Schaut der Wahrheit ins Gesicht. Es wird niemand kommen. Eure Freunde sind schon lange tot.«

Erschrocken starrte ich ihn an. Wie ein Pfeil durchbohrte diese Nachricht mein Herz.

Peredur bemerkte meine Betroffenheit. »Dachtet Ihr wirklich, sie hätten überlebt und wären auf dem Weg hierher? Ich muss Euch enttäuschen. Im Tal der Heiler hat außer Euch niemand den Angriff überlebt. Wir konnten ihr Leben nicht verschonen.«

Wutentbrannt stürzte ich mich auf ihn. »Ihr seid ein Monster! Wieso habt Ihr das getan?«

Peredur stieß mich zu Boden. Ich hatte kaum Kraft, um mich zur Wehr zu setzen. Ich lag vor Peredur auf dem Boden und starrte ihn hasserfüllt an.

»Schluss mit den Höflichkeiten! Das ist Eure letzte Chance. Gebt auf, beugt Euch mir und nehmt den Anhänger ab oder weigert Euch und geht im Kerker zugrunde! Ihr habt die Wahl!«

Ich blickte ihn weiter voller Zorn und Hass an. Langsam und mit fester Stimme antwortete ich ihm. »Niemals würde ich einem Scheusal wie Euch folgen!«

Peredurs Augen blitzen kurz auf. »So sei es!« Seine Stimme war kalt. Er drehte sich zu dem Mann um, der mich hochgebracht hatte. »Bringt ihn fort!«

Der Mann packte mich und schleifte mich wieder hinaus. Resigniert hing ich in seinem Arm. Ich wehrte mich nicht, als er mich die Treppen hinunter wieder in das dunkle Verlies schleppte. Dort angekommen, ließ er mich los. Ich fiel auf den Boden. Der Mann kettete mich fest, ging hinaus und schloss die Tür.

Von all dem bekam ich kaum etwas mit. Ich stand unter Schock. Meine Gedanken kreisten um Samara, Elias, Elenor und alle anderen aus dem Tal der Heiler. Regungslos blieb ich dort in der Dunkelheit liegen, wie gelähmt. Ich spürte nichts, nicht einmal Trauer, da war einfach nichts. Nur eine tiefe große Leere.

Waren sie alle tot? War alles verloren? Ich konnte nicht schreien und nicht weinen. Ich war wie erstarrt. Und so verging Stunde um Stunde. In mir war etwas zerbrochen. Ich wusste nicht mehr, woran ich glauben sollte. Ich hatte alles verloren. Es war vorbei. Ich würde hier unten liegen bleiben und auf den Tod warten.

Erst nach langer Zeit spürte ich den Schmerz in meinem Herzen und begann zu weinen. Die Tränen liefen mir die Wangen hinunter und benetzten meine Brust. Ich nahm die Phiole in die Hand. Sie hatte mich beschützt. Aber wofür? Wenn ich doch hier nun den Tod finden würde ...

Ich schloss die Augen und sah Elenor. Sie lächelte mich an, und etwas in mir konnte einfach nicht glauben, dass sie tot war. Ich sah sie, und ich spürte, dass sie noch leben musste. Sie war nicht tot, wie Peredur gesagt hatte. Sie lebte noch, das wusste ich einfach. Tief in meinem Herzen wusste ich es.

Ich öffnete die Augen, und zu meiner Verwunderung stellte ich fest, dass das Wasser in der Phiole zu leuchten begonnen hatte! Es leuchtete mir wunderschön entgegen. Obwohl es hell erstrahlte, blendete dieses Licht mich nicht. Ich wischte mir die Tränen aus den Augen und blickte in das Licht. Sanft erleuchtete das Wasser mein Gesicht und den vorher so dunklen Raum. Und mit der Dunkelheit vertrieb es auch die Düsterkeit und Hoffnungslosigkeit. Fasziniert blickte ich auf die zierliche Phiole, die sich in meinen Augen widerspiegelte.

Und in diesem Moment wusste ich mit absoluter Sicherheit, dass ich recht hatte. Sie waren nicht tot, sie lebten! Peredur hatte gelogen. Der Angriff hatte die friedliche Welt der Heiler erschüttert, und viele hatten ihr Leben verloren, aber nicht Elias, Samara und Elenor. Sie hatten überlebt. Sie waren immer noch am Leben! Und sie waren auf dem Weg zu mir, um mich hier herauszuholen. Dessen war ich mir ganz sicher. Es war noch nicht vorbei, es war noch nicht alles verloren. Ich hatte allen Grund zur Hoffnung. Das wusste ich jetzt. Ich musste nur durchhalten.

Ich lächelte.

Damals wusste ich nicht, wie nah meine Rettung zu diesem Zeitpunkt schon war, dass sie sich schon längst auf den Weg zu mir gemacht hatten …

Nachdem ich die Geschichte ein zweites Mal gelesen hatte, legte ich sie nachdenklich zur Seite und ging nach einer Weile zufrieden schlafen. Denn es war schon tief in der Nacht.

Obwohl die Erzählung in mir so viel Begeisterung entfachte und mich tief im Herzen berührte, war ich am nächsten Morgen in der Arbeit schon nach kurzer Zeit wieder schlecht gelaunt. Ich fühlte mich irgendwie machtlos und unfrei. Schnell merkte ich, dass ich nicht wirklich etwas ändern konnte.

Natalie blieb kratzbürstig und oberflächlich, die Arbeit hektisch und stressig, Jasper, einer meiner Kollegen, war mürrisch wie immer, und die Zeit lief mir davon. Selbst die freudigen Erzählungen der verliebten Annabell nervten mich heute.

Die anderen konnte ich nicht ändern, nur mich selbst. Ich wusste ja, alles war wie immer, nur ich war anders. Also beschloss ich, das wegzulegen, womit meine Unzufriedenheit erst angefangen hatte. Als ich nach Hause kam, warf ich die Visitenkarte vom Meditationszentrum in den Mülleimer, und dieses Mal achtete ich darauf, dass ich den Papierkorb auch traf. Dann legte ich das Buch mit der alten Erzählung in die Schreibtischschublade unter einen dicken Stapel von Papier. Damit wollte ich die Geschichte und auch Nick ein für alle Mal aus meinem Leben verbannen. Ich sagte mir, ich dürfe jetzt nicht kurz vorm Ziel schlapp machen und meine berufliche Karriere aufs Spiel setzen. Ich hatte zu viel investiert. Ich wollte einfach, dass alles wieder so wurde wie vorher.

Als ich am nächsten Morgen zur Arbeit ging, rief ich

mir immer wieder ins Gedächtnis, wieso ich das alles machte. Ich bemühte mich, Freude bei meiner Arbeit zu haben und allen Aufgaben meine volle Aufmerksamkeit zu schenken. Ich arbeitete soviel ich konnte und achtete darauf, dass ich einfach keine Zeit hatte, um viel nachzudenken und ins Grübeln zu kommen.

Schon nach wenigen Tagen, dachte ich kaum noch an Nick oder das Buch. Und einige Zeit später war ich schon wieder fast die Alte. Zwar noch nicht ganz, die Unzufriedenheit und das Gefühl der Unfreiheit waren geblieben, aber ich war mir sicher, auch das würde nach einer Weile besser werden.

So verging die nächste Woche wie im Flug. Ich ertrug einfach alles, machte mir weniger Gedanken und behielt mein Ziel im Auge. Endlich hatte ich mein Leben wieder im Griff.

Im Nachhinein erkenne ich nun, da ich auf diese Zeit zurückblicke, wie wenig ich in Wirklichkeit mein Leben im Griff gehabt hatte und wie unglücklich ich damals war. Ich war wie benebelt, folgte blind meinem Trott, schaute nicht nach rechts und nicht nach links. Und so verwundert es mich heute auch nicht, dass schon kurze Zeit später etwas geschah, das mich wieder aus der Bahn warf. Dieses Mal konnte ich es nicht mehr so leicht ignorieren, dieses Mal traf es mich.

Es war viele Wochen her, dass ich das Buch und Nick zu den Akten gelegt hatte. Wir hatten mittlerweile schon Juni. Ich kam gerade aus der Redaktion und wollte einfach nur noch heim. Es war nicht allzu spät, die Sonne strahlte noch am Himmel. Wir hatten diesen Juni fantastisches Wetter. Aber das war mir egal. Ich hatte daheim noch einiges zu erledigen und wollte früh ins Bett. Die ganze Woche über war ich schon müde und schlapp gewesen. Ich wusste nicht, warum. Vielleicht war es eine leichte Sommergrippe. Heute wollte ich so früh wie möglich schlafen gehen, um mich zu erholen.

So schaute ich kurz zur Seite und ging dann über die Straße. Den Blick gesenkt, starrte ich auf den Boden und dachte darüber nach, wie müde ich war und wie schön weich und warm mein Bett zu Hause war. Noch vielleicht ein oder zwei Stunden, und ich könnte endlich schlafen.

Plötzlich riss mich ein lautes »Achtung!« aus meinen Gedanken, und gleich darauf spürte ich, wie mich jemand hart von hinten traf und nach vorne stieß. Ich knallte auf den Asphalt, und die Person, die mich gestoßen hatte, landete auf mir. Direkt neben uns brauste ein Lkw vorbei. Ich hörte das lärmende Geräusch der Räder dicht neben uns. Seine Hupe dröhnte und die Bremsen quietschten. Dann gab es einen lauten Knall. Ich lag auf dem Bauch, das Gesicht auf dem Boden, und konnte mich unter dem Gewicht des Unbekannten, der auf meinem Rücken lag, nicht bewegen.

Er stand vorsichtig auf. Total benommen drehte ich mich um, drückte mich hoch und setzte mich. Ich wusste gar nicht, was passiert war. Überall standen Leute und blickten erschrocken zu mir herüber. Ich sah den Lkw ein Stück weiter. Er war wohl beim Bremsen und Ausweichen gegen ein parkendes Fahrzeug geknallt. Das Auto war auf das davor parkende Auto geschoben worden und total zerdrückt. Es sah schlimm aus. Auf der Straße lag einer meiner Schuhe. Er war total platt und in seine Einzelteile zerlegt. Anscheinend war der Lastwagen geradewegs über ihn gefahren. Mit aufgerissenen Augen starrte ich auf den Schuh. Ich war total geschockt.

Dann spürte ich eine Hand auf meiner Schulter und

blickte zur Seite. Neben mir war der Mann, der mich von der Straße gestoßen und so gerettet hatte. Er war groß, hatte graubraune Haare, braune Augen und einen dunklen Teint. »Sie müssen besser auf sich achtgeben!«, sagte er lächelnd. Dann drehte er sich um und ging.

Verwirrt schaute ich ihm nach. »Warten Sie!«, murmelte ich.

Er ging weiter. Ich wollte gerade aufstehen und ihm nachrufen.

Da kamen zwei Frauen zu mir geeilt.

»Bleiben Sie ganz ruhig!«, sagte die eine. »Haben Sie sich verletzt? Tut Ihnen etwas weh?«

»Können wir jemanden benachrichtigen?«, fragte die andere.

»Lilly Fuhrmann«, antwortete ich abwesend, »die Nummer ist in meiner Tasche.«

Ich sah mich um, meine Tasche lag ein Stück von mir entfernt auf der Straße. Die Frau ging dorthin und hob sie auf.

Das alles zog wie ein Film an mir vorbei. Die Polizei kam, ein Krankenwagen und auch ein paar Leute aus der Redaktion. Sie hatten den lauten Knall gehört und waren nach unten auf die Straße gekommen, um zu sehen, was passiert war. Ich bekam von alledem nicht wirklich viel mit. Ich wurde direkt vor Ort ärztlich untersucht. Aber außer Schürfwunden und ein paar blauen Flecken war ich unverletzt.

Der Mann, der mich untersuchte, schaute auf den Lastwagen und schüttelte den Kopf. »Sie haben echt einen guten Schutzengel!«

Als mir danach die Polizei einige Fragen stellte, kam zum Glück auch schon Lilly mit dazu. Sie legte den Arm um mich. »Laura, was machst du nur für Sachen?!«

Ich schaute sie nur verwirrt an, denn ich war noch

total geschockt. Die Beamten baten mich, in den nächsten Tagen vorbeizukommen und meine Aussage zu machen.

»Komm, ich bring dich heim!«, sagte Lilly. Sie fuhr mich nach Hause und blieb noch eine Weile bei mir. Ich dachte an meinen Schuh, der zerquetscht auf der Straße gelegen hatte, und an den fremden Mann, der mich gerettet hatte. Ich erzählte Lilly von dem Mann. Als sie gekommen war, war er ja schon lange weg gewesen. Er hatte mir das Leben gerettet. Ohne ihn hätte ich mit großer Wahrscheinlichkeit diesen Tag nicht überlebt und wäre jetzt tot.

Diese Erkenntnis traf mich wie ein Schlag ins Gesicht. Sie machte mir bewusst, dass das Leben jeden Tag vorbei sein konnte, und ließ mich alles in Frage stellen. Ich konnte so weiter machen wie bisher und ein gutes, rechtschaffenes Leben leben, aber ich konnte auch ausbrechen, meinen Träumen folgen und versuchen, in meinem Leben etwas wirklich Großartiges zu erreichen.

Am nächsten Morgen meldete ich mich krank und blieb fast den ganzen Tag im Bett liegen. Ich hatte keine Lust aufzustehen. Am späten Nachmittag rief ich Lilly an.

»Hey Laura! Wie geht es dir?«, fragte Lilly besorgt.

»Magst du mit mir zum Felsen fahren, Lilly? Hast du etwas Zeit?«

»Klar! Für dich hab ich immer Zeit!«

Ich meinte einen breiten, großen Felsen oben auf dem Berg an einem langgezogenen Hang am Waldrand. Als Kinder hatten wir dort gespielt. Später hatten Lilly und ich uns dort häufig getroffen. Wir hatten auf diesem Felsen als Jugendliche heimlich das erste Mal geraucht, uns im Sommer gesonnt, später ab und zu ein

Feierabendbierchen getrunken. Es war unser gemeinsamer Platz. Man konnte von dem Felsen das ganze Tal überblicken. Es war schön, da oben zu sitzen und einfach mal auf alles hinunterzuschauen. Man war fernab von allem und völlig ungestört.

Lilly und ich saßen eine Zeit lang schweigend nebeneinander

»Es ist lange her, dass wir zusammen hier oben waren – ganz schön lange«, meinte ich irgendwann. »Bestimmt schon zwei Jahre. Voll schade. Das liegt an mir, weil ich nie Zeit habe. Das tut mir leid.«

»Ach, schon gut, Süße!« Lilly lächelte mich kurz an.

Nachdenklich blickte ich auf das Tal. Die Bäume waren saftig grün, dazwischen standen ein paar dunkelgrüne Tannen. Die vergangene Woche hatte es öfter mal geregnet, aber heute war das Wetter wunderschön. Die Sonne stand schon tief und leuchtete uns orangerot entgegen.

Mir stiegen die Tränen in die Augen, ich schaute weiter schweigend in die Ferne.

Lilly legte den Arm um mich. »Laura, was ist mit dir los? Das hat doch nicht nur mit dem Unfall zu tun. Du wirkst so traurig.« Sie drückte mich kurz.

»Ich bin wirklich froh, dass dir nichts passiert ist. Versprich mir, dass du in Zukunft besser auf dich aufpasst. Du bist meine beste Freundin. Ich weiß gar nicht, was ich machen soll, wenn dir etwas zustößt.«

Langsam rollte eine Träne meine Wange hinunter. Lilly streichelte mir liebevoll über die Schulter und sah mich besorgt an.

»Was ist mit dir los? Was bedrückt dich so?«

»Ich weiß auch nicht«, weitere Tränen kullerten hinunter. Ich wischte sie mir aus dem Gesicht und schaute wieder auf den Sonnenuntergang. »Weißt du, ich wäre gestern fast gestorben!«

»Bist du aber nicht! Du hast einen guten Schutzengel. Alles ist gut, jemand hat dich gerettet und du bist nicht einmal verletzt.« Lilly lachte mir zu und boxte mir sanft gegen den Arm. »Mach dich jetzt nicht verrückt, Laura!«

»Ich hab einfach nachgedacht. Über alles, über mein Leben, meine Träume, was ich wirklich will. Weißt du, ich hab darüber nachgedacht, was gewesen wäre, wenn ich gestern gestorben wäre. Wie hätte mein Leben ausgesehen? Was hab ich bis jetzt schon erreicht?«

»Du bist doch noch jung!«, unterbrach mich Lilly.

»Das ist es nicht. Es fühlt sich einfach nicht richtig an. Es ist falsch!«

»Was? Was ist falsch? Ich versteh dich nicht genau?«

»Alles! Mein Leben! Das, was ich jeden Tag mache!«

»Aber es war doch immer dein Traum gewesen, zu schreiben. Und du hast so viel getan, um diesen Job zu bekommen. Ich hab immer gedacht, es macht dir Spaß und es ist das, was du willst.«

»Ja, das hab ich auch gedacht. Aber es ist nicht so, nicht mehr. Ich will schreiben, aber keine Berichte oder Reportagen, sondern Romane. Ich schreibe zwar bei der Zeitung, aber es ist nicht so, wie ich es mir vorstellt habe, es ist nicht das, was ich wirklich will. Ich will mit all meinem Gefühl schreiben, mit meiner ganzen Leidenschaft und Fantasie. Ich will Menschen in ihrem Innersten berühren, sie in fremde Welten entführen und doch zu sich selbst finden lassen. Ich will mich ausdrücken, aus meiner Tiefe heraus. Ich habe so viele Ideen, so viel Kreativität. Das kann ich bei der Zeitung nie ausleben. Der Job ist wirklich toll, ein echter Traumjob für irgendwen, irgendwo, aber eben nicht für mich.«

»Ja, du hast auch viel Stress da und wenig Zeit für

anderes, oder?«

»Daran liegt es nicht. Die Arbeit ist auch nicht stressiger als woanders. Ich konnte nur nie nein sagen, hab alles an mich gerissen und mich total übernommen. Da konnten die anderen nichts für und auch nicht der Job, das wollte ich selbst so. Mir ist das nur nicht aufgefallen!« Ich musste lachen. »Das ist schon komisch. Ich hab da so viel Energie reingesteckt und jetzt will ich es gar nicht mehr. Ich hab immer gedacht, wenn ich erst beruflich Karriere gemacht habe, dann kann ich auch schreiben, was ich will, dann kann ich mir auch meinen Traum erfüllen und einen Roman schreiben. Aber eigentlich ist das Quatsch, ich kann auch jetzt schon schreiben, ich brauche nur den Mut, um anzufangen und es einfach zu tun.«

Lilly schaute mich fragend an: »Willst du kündigen?«

Ich blickte mit ernstem Gesichtsausdruck zu ihr: »Ja, ich glaube schon.«

»Oh Mann, nach der langen Zeit und all den Mühen?«

»Es ist nicht der richtige Weg. Und nur weil ich schon so viel Zeit und Energie da hineingesteckt habe, sollte ich ihn, jetzt, wo ich das weiß, nicht weiter verfolgen und noch mehr Energie und Zeit investieren.«

»Krass, bist du dir sicher mit dem, was du da tust?«

»Ja, ich bin mir sicher. Ich denke, es ist an der Zeit zu gehen.«

»Du hast so viel Zeit verloren!«

»Nein, nicht wirklich. Ich habe dort viel gelernt. Man hat mir so viel beigebracht, was mir beim Schreiben helfen wird. Es war gut, dass ich das alles gelernt habe, aber jetzt ist es vorbei. Ich werde gleich morgen kündigen.«

»Willst du nicht lieber in Ruhe darüber nachdenken.

Warte doch noch eine Woche.«

»Weißt du, Lilly, durch den Unfall habe ich erkannt, dass jeder Tag unser letzter sein kann. Wir werden alle irgendwann sterben und wir wissen nicht, wann das sein wird. Ich will jeden Tag nutzen. Ich will meine Träume verwirklichen. Endlich habe ich den Mut dazu. Und ich will es jetzt tun, nicht nächste Woche oder nächsten Monat. Ich habe es schon viel zu lange aufgeschoben. Ich will das Leben auskosten und das tun, was ich mir aus tiefstem Herzen wünsche. Ich habe eine zweite Chance bekommen und die werde ich nutzen!«

»Es ist dir wirklich ernst, oder?«

Ich nickte.

»Ich werde dich unterstützen. Wenn du mich brauchst, bin ich für dich da, auch von Chile aus.«

»Ich danke dir. Es ist mir sehr ernst, ich will jetzt etwas ändern. Ich will schreiben. Ich will Schriftstellerin werden – und ich will einen Mann und Kinder und einen Garten und einen Hund!«

Wir lachten los.

»Jawohl, das will ich, und zwar sofort!«

»Du bist verrückt, Laura! Aber das mag ich an dir. Das bist du.«

Wir schauten uns an und lachten wieder.

»Was denn zuerst? Den Mann, die Kinder oder den Hund?«

»Den Garten natürlich!«, antwortete ich lachend.

Plötzlich schaute mich Lilly ganz nachdenklich an. Dann grinste sie mich an. »Das ist es!«

»Was?«

»Ich hab eine Idee! Du bekommst deinen Garten und auch deinen Hund, wenn auch nur geborgt.«

Ich runzelte die Stirn. »Wie jetzt? Wer leiht mir denn einen Garten und einen Hund? Gibt's da auch einen

Mann?«

»Ich mache das! Den Mann nehme ich aber mit!«

Wir brachen in erneut Gelächter aus.

Dann schaute mich Lilly freudig an. »Jetzt mal im Ernst, Laura. Ich werde mindestens ein halbes Jahr in Chile sein, eher sogar ein ganzes Jahr. Paul will mich jetzt unbedingt begleiten und ich finde es so schön, dass er mit mir nach Chile kommt. Ich hätte ihn schon sehr vermisst. Es ist halt echt lang. Wenn du jetzt kündigst, kannst du dir doch erst mal die Miete für deine Wohnung nicht mehr leisten. Ich hab eine eigene Wohnung, und die steht leer.«

»Wolltest du sie nicht vermieten?«

»Eher nicht. Ich mag das einfach nicht, wenn jemand Fremdes in meiner Wohnung wohnt und in meinem Bett schläft. Bei dir ist das was anderes. Da hätte ich ein gutes Gefühl. Und außerdem überleg ich schon die ganze Zeit, wie ich das mit Maurice machen soll. In Chile hab ich keine Zeit für ihn, und der Flug ist für so ein Tier auch irre lang. Du kannst dann bei mir wohnen und auf ihn aufpassen. Dich liebt er abgöttisch und dann weiß ich ihn in guten Händen. Was meinst du?«

Ich musste grinsen: »Also, ich kündige meinen Job bei der Zeitung und suche einen Nachmieter für meine Wohnung. Dann zieh ich bei dir ein, passe auf Maurice auf, setze mich in den Garten und schreib mein Buch … Oh Gott, das ist so verrückt! Das ist wirklich verrückt!«

Ich machte eine kurze Pause, dann sagte ich mit einem breiten Lächeln im Gesicht: »Aber das mach ich so. Ich mach es einfach. Ich hab ja nichts zu verlieren. Ich fang neu an.«

Wir quietschten vor Freude.

»Du leihst mir echt deine Wohnung?«

»Klar! Du passt auf alles auf, schreibst dein Buch und

kommst groß raus! Und bis ich wiederkomme, hast du auch den passenden Mann gefunden!«

Inzwischen war ich total aufgedreht und beschwingt. Ich stand auf und rief ins Tal hinunter: »So, ich mach jetzt, was ich will! Hört alle her, bald kommt mein Buch! Herr Tagerr, ich muss leider kündigen, und Frau Meier, ich zieh aus! Tschüss!«

Ich lachte, es war nur Alberei, aber es machte einfach Spaß. Ich fühlte mich so frei und lebendig. Dann riefen wir zusammen hinunter: »Juuhuu! Juuhuu!«

Wir hatten das schon als Kinder immer gemacht. Man hatte das Gefühl, als schallte es durchs ganze Tal. Wir fanden es als Kinder immer toll. Aber auch als Erwachsene machte es riesigen Spaß!

An diesem Abend saßen wir noch bis spät in die Nacht auf dem Felsen und unterhielten uns. Es war ein sehr schöner Abend. Ich war so froh, Lilly als Freundin zu haben. Ich war glücklich an diesem Abend. Einfach so. Das war schön.

Ich weiß nicht, wie der Mann heißt, der mich damals vor dem Lastwagen gerettet hat. Er ist irgendwo da draußen. Und falls er diese Zeilen eines Tages lesen sollte, möchte ich ihm auf diesem Wege Danke sagen: Danke dafür, dass Sie mir das Leben gerettet haben! Genau genommen haben Sie mich in zweifacher Hinsicht gerettet. Erstens davor, von dem Lastwagen überfahren zu werden, und zweitens davor, am Leben vorbei zu leben, das Leben zu verpassen – und das wäre fast noch schlimmer gewesen. Durch Sie hatte ich die Möglichkeit, an diesem Tag weiterzuleben, und jetzt das zu tun, was ich aus tiefstem Herzen will: meine Träume zu verwirklichen und das Leben zu genießen.

Und das tue ich nun auch! Ich weiß mein Leben zu

schätzen und ich nutze jeden Tag. Ich sage mir jeden Morgen, das ist mein Leben und ich will es auch leben, in vollen Zügen. Danke dafür! Wo immer Sie jetzt gerade sind, damals waren Sie für mich zur rechten Zeit am rechten Ort, und obwohl Sie mich nicht kannten, haben Sie Ihr Leben für mich riskiert. Sie waren mein Schutzengel! Dafür bin ich Ihnen auf ewig dankbar!

Und schon zwei Wochen später saß ich im Garten von Lilly, neben mir Maurice und auf dem Schoß mein Laptop. Und ich begann zu schreiben. Mir geht noch heute das Herz auf, wenn ich an diesen Augenblick zurückdenke.

Vielleicht kannst Du Dich erinnern? Es war der 23. Juni, ein Mittwoch, für viele Menschen ein ganz gewöhnlicher Tag, ein Tag wie jeder andere. Aber nicht für mich – für mich war es der Tag, an dem ich zu leben begann ...

In der Arbeit waren alle zutiefst überrascht. Niemand konnte meine Beweggründe verstehen. Bernd war sehr traurig darüber, dass ich die Redaktion verließ. Natalie war total irritiert. Sie konnte meinen Plan überhaupt nicht nachvollziehen, und ich versuchte auch nicht es ihr zu erklären. Ich wusste, sie würde es nicht verstehen. Aber ich nahm ihr das nicht übel. Wir hatten uns einfach sehr unterschiedlich entwickelt.

Auch aus meiner Wohnung konnte ich ausziehen, nachdem ich gleich am ersten Tag einen Nachmieter gefunden hatte. Wir luden die wenigen Sachen, die ich mitnahm, in einen Transporter und brachten sie zu Lillys Wohnung. Lillys Abreisetag war am 20. Juni. Sie zog aus und ich ein.

Und so waren keine zwei Wochen vergangen und ich war umgezogen, hatte keinen Job mehr, dafür aber einen

Hund und einen richtig schönen Garten und ich versuchte mich als Buchautorin.

Ich war überrascht, wie leicht es war, sein komplettes Leben auf den Kopf zu stellen. Vielleicht war es auch so leicht, weil es richtig war und weil ich es wirklich wollte. Aber ich war mir natürlich bewusst, dass ich erst einmal nur den Anfang gemacht hatte und noch einiges auf mich zukommen würde.

Wenn ich an diese zwei Wochen denke, muss ich immer noch grinsen. Es war ein tolles Gefühl, ich war zwar aufgeregt und hatte auch etwas Angst, aber ich fühlte mich gut, so richtig gut.

Es war Montag, und ich stand vor einem mir bekannten großen, älteren Gebäude. Ich atmete tief durch und hob die Hand, um die Klingel neben dem Schild Meditationsgemeinschaft zu betätigen, doch kurz vorher stoppte ich zögerlich.

Ich hatte beschlossen, mich auch diesen Herausforderungen zu stellen: zum einen der Unruhe und dem chaotischen Treiben in meinem Kopf und zum anderen Nick. Ich wollte nicht weiter vor dem Leben und meinen Gefühlen davonlaufen. Vielleicht hatte er bereits eine Freundin, vielleicht war er auch nicht an mir interessiert, besonders nach meinem Verhalten bei unserem letzten Treffen. Vielleicht würde er mich auch irgendwann verletzen. Aber das Risiko musste ich eingehen. Ich wollte mich meiner Angst stellen, was auch geschehen mochte.

Entschlossen drückte ich auf die Klingel, und nach einem kurzen Moment ertönte ein leises Surren. Ich öffnete die Tür. Mit schnellen Schritten ging ich die Treppe hinauf. Ich hatte das Gefühl, mich beeilen zu müssen, bevor mich wieder der Mut verließ. Mein Herz pochte vor Aufregung laut in meiner Brust. Atemlos erreichte ich die Wohnungstür, sie war verschlossen.

In dem Moment, als ich klopfen wollte, wurde die Tür von innen geöffnet, und Nick stand mir gegenüber. Überrascht schaute er mich an. Mein Puls stieg in Sekundenschnelle noch weiter an, und ich blickte ihn ebenso überrascht an. Was für ein Zufall, dass ausgerechnet er mir die Tür öffnete! Aber ich wollte mich ja meinen Ängsten stellen und so hatte ich gleich Gelegenheit dazu.

»Mit dir habe ich aber nicht mehr gerechnet«, sagte Nick.

»Ja, ich hatte viel zu tun … äh … es ist viel passiert … äh … ich …«, versuchte ich mein Verhalten zu erklären.

»Hey! Das war nicht als Vorwurf gemeint. Ich war einfach nur sehr überrascht«, unterbrach mich Nick. »Ich freu mich, dass du wieder da bist!«

Er lächelte und ich lächelte erleichtert zurück. Wir blickten uns einen Moment lang an.

»Lässt du mich rein?«, fragte ich nach einer kurzen Pause.

»Äh, ja natürlich!« Er öffnete die Tür weiter und trat zur Seite. Dann entschied er sich plötzlich anders und stellte sich wieder vor mich. »Nein!«

»Nein?«, fragte ich verdutzt.

»Nein!«

Er kam heraus zu mir und zog die Tür vorsichtig bei. Nervös sah ich ihm dabei zu. Nick räusperte sich kurz. »Also für den Fall, dass du nach der Meditation wieder fluchtartig hinausläufst und spurlos verschwindest, frag ich dich jetzt lieber sofort: Willst du mit mir mal einen Kaffee trinken gehen?«

Jetzt war ich noch mehr überrascht. Verblüfft sah ich Nick ins Gesicht. Er blickte mich mit großen Augen an.

Seine Augen waren so wunderschön, ich hatte das Gefühl, ich hätte ihn ewig so ansehen können. Ich lächelte etwas verlegen und schluckte. »Ja, das wär toll.«

Er lächelte mich wieder an. »Gut. Dann lass ich dich jetzt mal rein.« Er lachte.

Ich zögerte, als Nick die Tür wieder öffnete. »Ich glaub, ich kann heute nicht meditieren!«

Ich war total durch den Wind, nervös und euphorisch zugleich. Ich konnte jetzt auf keinen Fall still dasitzen.

»Ich geb dir meine Nummer, oder wir sehen uns einfach nächsten Montag wieder. Auf eine Woche mehr oder weniger kommt es ja nicht an.« Nick überlegte einen Moment lang. »Weißt du was, ich will jetzt auch nicht meditieren. Lass uns doch einfach gleich einen Kaffee trinken!«

»Gleich?«

»Ja, warum nicht?«

»Okay, ja, das ist okay.«

»Warte kurz, ich hole meine Jacke und sag den anderen Bescheid.« Er öffnete die Tür und verschwand schnellen Schrittes den Gang hinunter.

Ich stand vor der Tür und blickte mich unsicher um. Mir schwindelte. Damit hatte ich nicht gerechnet. Ich war total überrascht und aufgeregt. War das gerade wirklich passiert? Das schien mir alles so unwirklich. Ich freute mich zwar, aber gleichzeitig war mir ganz schön mulmig zumute. Das Ganze hatte mich überrumpelt. Ich trat unsicher auf der Stelle hin und her und blickte durch die Tür den Gang hinunter. Was machte ich hier eigentlich?

Bevor ich weitergrübeln konnte, kam Nick zurück. Er strahlte mich an. »Gehen wir?«

Ich lächelte. »Gehen wir!«

Manchmal überrascht uns das Leben. In dieser Zeit überraschte es mich fast jeden Tag. Wenn ich genauer darüber nachdenke, wie sehr sich mein Leben verändert hat und wie sehr ich mich selbst auch gewandelt habe, kann ich das alles selbst kaum glauben.

An diesem Montagabend saß ich mit Nick in einem kleinen Café und fühlte mich so wohl wie lange nicht mehr. Ich erzählte Nick von meinen Erlebnissen in den vergangenen Wochen, und es kam mir so vor, als wären wir alte Freunde, die sich nach langer Zeit wieder getroffen hatten.

Er lauschte mir gespannt und war begeistert von meinen Ideen. »Das hört sich ja toll an! Und du wohnst jetzt in der Wohnung deiner Freundin mit ihrem Hund?«

»Ja!«, ich lachte. Es hörte sich echt witzig an, wenn er das so sagte.

»Das ist echt cool!«

Wir hatten sehr viel Spaß an diesem Abend, und ich spürte, wie gut mir das tat. Meine Mutter hatte recht: Egal was passieren könnte – viel schlimmer war es, sich vor dem Leben zu verschließen. Wenn man sich nicht öffnete, verpasste man so viel. Ich hätte diesen tollen Abend verpasst und wahrscheinlich noch so vieles mehr.

Ich saß die nächsten Tage im Kerker, betrachtete das wunderschöne Licht, das die Finsternis um mich herum erleuchtete, und wartete. Man brachte mir nur noch Wasser, und das seltener als zuvor. Nach einer Weile spürte ich den Hunger nicht mehr. Geduldig wartete ich. Viele Stunden, ganze Tage vergingen und nichts geschah. Doch ich hatte meinen Glauben, meine Hoffnung zurückgewonnen. Es war nicht mein Schicksal, hier einsam zu sterben. Die anderen hatten überlebt, und auch ich würde überleben. Davon war ich überzeugt. Ich musste nur durchhalten.

Einige Tage später öffnete sich tatsächlich die schwere Tür des kleinen Verlieses, und ich erkannte im Licht der Phiole Elias. Immer wieder hatte ich mir vorgestellt, wie es knarrte und Elias die Tür öffnen würde. Als es dann wirklich soweit war und er hereintrat, stockte mir vor Staunen der Atem. Ich kann dieses Gefühl kaum beschreiben. Es war eine Mischung aus unvorstellbarer Freude und Erleichterung, aber gleichzeitig auch großer Aufregung und tiefster Erschöpfung.

»Darius! Kannst du aufstehen?«

Elias eilte zu mir, öffnete meine Fessel und zog mich hoch. »Schnell, wir dürfen keine Zeit verlieren! Schnell, schnell!«

Er stützte mich und eilte mit mir aus dem Verlies. Ich konnte mich kaum auf den Beinen halten. Wir liefen den Gang hinunter, als wir auch schon laute Schritte und Stimmengewirr vernahmen. Elias zog mich nach rechts in einen abzweigenden Gang. Mir war nicht aufgefallen, dass ein Abzweig von dem langen Gang wegführte.

»Folge diesem Gang, halte dich erst rechts, dann links! So wirst du nach draußen gelangen. Lauf in den Wald! Lauf so schnell du kannst!«

Ich zögerte. »Und du?«

»Ich komme nach. Wir haben keine Zeit für Erklärungen. Schnell! Du musst dich beeilen! Lauf, Darius! Schnell!«

Elias zog sein Schwert und eilte in den breiteren Gang zurück, dem Lärm entgegen. Ich zögerte einen Moment und dann lief ich los. Ich nahm meine letzten Kräfte zusammen und eilte den Gang hinunter. Ohne mich umzusehen, humpelte ich auf meinen schwachen Beinen immer weiter. Der Gang wurde enger und niedriger, gebückt schleppte ich mich in ihm entlang. Unsicher hielt ich an einer Abzweigung an und wählte den rechten Weg, dieser war sehr niedrig, und auf dem Boden stand modriges Wasser. Es war stockfinster, nur das Licht an meinem Anhänger leuchtete mir den Weg. Keuchend und erschöpft hinkte ich durch den engen Tunnel. Das Wasser plätscherte laut, als ich hindurchwatete. An der nächsten Kreuzung blieb ich wieder stehen. Von links spürte ich einen Windhauch frischer Luft. Ich folgte ihm und erreichte bereits nach einigen Metern eine Öffnung, die nach draußen führte.

Ich lief hinaus ins Freie. Es war finstere Nacht. Tief atmete ich die frische Luft ein, meine Lungen füllten sich nach der langen Zeit in dem muffigen, stickigen Kerker mit frischer, sauberer Luft. Ich blickte mich um und erkannte auf der linken Seite den Waldrand. Dann sah ich an mir herunter auf die Phiole. Sie hatte nun aufgehört zu leuchten.

Plötzlich ertönten aus der Burg laute Rufe und der Klang dunkler Hörner. Sie schlugen Alarm. Meine Flucht war bemerkt worden. Schnell lief ich geduckt und dicht an der Burgmauer entlang in Richtung Wald. Ich hoffte, dass sie mich hier nicht entdecken würden. Als ich am äußersten Ende der Burg angekommen war, blieb ich kurz stehen. Erschöpft lehnte ich mich an die Mauer. Eine freie Fläche lag vor mir. Ich musste sie überqueren, um den Wald zu erreichen. Ich atmete kurz durch und rannte los. Schnell hatte ich keine Kraft mehr, um mich auf den Beinen zu halten. Immer wieder kippte ich nach vorn und musste mich mit den Händen abstützen. Mühsam hetzte ich weiter, immer in der Angst entdeckt zu werden.

Im Schutz der Dunkelheit erreichte ich den Wald. Kaum war ich zwischen den ersten Bäumen angekommen, ließ ich mich fallen. Ich fühlte mich so schwach und kraftlos. Erschöpft und atemlos lag ich mit dem Gesicht im Laub der dunklen Bäume. Bevor ich weiterlaufen konnte, musste ich mich ausruhen. Aber ich hatte auch Angst, das Bewusstsein zu verlieren. Für einen Moment schloss ich die Augen. Trotz meiner Aufregung und Angst war ich unsagbar müde.

Da hörte ich aber schon das laute Knarren eines Tores und kurz darauf das Wiehern und Hufgetrappel von Pferden gemischt mit dem wirren Durcheinander zahlreicher Stimmen. Sie suchten mich! Ich musste sofort weiter, sonst würden sie mich hier finden.

Mit letzter Kraft stemmte ich mich hoch und schleppte mich weiter in den Wald. Immer wieder stolperte ich, und so kam ich nur langsam voran. Ich spürte, dass meine Beine mich nicht länger tragen würden. Nur meine entsetzliche Angst davor, wieder in dem dunklen Kerker zu landen, ließ mich weiterlaufen. Aber ich wusste, lange würde ich diese Verfolgung nicht durchhalten. Hilfe suchend blickte ich mich um. Was konnte ich tun? Die Reiter würden gleich hier sein. Ich überlegte kurz, mich im Laub einzugraben, da entdeckte ich einen Spalt in einem der Bäume – ein breiter Riss durchzog den dunklen Stamm. Ich fasste hinein. Der Baum war im Inneren hohl. Vorsichtig tastete ich den Hohlraum aus, es war genügend Platz darin, um mich zu verstecken.

Mühevoll zwängte ich mich durch den Spalt. Staub und abgestorbene Rinde fielen mir ins Gesicht. Mit aller Kraft drückte ich mich weiter und presste mich schließlich durch den Riss hindurch in den hohlen Baum. Ich schürfte mir die Haut an den Armen und an der Brust auf, aber es gelang mir, ganz in den Hohlraum zu kriechen. Als ich es endlich geschafft hatte, brach ich erschöpft zusammen. Halb kniend, halb stehend in den hohlen Baum gequetscht, sank ich in mich zusammen, verlor das Bewusstsein und fiel in einen tiefen Schlaf.

Als ich erwachte, wusste ich zunächst nicht, wo ich war. Ich konnte mich kaum bewegen. Weil ich in mich zusammengesackt war, steckte ich in dem kleinen Hohlraum fest und meine Beine waren taub. Ich versuchte aufzustehen, doch es gelang mir nicht. Nach einer Weile geriet ich in Panik. Hatte ich es geschafft, dem düsteren Kerker zu entfliehen, um nun in diesem abgestorbenen Baum gefangen zu sein?! Wer würde mich hier finden?

Mühevoll zog ich mich mit den Armen hoch, dabei griff ich an die kantige Rinde der Spalte, durch die ich zuvor hier hineingelangt war, und versuchte mit aller Kraft, meinen eingeklemmten Körper wieder hinaufzuziehen. Endlich gelang es mir. Ich musste mich abstützen, da meine blutleeren Beine zu schwach waren, um mein Gewicht aus eigener Kraft zu halten. Mühsam quetsche ich mich durch die Öffnung nach draußen. Wie hatte ich hier nur jemals hineingepasst?!

Die raue Oberfläche des Holzes schnitt mir dabei erneut in die Arme und zerriss meine Kleidung. Mit einem letzten Ruck hatte ich mich gänzlich befreit und landete auf dem Waldboden. Ich blieb eine Weile auf der Seite liegen und sah mich um. Es war heller Tag. Doch die Bäume sahen mit ihren schwarzbraunen Stämmen, den krakeligen, verkrüppelten Ästen und den dunklen Blättern selbst bei Tageslicht gespenstisch aus. Der Waldboden war teils mit Laub bedeckt, ansonsten war er karg und trocken. Wo sollte ich nun hingehen? Ich wusste nicht, wo ich war, in welche Richtung ich gehen musste und wo sich Elias oder die anderen befanden. Wo war ich überhaupt hergekommen? Wahrscheinlich suchte man immer noch nach mir. Ich durfte auf keinen Fall Peredur wieder in die Hände fallen, das hätte meinen sicheren Tod bedeutet.

Ich spürte, dass ich nicht mehr allzu viel Kraft übrig hatte, lange würde ich nicht durchhalten. Ich brauchte dringend Wasser. Meine ausgetrocknete Kehle schmerzte und mein Körper war ausgelaugt und kraftlos. Ich stützte mich auf meine Hände und stand langsam auf. Fragend blickte ich mich um und ging zögerlich tiefer in den Wald hinein.

Ich irrte einige Zeit im Wald umher, keine Spur von den anderen. Auch Wasser hatte ich nicht gefunden. Die Gegend war völlig ausgetrocknet und wie ausgestorben. Außer diesen seltsamen Bäumen wuchs hier nichts. Ich hätte beinahe schon aufgegeben, da hörte ich einen hellen, schrillen Schrei über mir, der die Stille durchbrach. Ich blickte nach oben und sah Belagol.

Erleichtert atmete ich aus und lächelte. Ich freute mich so sehr, diesen Vogel hier zu sehen, denn es bedeutete, dass Elias nun wusste, wo ich war. Belagol flog in einem großen Bogen über mich hinweg und verschwand wieder.

Ich setzte mich, lehnte mich an einen Baum und wartete. Es dauerte nicht lange, da kamen Elias, Samara und einige Krieger. Samara eilte gleich auf mich zu und kniete sich zu mir.

Ich umarmte sie. »Ich bin so froh, dass ihr beiden noch lebt. Eine Zeit lang dachte ich schon, alles wäre verloren«, flüsterte ich.

Samara holte ein Gefäß aus ihrer Tasche und reichte es mir. Ich trank sogleich daraus. Das Schlucken schmerzte zwar, aber das Wasser tat gut. Gierig trank ich, soviel ich konnte.

»Wir haben uns große Sorgen um dich gemacht, Darius. Ich bin sehr erleichtert, dass wir dich endlich gefunden haben«, sagte Samara. Sie holte ein Stück von dem süßen Brot heraus und hielt es mir hin. »Hier, iss das, damit du wieder zu Kräften kommst!«

Ich schlang es hinunter. Mein Mund fühlte sich taub an und ich schmeckte kaum etwas.

»Wir bringen dich jetzt in Sicherheit«, sagte Samara und half mir auf. Elias unterstützte sie dabei. Gemeinsam brachten sie mich zu einem der Pferde.

Ich wandte mich an Elias. »Danke! Danke, dass du mich befreit hast!«

Elias sah mich an und legte mir die Hand auf die Schulter. »Darius! Wir stehen tief in deiner Schuld!«

Ich war etwas verwirrt, aber ich sagte nichts. Als wir vor den Pferden standen, dachte ich wieder an die schrecklichen Geschehnisse vom Tag meiner Gefangenschaft. »Wie geht es den anderen. Was ist mit eurem Tal geschehen?«

Samara fuhr bei dieser Frage erschrocken zusammen und ich sah großes Leid in ihren Augen. »Später. Jetzt müssen wir von hier fort«, sie drehte sich um und ging zu ihrem Pferd.

»Nein, warte!«, rief ich ihr nach. »Wie geht es Elenor? Lebt sie? Ich muss es wissen!«

Samara drehte sich wieder zu mir. »Ja, Elenor lebt.«

Elias und einer der Krieger, die ihn begleiteten, halfen mir aufs Pferd. Dann stieg Elias hinter mir auf, hielt mich fest, und wir ritten los. Ich wusste nicht, wohin, doch jeder Ort schien besser als dieser.

Ich erinnerte mich an Peredurs Worte: »Hierher haben sie uns verbannt. Das hat man Euch mit Sicherheit nicht erzählt.« Was hatte das zu bedeuten? Ich hatte bisher schon einige Antworten bekommen, aber von Tag zu Tag kamen mehr Fragen dazu. Und meine Zukunft schien ungewisser den je. So verließ ich nun endlich diesen düsteren Ort, gemeinsam mit meinen Freunden. Ich wusste nicht, was mich erwarten würde. Doch in diesem Moment war ich froh und erleichtert und fühlte mich sicher und beschützt.

Wir brauchten zwei Tage bis zu unserem Ziel. Ich war den größten Teil der Zeit in einer Art Dämmerschlaf. Elias hielt mich beim Reiten fest. Samara kümmerte sich, während wir Rast machten, um mich. Sie half mir mich zu waschen. Sie reichte mir immer wieder etwas zu trinken und zu essen. Dankbar nahm ich die Speisen zu mir und schlief meist gleich danach wieder ein. Die Torturen meiner langen Gefangenschaft hatten an meinem Körper gezehrt, und meine Flucht hatte mir die letzten Kraftreserven geraubt. Samara hatte ihre besonderen Heilkräfte nahezu verloren und konnte mir nur mit anderen Mitteln helfen, schneller zu genesen. Ich brauchte Zeit, um mich wieder zu erholen. Aber ich befürchtete, die hatten wir nicht.

Meine Flucht war nicht unbemerkt geblieben und die

Verfolger waren uns möglicherweise schon dicht auf den Fersen.

Am späten Mittag des zweiten Tages tauchte eine Stadt am Horizont auf. Wir ritten ihr entgegen. Als wir sie fast erreicht hatten, blieben wir stehen.

»Willkommen in Hogena, der Stadt der Krieger! Dies ist meine Heimat!«, erklärte Elias. Seine Stimme war mit Stolz erfüllt.

Ich blickte auf die Stadt, die vor uns auf einer Anhöhe lag. Sie bestand aus zahlreichen hölzernen Gebäuden und war von einem Schutzwall umgeben. Um sie herum waren riesige Weiden, auf denen große Herden weißer Pferde grasten. Ich hatte zuvor noch nie so viele Pferde auf einmal gesehen.

Wir ritten zwischen den Weiden auf einem weichen Wiesenweg weiter auf die Stadt zu. Einige Pferde standen in kleinen Wasseransammlungen. Es war ein schönes Bild: die schneeweißen Tiere in leuchtend türkisblauem Wasser, umgeben von der dunkelgrünen Wiese und kleinen bunten Vögeln, die um sie herum flatterten.

Als wir uns der Stadt näherten, erkannte ich, dass hinter dem Schutzwall ein Wassergraben war und eine Art Stadtmauer aus schweren Holzstämmen die Stadt umgab. Wir ritten auf ein mächtiges Holztor zu. Über den Graben führte eine breite Brücke. Als wir sie überquerten, wurde das Tor von innen geöffnet.

Eine Gruppe Krieger empfing uns und führte uns über einem breiten Weg durch die Stadt zu einem großen Platz. Ich sah mich auf dem Weg neugierig um. Die Häuser waren klein, robust und allesamt aus Holz gebaut. Es herrschte reges Treiben. Eine Gruppe Kinder spielte laut lachend neben dem Weg. Einige Frauen kamen uns mit großen Körben voller Gemüse entgegen. Gemeinsam trugen sie die schweren Körbe und unterhielten sich. Eine ältere Frau kniete in einem kleinen Garten und pflückte blaue Beeren von kleinen Sträuchern. Zwei junge Frauen standen an einem Bach, der mitten durch die Stadt floss, und wuschen Kleider und Stoffe. Eine von ihnen hatte ein kleines Mädchen neben sich, mit dem sie fröhlich sprach. Direkt neben ihnen standen zwei Männer und zimmerten fleißig am Geländer der Brücke. Zahlreiche Menschen kreuzten einfach nur unseren Weg. Mir fiel auf, dass viele von ihnen, auch die Frauen, Waffen trugen.

Als wir durch die Stadt ritten, unterbrachen fast alle ihre Beschäftigung und sahen zu uns. Aber anders als in Anthalatta warfen sie mir keine ängstlichen, misstrauischen Blicke zu. Die Leute grüßten freundlich, drehten sich zu uns um und winkten uns zu. Sie schienen sehr erfreut über Elias' Rückkehr zu sein. Elias selbst strahlte freudig. Es hatte den Anschein, als wäre er lange Zeit fort gewesen. Immer wieder hörte ich Ausrufe wie: »Seht! Elias ist zurückgekehrt, und er hat den Fremden mitgebracht!« oder »Elias ist wieder da. Und da, das ist der Fremde und die Heilerin!«.

Ich saß von Elias gestützt auf dem Pferd. Meine Kleidung war verdreckt, zerrissen und voller Blut, da ich mir die Haut bei der Befreiung aus meinem Versteck im Baum aufgeschürft hatte. Trotzdem strahlten mich die Menschen hier an. Ich hatte das Gefühl, als seien sie einfach froh, dass ich lebend hier angekommen war.

Auf dem großen Platz stieg Elias ab und half mir vom Pferd. Meine Beine waren immer noch so schwach, dass ich kaum die Kraft hatte, eigenständig zu stehen. Sie begannen gleich wieder zu zittern, und ich blieb neben dem Pferd stehen und stützte mich an dessen breitem Hals ab. An dem Platz befand sich auf einer kleinen Anhöhe ein Gebäude, das viel größer war als die anderen. Es war auch zum größten Teil aus Holz, aber es erinnerte mich trotzdem an einen Palast. Eine breite, lange Treppe führte zu diesem Gebäude hinauf. Auf diese gingen wir zu. Ein älterer Mann kam uns entgegen. Er trug das gleiche Gewand wie Elias, wenn auch mit einem silbrig glänzenden Umhang. Er war groß und hatte breite Schultern. Mit schwungvollen Schritten kam er uns entgegen. Sein Haar war grau und er trug einen Bart. Als er sich uns näherte, musterte er mich kurz und lächelte uns dann an. Freudig nahm er Elias kurz in den Arm. »Ich bin erleichtert darüber, euch alle wohlbehalten hier zu sehen. Schreckliche Nachrichten erreichten uns in den vergangenen Wochen!« Er drehte sich zu Samara. »Willkommen, Samara, lange ist es her, dass ich dich gesehen habe.«

Er machte eine kurze Pause und sah dann mich an. »Aber kommt erst einmal herein. Ihr seht erschöpft aus.« Er machte eine einladende Geste. »Seid gegrüßt, Fremder! Mein Name ist Anthemion und ich heiße Euch herzlich willkommen. Fühlt Euch wie zu Hause! Es soll Euch an nichts mangeln!«

»Ich danke Euch für die Gastfreundlichkeit! Mein Name ist Darius.«

»Seid gegrüßt, Darius!« Er drehte sich um und ging die Treppe wieder hinauf. Wir folgten ihm. Elias stützte mich dabei. Oben angekommen betraten wir das Gebäude.

Anthemion führte uns in einen großen Saal. »Wenn es euch möglich ist, würde ich erst gerne mit euch allen speisen und euch einige Fragen stellen. Dann könnt ihr eure Gemächer aufsuchen und euch ausruhen.«

Elias nickte und wir gingen weiter in den Saal hinein.

Anthemion drehte sich dabei zu Elias. »Grauenhaftes und auch Rätselhaftes wurde mir in den vergangenen Wochen berichtet. Elias, vielleicht kannst du mir Aufschluss darüber geben. Ich hoffe, du weißt mehr darüber, was in Alchatar vor sich geht.«

Elias nickte wieder schweigend, und Anthemions Blick wurde sorgenvoll. So schauten sich die beiden eine Zeit lang wortlos an.

Dann drehte sich Anthemion plötzlich zu Samara um und lächelte sie an. »Aber wie es scheint, gibt es auch erfreuliche Nachrichten! Es hat mich mit großer Freude erfüllt, zu hören, dass du, Samara, die Gefährtin von Elias geworden bist. Schon lange gehört sein Herz dir!« Er lächelte die beiden freudig an und sie lächelten zurück. Auch ich musste lächeln.

»Und nun lasst uns speisen!«

Anthemion setzte sich gemeinsam mit uns an einen großen, dunkeln Holztisch, auf dem die prächtigsten Speisen für uns bereitstanden. Ich aß so viel ich essen konnte, es schmeckte köstlich. Es war wundervoll, an dieser reichhaltigen Tafel zu sitzen und diese Speisen zu genießen.

Immer wieder blickte ich in die Runde, sah Samara und Elias an und dachte daran, wie ich noch vor einigen Tagen in dem düsteren Verlies gesessen hatte und geglaubt hatte, alle Hoffnung wäre für immer verloren. Ich fragte mich auch, was wohl alles während meiner Gefangenschaft in Alchatar und besonders im Tal der Heiler geschehen war. Samara hatte noch kein einziges Wort darüber verloren. Und ich hatte es nicht gewagt, sie noch einmal darauf anzusprechen.

Erwartungsvoll schaute ich daher auf, als Anthemion nach einer Weile Elias fragte, was geschehen war. Elias berichtete kurz, wie ich von Anthalatta in das Tal der

Heiler gelangt war und was auf der Versammlung besprochen worden war. Als er begann, von dem Überfall zu reden, brach er nach wenigen Worten wieder ab. Seine Augen füllten sich mit Tränen. Nach einem kurzen Moment hatte er seine Fassung zurück erlangt. Er wischte sich die Tränen aus dem Gesicht und erzählte von jenem Morgen, an dem Korush und seine Männer ins Tal der Heiler gestürmt waren und diesen wundervollen Ort in wenigen Augenblicken auf immer geschändet und geprägt hatten.

»Anthemion, es war furchtbar! Sie sind über uns hergefallen. Sie haben uns regelrecht überrannt. Die Männer, die ich zum Schutz am Tor aufgestellt hatte, sind alle tot. Keiner hat uns gewarnt, sie haben uns völlig unvorbereitet getroffen. Und sie kannten keine Gnade. Sie haben einfach auf die wehrlosen Menschen eingeschlagen und auch Frauen und Kinder dabei nicht verschont. Und dies, obwohl es das Volk der Heiler war, das von Licht erfüllt sein ganzes Sein der Heilung und dem Wohl der Menschen auf Alchatar widmet und niemals Gewalt ausgeübt hat. Nachdem sie Darius in ihre Gewalt gebracht hatten, haben sie die Stätte verwüstet und alles niedergebrannt. Selbst der Baum des Lebens ist ihnen zum Opfer gefallen. Sie sind mit solcher Brutalität und Zerstörungsgewalt gegen dieses friedliche Volk vorgegangen. Wir haben damals einen großen Fehler begangen. Viele Unschuldige sind an diesem Tag gestorben!«

Ich sah zu Samara. Dicke Tränen rollten über ihre Wangen. Elias hielt einen Moment inne, und wir saßen schweigend da und dachten über das Gesagte nach. Er legte seinen Arm liebevoll um Samara, die sich dankbar an ihn schmiegte.

Nach einer Weile erhob Elias die Stimme: »Wir

müssen Peredur Einhalt gewähren! Diese Gräueltaten dürfen nicht ungesühnt bleiben und vor allem darf es keine weiteren geben. Er hat die heilige Stätte zerstört und unbewaffnete, friedliche Menschen abgeschlachtet. Er ist von Hass und Gier zerfressen und kennt keine Grenzen mehr. Das Volk der Heiler ist voll von Güte und Frieden. Sie haben ihre Kräfte genutzt, um zu helfen. Was ihnen widerfahren ist, hätte niemals geschehen dürfen. Sie werden sehr lange brauchen, um sich von diesem Leid zu erholen. Es hat unsere Welt für immer verändert.

Dank der Heilkräfte von denen, die verschont geblieben sind, konnten viele, so wie ich selbst, gerettet werden. Aber zwei der Ältesten verloren ihr Leben und auch zahlreiche Kinder.«

Elias sah Anthemion mit traurigem Blick an. »Die Krieger, die mich begleiteten, wurden alle getötet. Die Heiler konnten nichts mehr für sie tun, als wir sie fanden.«

»Nein!« Anthemion blickte schmerzerfüllt nach unten. Er fasste mit der Hand an die Tischkante, als versuche er daran Halt zu finden.

»Wir haben sie im Tal der Heiler beerdigt, so wie die anderen. Es waren viele, die wir zur letzten Ruhe betteten. Wäre Alexandro während des Überfalls nicht mit einer großen Schar Kriegern gekommen, wir wären an jenem Morgen alle gestorben. Er kam gerade noch rechtzeitig und dennoch zu spät.

Ich hatte ihn, wie du weißt, schon einige Tage zuvor ausgesandt, um Hilfe zu holen. Hätte ich jedoch geahnt, was geschehen würde, wären wir niemals im Tal der Heiler geblieben. Alexandro kam gerade noch, um das Schlimmste zu verhindern. Viele konnten dann noch geheilt werden. Für andere war es zu spät. Auch der

Baum des Lebens ist völlig niedergebrannt und die heilige Stätte liegt in Schutt und Asche. Nur die Quelle des Lichts ist verschont geblieben. Sie wagten es nicht, die Höhle zu betreten. Wir konnten auch nicht verhindern, dass Darius für lange Zeit in Gefangenschaft ausharren musste, Peredur ließ ihn in ein dunkles Verlies sperren.«

Ich fiel Elias ins Wort. »Es ist alles meine Schuld! Ich mache mir solche Vorwürfe! Ich habe dieses Volk mit meiner Anwesenheit in Gefahr gebracht!«

»Nein!«, entgegneten sowohl Elias als auch Samara.

Samara legte ihre Hand auf meine. Sie wischte sich die Tränen aus den Augen. »Darius«, sprach sie zu mir, »dich trifft keine Schuld! Denke so etwas nicht einmal! Du bist hier, um uns zu helfen.«

»Aber bis jetzt hab ich nur Leid und Unglück gebracht! Jeder, der mich begleitet, bringt sich in Gefahr. Auch ihr riskiert euer Leben, wenn ihr mich schützt.«

Samara lächelte. »Wir wären jederzeit bereit, unser Leben für deines zu geben. Es ist dir bestimmt, unser Geschlecht zu retten. Du bist es, der diesen Krieg beenden wird.«

Ich schüttelte den Kopf. »Das glaube ich nicht. Ihr irrt euch. Ich bin der Falsche. Die Prophezeiung kann unmöglich mich gemeint haben. Ich kann das nicht. Ich kann euch nicht helfen, auch wenn ich alles dafür geben würde.«

Samara lächelte mich unbeirrt an. »Vertraue auf deine Kraft. Ich bin mir sicher, zu gegebener Zeit wirst du wissen, was zu tun ist. Du musst nur vertrauen!«

Für einen Moment sahen wir uns schweigend an. Ich blickte in Samaras große blaue Augen, voller Vertrauen blickten sie mich an.

»Darius, ich weiß, dass du es bist. Eines Tages wirst

du es auch begreifen.«

Nach einer Weile, in der wir einfach dasaßen und über das Gesagte nachdachten, fuhr Elias mit seinem Bericht fort: »Nachdem wir uns von unseren Verletzungen erholt hatten, machten wir uns auf den Weg, um dich zu retten. Wir waren sicher, dass Peredur dich auf seine Burg hatte bringen lassen, da er dich nicht sofort töten ließ, als seine Männer dich im Tal der Heiler ergriffen. Wir hatten die Hoffnung, dass er dich auch auf seiner Burg am Leben lässt. Wie es scheint, warst du für ihn lebend von mehr Bedeutung. Du warst fast einen Monat in seiner Gewalt. Es tut uns sehr leid, dass wir nicht früher kamen, um dich zu holen. Als ich dich sah, befürchtete ich schon, wir wären zu spät gekommen. Darius, was ist dir dort widerfahren? Hast du Peredur getroffen?«

Ich berichtete von der langen Zeit in der Dunkelheit, von den endlosen Tagen der Einsamkeit und Finsternis, wie ich in der Düsternis dagesessen hatte und nicht wusste, was mit mir geschehen würde und was mit allen anderen im Tal der Heiler geschehen war, und wie ich an dieser Ungewissheit fast zugrunde gegangen wäre.

Als ich von der Frau erzählte, die mich im Kerker besucht hatte, unterbrach mich Samara erschrocken. »Iolanthe!«

Ich blickte Samara überrascht an.

»Wurdest du von Iolanthe besucht? Hat die Frau ihren Namen gesagt?« Samara war plötzlich sehr aufgeregt.

Zögerlich antwortete ich ihr. »Nein, ich weiß nicht, wie sie hieß. Sie hat mir keinen Namen genannt, ich …«

Samara unterbrach mich wieder. »Versuch, dich zu erinnern! Sag mir jede Einzelheit! Was mag sie von dir gewollt haben? Gab sie dir etwas oder berührte sie dich?«

Ich versuchte, mir den Moment ihres Besuches ins Gedächtnis zu rufen. »Es war sehr dunkel dort, ich konnte sie nur im Lichtschein der Fackel erkennen. Sie sah jung aus, aber ich spürte, dass sie schon älter sein musste. Ihre Gesichtszüge waren sehr hart, das Haar lang und dunkel, so wie deines, Samara. Und ihre Augen ...«, ich stockte kurz, »ihre Augen waren kalt und leer, als wäre kein Leben mehr darin. Sie war auch sehr dünn und mager. Und sie wirkte auf mich Furcht einflößend und bedrohlich. Ich spürte, dass etwas in ihr durch und durch böse war.«

Samara lauschte meinen Worten konzentriert. »Und dann? Weißt du, warum sie dich aufsuchte?«

»Sie hatte ein kleines Gefäß dabei und wollte mich zwingen, den Inhalt zu trinken.«

»Was hast du getan? Hast du es getrunken?«

»Nein.«

»Aber wie konntest du dich wehren?«

»Weil ich mich weigerte, kam sie auf mich zu und wollte es mir einflößen. Als sie mich jedoch an der Schulter berührte, schrak sie sofort wieder zurück.«

Samara und die anderen sahen mich fragend an. Ich lächelte und zog die Phiole unter meinem zerschlissenen Hemd hervor. »Dies hier hat sie daran gehindert. Sie hat die Phiole ungläubig angestarrt und ist dann hinausgestürmt.«

Samara lächelte. »Ava hat sie dir zur rechten Zeit gegeben, wohl wissend, dass du geschützt werden musst.« Sie machte eine kurze Pause. »Die Frau, die dich besucht hat, wird Iolanthe genannt. Einst war sie wie ich eine Heilerin, eine Überbringerin des Lichts, doch dann wandte sie sich der Finsternis zu.« Samara sah sehr traurig aus, als sie von Iolanthe sprach.

»Was ist damals geschehen?«, fragte ich nach.

»Diese Geschichte erzähle ich dir ein anderes Mal. Licht und Dunkelheit liegen dicht beieinander. Berichte du uns aber nun, was weiter geschehen ist. Hat dich Peredur aufgesucht?«

Ich erinnerte mich an mein Treffen mit ihm und an meinen Zusammenbruch. »Er ließ mich zu sich rufen, bot mir ein wunderschönes Gemach und köstliche Speisen an. Er wollte mich reich belohnen, wenn ich ihm dafür meine Treue geschworen hätte. Dafür sollte ich die Phiole abgeben und ihm folgen. Iolanthe war auch dort, stand aber etwas entfernt von uns und beobachtete das Gespräch still. Als ich mich weigerte, drohte er damit, mich in seinem Kerker langsam sterben zu lassen. Und er sagte ...« Ich schluckte und hielt kurz inne. »Er sagte, ihr wäret alle tot!«

Samara legte mir die Hand auf die Schulter. »Darius, du hast viel erleiden müssen! Es tut mir so leid. Und dennoch hast du Peredur standgehalten. Siehst du, wie stark du bist. Hier wirst du dich ausruhen und genesen können.« Ihre Stimme war voller Wärme und Liebe.

»Du hast hier den besten Schutz, sei unbesorgt«, fügte Elias hinzu.

Nach langem Schweigen ergriff nun Anthemion wieder das Wort. »Ich sehe, die Dinge stehen schlimmer, als ich befürchtet habe. Ich werde ein Treffen einberufen, um unsere Lage zu besprechen. Ich glaube, der Tag, vor dem wir uns von jeher fürchteten, steht uns schon bald bevor.«

Seine Stimme war sorgenschwer. Verwundert schaute ich ihn an. Ich war jedoch zu erschöpft, um weiter nachzufragen. Ich wusste auch immer noch nicht, warum Peredur so voller Hass und Rache war und was es mit der Verbannung auf sich hatte. Aber so dringlich meine Fragen auch waren, ich musste mich zunächst ausruhen. Ich hatte kaum noch Kraft, um sitzen zu bleiben.

Samara schien meine Erschöpfung zu bemerken. Sie lächelte mir zu. »Komm, Darius! Ich bring dich in mein Gemach. Du brauchst Ruhe und Pflege.«

Erleichtert erhob ich mich.

Wir verabschiedeten uns, und Samara und eine weitere Frau brachten mich in ein Schlafgemach. Ich fragte nicht nach dem Namen der Frau, erschöpft folgte ich ihr.

Ich legte mich hin. Samara salbte meine Wunden und gab mir ein Elixier zu trinken. Dann endlich schlief ich ein.

Als ich erwachte, stand eine weitere Frau an meinem Bett. An ihrer Kleidung und Ausstrahlung erkannte ich, dass sie dem Volk der Heiler angehörte. Sie legte ihre Hand auf meine Stirn. Eine wohltuende Wärme breitete sich in meinem Körper aus und ich schlief wieder ein.

Als ich das zweite Mal erwachte, war ich allein. Ich fühlte mich ausgeruht und voller Kraft. Meine Schmerzen und die Erschöpfung waren gewichen. Ich wusste, dass ich meine rasche Genesung den Heilkräften jener Frau zu verdanken hatte.

Ich erhob mich und sah mich um. Die Wände und die Möbel waren aus rotbraunem Holz gefertigt. Alles war sehr schlicht und robust gebaut. Ich lag in einem breiten Holzbett, das mit groben Stoffen bezogen war. Man hatte mir Kleidung bereitgelegt. Ich stand auf und kleidete mich an. Es waren die gleichen Gewänder wie die von Elias und seinen Männern, es war die Kleidung der Krieger.

Ich ging zu einem der kleinen Fenster, um hinauszusehen. Von dort blickte ich auf den großen Platz, über den wir bei unserer Ankunft gegangen waren.

Es war heller Tag, und viele Leute waren auf dem Platz zu sehen. Ich beobachtete das Treiben eine Zeit lang. Einige Kinder tollten übermütig umher, zwei Frauen trugen Körbe mit Gemüse vorbei und ein Mann führte mehrere Pferde an Stricken quer über den Platz. Ein Karren mit Heu ratterte an ihm vorbei. Die Tiere bäumten sich dabei auf und trabten dann wieder voller Energie neben ihm her.

Die Menschen sahen sehr zufrieden aus. Jeder ging freudig seiner Tätigkeit nach. Sie grüßten sich herzlich und unterhielten sich bei der Arbeit. Hier war eine völlig andere Atmosphäre als im Tal der Heiler. Es war auch harmonisch. Doch im Tal der Heiler war eine besondere Idylle, es war ruhig und eine Art Magie hatte dort in der Luft gelegen und alles verzaubert.

Hier war es sehr lebendig und voller Trubel. Die Menschen schienen eher bodenständig zu sein und waren sehr kräftig und muskulös. Offensichtlich waren sie körperlich sehr aktiv. Ich sah zwei Knaben, die mit Holzschwertern übten. Sie lernten schon von klein auf, Krieger zu sein.

Ansonsten betrieben die Krieger wohl viel Landwirtschaft. In der kurzen Zeit, in der ich am Fenster saß, fuhren einige Karren mit Getreide, Gemüse und Gräsern vorbei. Auch die Frauen packten mit an. Sie waren viel größer und stämmiger gebaut als die Heilerinnen oder die Frauen in Anthalatta. Ich dachte an Samaras zarte Hände und stellte mir vor, wie sie auf dem Feld arbeitete.

Da hörte ich plötzlich eine Stimme hinter mir, die mich aus meinen Gedanken riss.

»Wie ich sehe, hast du dich gut erholt!«

Ich drehte mich um. Es war die Heilerin, die an

meinem Bett gestanden hatte.

»Das hab ich dir zu verdanken«, antwortete ich.

»Mein Name ist Nijma.«

»Ich bin Darius.«

»Ich weiß, wer du bist. Ich habe schon viel von dir gehört.«

Etwas verlegen schaute ich sie an. Sie lächelte.

»Ich bin mir nicht sicher, aber ich habe dich auf der Versammlung im Tal der Heiler nicht gesehen.«

»Nein, ich war hier.«

Ein Schatten huschte über ihr Gesicht, als ich von der Versammlung sprach. Auch sie hatte die schreckliche Nachricht aus ihrer Heimat bestimmt sehr getroffen.

»Samara hat mich gebeten, nach dir zu sehen und dir bei deiner Genesung zu helfen. Ich soll dir von ihr ausrichten, dass sie sich heute Abend mit dir treffen wird und dir dann noch einiges erklärt. Bis dahin kannst du dich in der Stadt umsehen. Vor der Tür erwartet dich schon ein Begleiter. Er wird dich führen und dir alles zeigen, was du möchtest.«

Ich lächelte. Ich freute mich darauf, die Stadt zu erkunden und mehr über das Volk der Krieger zu erfahren. Nijma begleitete mich zur Tür. Als wir hinausgingen, sah ich schon einen jungen Mann draußen stehen und Wache halten.

Er drehte sich zu mir um und begrüßte mich freundlich: »Mein Name ist Aljocha. Ich werde dich begleiten.«

»Ich heiße …«

»Darius!«, unterbrach mich Aljocha. Er grinste. »Es wird viel über dich erzählt. Hier kennt dich jeder!«

Ich blickte ihn verlegen an.

Aljocha grinste wieder. »Also, wo möchtest du als Erstes hin?«

»Wo können wir hingehen?«

»Du kannst dich überall in der Stadt frei bewegen, innerhalb des Schutzwalls bist du sicher. Siehst du die Türme dort?«

Er zeigte mit dem Finger seitlich hinauf, und ich erkannte zwei Türme, die die Stadt überragten.

»Dort oben sind stets zwei Männer postiert, sie sehen jede Gefahr schon von weitem kommen. Und wir sind von jeher auf einen möglichen Angriff vorbereitet.«

Ich nickte.

»Dann entscheide selbst. Lass uns einfach durch die Stadt gehen und erzähle mir etwas über dein Volk. Ich würde es gerne näher kennenlernen.«

»Wie du wünschst!«

Mit zügigem Schritt ging Aljocha voraus. Er führte mich über den Platz in eine breite Straße, die wir dann hinuntergingen. Dabei erklärte er mir jede Einzelheit. Aljocha war sehr freundlich. Er schien noch sehr jung zu sein, aber seine dynamische und kraftvolle Ausstrahlung ließen ihn souverän und männlich erscheinen. Er war größer als ich, hatte hellblondes Haar und ein ebenmäßiges Gesicht, strahlend blaue Augen und die Statue eines wahren Kriegers. Ich bewunderte die Stärke, die seine Bewegungen ausstrahlten.

Mit der Annahme, dass das Volk der Krieger sehr viel Landwirtschaft betrieb, lag ich richtig. Außerdem waren sie auch sehr geschickt im Handwerk. Sie stellten fast alles aus den Hölzern der nahe liegenden Wälder her. Schon bei meiner Ankunft hatte ich bemerkt, dass sämtliche Häuser aus Holz waren. Aber auch die Brücken, die kleinen Zäune an den Gärten, sogar der große Brunnen auf dem Platz waren aus Holz gefertigt. Alles war mit feinen Schnitzereien verziert und wunderschön ausgearbeitet. Ansonsten war die Stadt eher schlicht. Anders als in Anthalatta fand sich hier nirgends solch ein Prunk aus Gold und Edelsteinen. Die Wege waren aus glatten, groben Steinen gebaut und an den Rändern wuchsen bunte, wilde Blumen. Ich fühlte mich in dieser Stadt sehr wohl. Die Natürlichkeit und Einfachheit ihrer Bewohner spiegelte sich im Stadtbild wider.

Vor einem der Häuser blieb Aljocha stehen. »Hier lebe ich«, erklärte er lächelnd.

»Können wir hineingehen?«

»Wenn du möchtest, sehr gerne. Wir können eine Pause machen und speisen. Du hast heute noch nichts gegessen, oder?«

Ich nickte, und Aljocha klopfte an die Tür. Eine Frau öffnete einen Augenblick später. Sie war sehr hübsch. Ihr langes schwarzes Haar hatte sie zu einem Zopf geflochten und ihre blauen Augen leuchteten aus dem dunkel gebräunten Gesicht.

»Aljocha!«, begrüßte sie ihn freudig und küsste ihn.

»Ich habe Besuch mitgebracht!«

Aljocha ging einen Schritt zur Seite und deutete auf mich. Ich trat näher an die Tür heran.

»Das ist Darius«, stellte mich Aljocha der schönen jungen Frau vor. Diese sah mich einen Moment lang voller Erstaunen mit großen Augen an. Dann begrüßte sie mich freundlich. Meine Anwesenheit verunsicherte sie jedoch. Das konnte ich spüren.

»Mein Name ist Daphne. Ich bin Aljochas Gefährtin. Kommt herein!«

Ich folgte Aljocha und seiner Frau. Im Haus stürzte sogleich ein kleiner Junge Aljocha entgegen und sprang freudig auf seinen Arm. Dann bemerkte der Junge mich und fragte: »Ist das der Fremde, von dem alle sprechen?«

»Ja, mein Sohn. Solltest du ihn nicht begrüßen?«

Der Junge sprang von Aljochas Arm und kam auf mich zu. Er wirkte nicht unsicher oder ängstlich. Neugierig blickte er mich an und betrachtete meine braunen Augen. »Ich bin Linos, Aljochas Sohn.« Dabei starrte er mich mit seinen großen Kinderaugen an.

»Ich bin Darius«, antwortete ich ihm.

»Besiegst du Peredur, wie alle sagen? Du siehst gar nicht so stark aus!«

Ich wusste nicht so recht, was ich darauf antworten sollte.

Aber in dem Moment schritt auch schon Aljocha ein. »Linos, frag unseren Gast nicht aus!« Er schob den Jungen etwas zur Seite und wandte sich an mich. »Du musst wissen, er ist mit der Prophezeiung aufgewachsen. Wir haben sie alle von klein auf erzählt bekommen. Daher ist jeder hier sehr aufgeregt über dein Erscheinen.«

Ich spürte wieder diese Verlegenheit. »Ich weiß, ihr seht mich als den Auserwählten, den Retter des Geschlechts, aber ich bin kein Krieger, ich habe nie gelernt zu kämpfen …«

»Du musst uns nichts erklären«, unterbrach mich Aljocha, »es wird schon seine Gründe haben, warum du auserwählt wurdest, dessen bin ich sicher. Wir vermögen die Wege des Schicksals nicht immer sogleich zu ergründen. Aber ich bin überzeugt, dein Weg wird sich dir noch zeigen.«

Für einen Moment herrschte Stille und wir sahen uns nur an. Ich spürte, welch unendliches Vertrauen diese Menschen in mich hatten. Und ich fühlte mich nicht sonderlich wohl bei diesem Gedanken. Wieder erinnerte ich mich an Avas Worte: »Ihr tragt ein großes Schicksal auf Euren Schultern.« Ich hatte schon so viele

Heldengeschichten erzählt. Sollte die größte meiner Geschichten etwa meine eigene sein?

Linos unterbrach die Stille. Er schwang ein kleines Holzschwert durch die Luft. »Sieh mal, Vater, was ich heute gelernt habe!« Mit schnellen Schritten bewegte er sich vorwärts und schwang dabei flink sein kleines Schwert. Ich sah ihm beeindruckt zu.

»Sehr gut, mein Sohn! Das machst du wirklich sehr gut!«, sagte Aljocha zu ihm.

Daphne bat uns in die Küche und wir setzten uns an einen großen Tisch. Sie stellte uns verschiedene Speisen und einen großen Krug mit Wasser hin. Ich sah, dass selbst die Teller, Schalen und Becher hölzern waren. Dann aßen wir gemeinsam und unterhielten uns. Der kleine Linos sprang dabei fröhlich quietschend durch die Küche und Aljocha lachte. Es war ein wirklich schöner Moment: einfach hier mit der Familie zu sitzen, zu essen und zu lachen. Ich fühlte mich aufgenommen, fast so als würden wir uns schon lange kennen und wären uns nicht erst vor wenigen Stunden das erste Mal begegnet. Ich vergaß unsere bedrohliche Lage, die Gefahr, in der wir uns stets befanden, und die großen Erwartungen, die die Bewohner dieses Landes an mich stellten. Ich genoss einfach den Augenblick und die Herzlichkeit und Offenheit dieser Menschen.

Das Volk der Krieger führte ein einfaches Leben. Sie ernährten sich von dem, was sie anbauten. Sie arbeiteten viel auf dem Feld, fertigten fast alles aus den großen Bäumen des nahe gelegenen Waldes und hatten eine große Pferdezucht. Fast jedes Pferd in Alchatar war hier in dieser Stadt geboren, auch die, mit denen wir von Anthalatta vor einiger Zeit fortgeritten waren. Die Männer wurden von jeher in der Kampfkunst ausgebildet und auch viele Frauen erlernten das

Kämpfen von klein auf. Sie alle waren jedoch bisher noch nie in den Kampf gezogen. Die erste Schlacht stand ihnen noch bevor.

Daphne war eine sehr herzliche Frau. Sie war Schneiderin. Zusammen mit anderen Frauen fertigte sie die Kleidung für die Bewohner der Stadt. Auch wenn sie wie die meisten Frauen, denen ich bisher hier begegnet war, sehr stämmig und etwas maskulin war, strahlte sie doch eine Wärme und Fürsorge aus, bei der ich mich vom ersten Moment an willkommen und geborgen fühlte.

Ich sah Aljocha und Daphne an, beobachtete, wie sie sich liebevoll anlächelten und die Hand hielten, und dachte an Elenor. Ob ich sie jemals wiedersehen würde? Nur für einen kurzen Augenblick war sie in mein Leben getreten, und doch würde ich sie wohl nie mehr vergessen.

HOFFNUNG
DAS BEKENNTNIS DES AUSERWÄHLTEN

Der dumpfe Klang eines Horns riss mich aus meinen Gedanken. Aljocha stand sofort auf und drehte sich zu mir: »Eine Versammlung, sie rufen den Ring der Krieger zusammen! Dort wird auch deine Anwesenheit erwartet. Wir müssen zurück!«

Hastig sprang ich auf. Ich war etwas traurig darüber, dass dieser schöne Moment nicht länger angehalten hatte und wir nun so jäh unterbrochen wurden und zurück mussten. Wir verabschiedeten uns von Daphne und Linos und eilten zurück auf den großen Platz.

Auf dem Weg dorthin erklärte mir Aljocha, dass eine Gruppe von Männern die Stadt vor wenigen Tagen verlassen hatte, um die Lage in Alchatar zu erkunden. Aljocha vermutete, dass sie nun zurückgekehrt waren. Der Inhalt ihrer Meldungen würde über die weitere Vorgehensweise der Krieger entscheiden. Außerdem erwarte man den Rat der Weisen, der im Schutzgeleit von 50 Kriegern auf dem Weg hierher war.

Als wir auf dem Platz vor dem großen Gebäude ankamen, hatten sich dort schon zahlreiche Menschen versammelt.

»Außer dem Rat der Weisen kommen noch viele Bewohner aus Anthalatta und anderen Regionen Alchatars zu uns. Sie alle wollen sich an den Gesprächen über die Zukunft von Alchatar beteiligen und erfahren, was geschehen ist und vor allem noch geschehen wird. Und …«, er lächelte, »einige sind daran interessiert, den Fremden zu sehen.«

Viele Krieger standen auf dem Platz, aber ich sah in der Menge auch eine Gruppe, die aus Anthalatta gekommen war. Ich erkannte die blauweißen Gewänder mit den zierlichen Muschelbändern wieder und erinnerte mich an die schöne goldene Stadt am Meer, an der ich dieses wundersame Land betreten und Samara zum ersten Mal gesehen hatte.

Als ich mich weiter auf dem Platz umsah, erblickte ich Männer und Frauen in den unterschiedlichsten Gewändern. Manche in Gruppen, manche auch allein. Aljocha führte mich zielstrebig durch die Menge nach vorn auf die große Treppe zu. Ich bemerkte, wie die Menschen sich einer nach dem anderen zu mir umdrehten. Sie gingen zur Seite, um uns Platz zu machen. Schnell hatte sich eine Gasse in der Menge gebildet. Aufmerksam wurde ich von allen Seiten gemustert. Ich senkte den Blick und wurde immer nervöser. Eilig schritt ich weiter. Dann sah ich Samara auf den unteren Stufen der langen Treppe stehen und rettete mich zu ihr.

Ich begrüßte sie und stellte mich neben sie. »Wo kommen all die Menschen her?«

»Sie sind heute im Laufe des Tages angereist. Sie erwarten wie wir die Nachricht der Kundschafter. Diese sind jedoch noch nicht zurück, sie werden erst nach Sonnenuntergang eintreffen. Anthemion will jedoch alle Ankömmlinge in Hogena willkommen heißen und dich vorstellen …«

»Mich?«, rief ich erschrocken. »Warum?«

Mir wurde elend. Nicht nur, dass mich jeder musterte und ich von allen Seiten beäugt wurde, nun sollte ich auch offiziell vorgestellt werden. Als Geschichtenerzähler war ich es gewohnt vor vielen Menschen zu sprechen, aber dies hier war eine völlig andere Situation. Diese Menschen erwarteten den Auserwählten, den großen Retter ihres Geschlechts.

Samara lächelte mich an. »Ich bleibe hier bei dir. Du musst nichts sagen. Anthemion wird dich lediglich vorstellen.«

Auf dem Platz wurde es ruhiger und die Menge blickte die Treppe hinauf. Dort kam Anthemion hinunter. Sein Gesichtsausdruck war sehr ernst. Er blieb auf der Mitte der Treppe stehen und wartete einen Moment. Es war nun sehr still geworden. Alle blickten erwartungsvoll zu ihm hinauf.

»Seid gegrüßt, Bewohner von Alchatar!«, begann Anthemion mit lauter und kraftvoller Stimme. »Ich freue mich über euer Kommen, auch wenn der Anlass dieser Versammlung keinen Grund zur Freude gibt. Viele sind von weither zu uns nach Hogena gekommen.« Er machte einen Moment Pause und sprach dann mit ernster und auch trauriger Stimme weiter. »Alexandro ist soeben zurückgekehrt. Unsere Kundschafter wurden auf ihrem Weg durch Alchatar angegriffen.«

Ein Raunen ging durch die Menge.

»Unsere Reiter wurden in einen Hinterhalt gelockt, der Angriff kam völlig überraschend. Alexandro und Aramis waren gerade in einem nahe gelegenen Dorf, um dort eine verletzte Frau in die Obhut eines Heilers zu bringen. Daher waren sie bei dem Angriff nicht dabei. Sie haben als Einzige überlebt!«

Sofort brach Tumult um uns herum aus. Einige Frauen begannen zu weinen, viele der Männer brüllten wütend und forderten den Kampf. Andere drehten sich zueinander und begannen sich lautstark zu unterhalten.

»Ich bitte um Ruhe! Ruhe!!!«, rief Anthemion.

Es dauerte einige Zeit, bis sich die Menge wieder beruhigt hatte. Dann sprach er langsam und mit betont ruhiger Stimme weiter: »Was Alexandro und Aramis mir berichteten, war über die Maßen schlimmer, als wir befürchteten. Peredurs Männer haben einige Siedlungen überfallen, viele Menschen sind gestorben, ganze Dörfer niedergebrannt. Selbst vor der heiligen Stätte im Tal der Heiler haben sie nicht haltgemacht. Jenes Volk gewährte dem Fremden Zutritt in seine Stätte und wurde bisher am härtesten getroffen. Ohne die Rettung eines von hier ausgesandten Trupps und der besonderen Fähigkeiten der Heiler hätte dort niemand den Angriff überlebt.«

Einer der Krieger unterbrach Anthemion und rief laut in die Menge: »Peredurs Männer sind außer Kontrolle! Wir müssen ihnen Einhalt gebieten! Lasst uns noch heute losziehen und sie angreifen!«

»Nein!«, sagte Anthemion mit fester Stimme, »wir sind zum Schutz von Alchatar da, wir greifen nicht an.«

»Aber Alchatar braucht unseren Schutz! Es wird bereits angegriffen. Wie viele Unschuldige sollen noch sterben?«, entgegnete der Mann aufgebracht.

Ich reckte mich, um sehen zu können, wer da sprach. Ich konnte ihn jedoch zwischen den vielen Menschen nicht ausmachen.

»Leandros!«, Anthemion atmete langsam ein, »ich kann deinen Einwand und auch deinen Zorn verstehen. Dennoch müssen wir mit Bedacht handeln. Peredur ist dabei, seine Männer zu versammeln, und binnen drei Tagen werden sie unsere Stadt erreicht haben. Der Schutzwall von Loria bietet vielen hier Sicherheit. Seit Jahrhunderten bereiten wir uns auf diese Schlacht vor. Dies hier ist unsere Heimat, unsere Stadt. Lasst uns hier Peredur entgegentreten, vor den Toren von Hogena, wo wir all unsere Stärke, all unsere Kraft versammeln. Lasst uns nicht voreilig hinausziehen, sondern sie hier erwarten, wo wir am stärksten sind! Die Zeit ist gekommen, und wir werden kämpfen und Alchatar von dem Unheil befreien, das Peredur über uns gebracht hat.

Es ist unsere Aufgabe, Alchatar zu schützen, und wir werden es schützen!«

Er hielt einen Moment inne. »Nach Sonnenuntergang bitte ich alle Sprecher zu mir, um die weiteren Schritte zu bereden. Ich werde sie euch dann morgen Mittag bekannt geben!«

Mit diesen Worten beendete Anthemion seine Ansprache, drehte sich um, schritt die Treppe wieder hinauf und verschwand in dem großen Gebäude. Man spürte, wie sehr auch ihn die Botschaft über die schrecklichen Vorkommnisse in Alchatar und der Tod der Krieger getroffen hatten. Ich drehte mich zu Aljocha um und sah, dass dieser Tränen in den Augen hatte. Er wirkte auf mich, als hätte ihn die Nachricht tief erschüttert. Zögerlich fragte ich ihn:

»Kanntest du die Männer, die gestorben sind?«

Er blickte mich tieftraurig an, und ich konnte seinen Schmerz erkennen.

»Ja, ich kannte sie sehr gut. Unter ihnen war mein bester Freund, Pathos. Wir waren von Kind an zusammen. Unsere Mütter waren eng befreundet. Ich kann nicht glauben, dass er tot ist. Was geht nur vor sich in diesem Land? Du bist noch nicht lange in Alchatar. Aber du musst wissen, es war stets ein so friedlicher und wundervoller Ort. Es erscheint alles so unwirklich. Der Tod der Männer macht keinen Sinn. Sie sind vollkommen sinnlos gestorben. Auch wenn wir von der Prophezeiung von Kind an wussten, so ist es doch schwer mit anzusehen, dass sie sich verwirklicht.«

Er stockte kurz und rang nach Luft. »Ich werde nun zu der Familie von Pathos gehen und ihnen in dieser schweren Lage beistehen. Wir werden uns auf dem Treffen heute Abend wiedersehen.«

Aljocha drehte sich um und ging über den Platz.

Traurig blickte ich ihm nach. Sein Verlust traf auch mich. Ich dachte an die Familien der getöteten Männer, ihre Eltern, ihre Frauen, ihre Kinder. Aljocha hatte recht, es war so sinnlos. Warum hatte Peredur diese Männer angegriffen? Wollte er die Krieger einschüchtern, seine Macht demonstrieren? Oder war es einfach nur Rache? Ich erinnerte mich an seinen Zorn und was er mir über seine Verbannung erzählt hatte. Noch hatte mir niemand erklärt, was es damit auf sich hatte.

Elias kam zu mir und klopfte mir auf die Schulter. Auch er sah sehr traurig aus. »Komm mit, Darius!«

Er ging vor mir die Treppe hinauf. Wortlos folgten Samara und ich ihm. Wir betraten das Gebäude und gingen in den Saal, in dem wir am Tag unserer Ankunft gespeist hatten. Dort wartete schon Anthemion.

Noch bevor wir uns setzten, fragte Elias: »Wie schlimm steht es? Ich habe gespürt, dass du noch etwas verschweigst.«

Anthemion senkte den Kopf. »Elias, die Bedrohung ist weit größer, als wir vermuteten. Alexandro erzählte mir von einer Schar von vielen hundert Mann, die sich um Peredur versammelt haben. Sie machen sich auf den Weg hierher. Alexandro erwartet eine Armee von über tausend Mann, die uns in weniger als drei Tagen hier erreichen wird. Auch das Volk der Norul hat sich ihnen angeschlossen.«

»Wie ist das möglich?«, rief Elias aus. »Wir lebten von jeher in Freundschaft mit den Norul! Ich habe sogar auf ihre Hilfe gehofft!« Elias war sehr aufgebracht und besorgt.

»Wie sollen wir einer derartigen Armee standhalten?«, meinte Anthemion nach einer Weile nachdenklich.

Elias blickte ihn nachdrücklich an. »Wir müssen,

Anthemion! Und wir werden. Dies ist unsere Bestimmung, vergiss das nicht! Das Schicksal von vielen Menschen liegt in unserer Hand. Es ist unsere Aufgabe sie zu schützen, das Unheil abzuwenden und den Frieden in Alchatar wieder herzustellen. Zweifle nicht! Wir haben uns so lange auf diesen Tag vorbereitet. Peredur greift uns aus Machtgier und Rache an. Wir jedoch kämpfen für die Freiheit und das Wohlergehen von Alchatar. Ein ganzes Land blickt in diesen Tagen auf uns. Die Hoffnung so vieler Menschen ruht auf unseren Fähigkeiten, und dies macht jeden Einzelnen so viel stärker, als es Peredur und seine Männer je sein könnten. Du wirst sehen, wenn wir sie im rechten Moment treffen, schlagen wir sie in die Flucht. Keiner unserer Männer würde davonlaufen oder sich leichtfertig ergeben, denn es geht um unsere Zukunft, um unser Recht auf ein freies und von Glück gesegnetes Leben, so wie wir es vor dieser Zeit hatten. Wir haben keine andere Wahl als zu kämpfen, unsere Gegner dagegen schon. Dieser Unterschied ist von großer Bedeutung, vergiss das nicht!

Und bedenke die Prophezeiung. Auch wenn Darius es selbst noch nicht zu glauben vermag, so wissen wir es doch besser. Er wird eine entscheidende Rolle in diesem Krieg spielen. Was immer auch geschehen mag – er wird es sein, der das Schicksal wendet.«

Elias hielt inne. »Anthemion, du musst es den Menschen hier morgen sagen! Erkläre ihnen, was da für ein Heer auf uns zukommt, damit sie sich darauf vorbereiten können und diese Gewalt sie nicht unvorbereitet trifft und im entscheidenden Moment erschüttert und zögern lässt. Wir müssen stärker sein als je zuvor.«

Anthemion dachte über Elias' Worte nach,

schweigend stand er da und überlegte. Dann endlich antwortete er: »Elias, mein Freund, seit jeher war ich es, der zu unserem Volk sprach. Doch nun sehe ich, dass du in diesen Zeiten die besseren Worte findest. Ich vertraue mich dir an. Sprich du morgen zu ihnen. Sag ihnen das, was du heute mir gesagt hast, und du wirst das Feuer in ihnen entzünden und ihnen Mut und Kraft für diese schwere Aufgabe geben.«

»Ich fühle mich geehrt. Ich danke dir für dein Vertrauen mein Freund. Mit Demut werde ich mich dieser Aufgabe stellen.«

Elias schaute zu Samara und mir herüber. Bis jetzt hatten wir nur dagestanden und der Unterhaltung der beiden Männer gespannt gelauscht. Auch wenn mich die Nachricht über Peredurs Armee beunruhigte, so hatten mir Elias' Worte doch Kraft geschenkt, und ich fühlte mich zum ersten Mal mit diesem Volk verbunden. Ich zweifelte jedoch noch an meiner eigenen Stärke, aber ich wollte alles mir Mögliche tun, um diesen Menschen zu helfen, selbst wenn ich dafür mein eigenes Leben aufs Spiel setzen würde.

Wie durch ein Wunder hatte ich den Schiffbruch überlebt und war hierhergekommen. Das Schicksal hatte mich weiterleben lassen. Als Freund war ich aufgenommen, gepflegt und geheilt worden. Ich hatte ein Land kennengelernt, das so viel wunderbarer war als alles, was ich jemals zuvor gesehen hatte. Nun würde ich die zweite Chance nutzen, die mir das Leben gegeben hatte, denn ich wollte nicht zusehen, wie diesen Menschen großes Unrecht angetan wurde, sondern ich wollte kämpfen, auch wenn ich es nie gelernt hatte. Lieber wollte ich an der Seite dieser Menschen sterben, als mich hier in der Stadt hinter den Wällen zu verstecken und abzuwarten. Der Gedanke, hier zu sitzen und tatenlos zuzusehen, wie andere mein Schicksal bestimmten, war furchtbar. Ich wollte selbst handeln, und tief in mir spürte ich ein großes Vertrauen, dass sich alles zum Guten wenden würde.

So trat ich vor Elias und sah ihn mit festem Blick an. »Elias, zeige mir, wie man kämpft!«

Erschrocken drehte sich Samara zu mir um. »Nein!!! Darius ...«

Doch Elias unterbrach sie. »Darius, wenn du es wünschst, werde ich dir zeigen, wie du dich verteidigen kannst und wie man kämpft.«

»Aber die Zeit ist zu knapp!«, erwiderte Samara.

»Ich will mich nicht verstecken und tatenlos zusehen. Es war so furchtbar, als ich Peredur wehrlos ausgeliefert war! Ihr alle sagt, ich sei der Auserwählte, also vertraut mir!«

Samara blickte mich sorgenvoll an, aber sie schwieg.

Elias legte mir die Hand auf die Schulter. »Darius, ich danke dir dafür, dass du uns hilfst. Ich werde versuchen, dir so viel beizubringen, wie die knappe Zeit es zulässt. Doch schon jetzt zeigst du Größe! Du hast mehr Mut als die meisten. Komm mit! Dein Training beginnt jetzt!«

Wir verabschiedeten uns von Samara und Anthemion, und ich folgte Elias, um zum Stadtrand zu gehen, wo sich die Stallungen befanden. Sie waren gigantisch groß, endlose Gänge zogen sich zwischen den Pferdeställen entlang. Elias erklärte mir, dass in Hogena wohl über tausend Pferde untergebracht waren und dass der Großteil der Pferde derzeit auf den Weiden war.

Einige der Pferde waren in Laufställen. Wir gingen hinein, und Elias führte mich zu einem der Tiere. »Dieses hier ist für dich bestimmt. Sie heißt Armenia, sie wird dich begleiten.«

Ich erkannte das Pferd sofort wieder. Obwohl das Tier den anderen so ähnlich sah – denn alle Pferde hier waren schneeweiß und hatten riesige, blaue Augen –, wusste ich sofort, dass ich auf diesem Pferd von Anthalatta hergeritten war.

»Du erkennst Armenia wieder, wie ich sehe. Sie wird dir ein treuer Begleiter sein.«

Ich streichelte dem Pferd den Hals und es schnaubte zufrieden. Ich dachte daran, dass ich schon in wenigen Tagen auf diesem Pferd sitzen und in die Schlacht reiten würde. Bei dem Gedanken begann mein Herz schneller zu schlagen.

Als hätte Elias meine Gedanken gelesen, meinte er: »Du musst das nicht tun!«

Ich drehte mich zu ihm um: »Das weiß ich, aber ich will es!«

»Gut dann komm, beginnen wir!«

Wir gingen durch die Stallungen und gelangten auf einen großen Platz. Dort waren bereits zahlreiche Krieger, die verschiedene Techniken übten oder sich zu Übungszwecken duellierten. Es war für mich immer noch ein ungewohntes Bild, dass auch die Frauen kämpften. Neben dem Platz befand sich ein langes Gebäude. Als wir darauf zugingen, stellten die Krieger ihre Übungen ein und begrüßten Elias und mich. Im Gebäude angekommen, betraten wir einen riesigen Raum. Dort lagerten Waffen, Rüstungen und Gewänder. Elias gab mir eine Rüstung und half mir, den Brustpanzer anzulegen. Er war viel leichter, als ich ihn mir vorgestellt hatte. Anscheinend gab es auf Alchatar andere Metalle, die weniger Gewicht hatten. Das Schwert hingegen war groß und schwer. Langsam hob ich es an und schwang es beeindruckt vor mir her. Es kostete mich all meine Kraft. Elias beobachtete mich nachdenklich. Dann gab er mir ein kleineres, zierliches Schwert. »Dies ist für Jünglinge, um den Umgang mit dem Schwert zu erlernen. Es scheint mir für dich besser geeignet.«

Ich nahm das Schwert. Es war viel leichter und lag gut in der Hand. Nun, da ich ausgerüstet war, begleitete ich Elias in einen kleinen Innenhof.

»Es ist besser, wenn ich dich hier lehre und wir nicht so viel Aufsehen erregen.«

Elias zeigte mir einen festen Stand, wie ich das Schwert am besten hielt und wie ich einem Angreifer ausweichen konnte. Wir übten einige Stunden. Es war sehr anstrengend. Ich stellte mich jedoch geschickter an, als ich erwartet hatte. Elias war ein guter Lehrer. Als die Dämmerung einsetzte, beendeten wir das Training.

Er war sehr zufrieden mit mir. »Leider ist die Zeit viel zu kurz, um dich ausreichend auf das vorbereiten zu können, was dich im Kampf erwarten wird. Du bist sehr geschickt mit dem Schwert, Geschichtenerzähler.«

Wir lachten. Doch dann wurde Elias wieder ernst. »Darius, bist du sicher, dass du mit uns hinausreiten willst? Die Gegner, auf die wir treffen, sind stark und erfahren. Die Männer und Frauen hier haben von Kind an gelernt zu kämpfen. Ich kann dir viel beibringen, aber nach drei Tagen wirst du ihnen kaum gewachsen sein.«

»Ich will es dennoch tun!«

»Wieso, Darius? Wieso? Es ist nicht deine Heimat und deine Schlacht, und bei deiner Kampferfahrung käme es fast einem Wunder gleich, wenn du diese Schlacht heil überstehen würdest. Samara hat recht, wenn sie sich um dein Wohlergehen sorgt. Ich habe dir meine Unterstützung zugesagt, weil du der Auserwählte bist, aber ich kann dich nicht so einfach in deinen sicheren Tod reiten lassen. Warum willst du dich derart in Gefahr bringen?«

Ich überlegte eine Weile und suchte nach den richtigen Worten. »Ja, du hast Recht, Elias. Es käme einem Wunder gleich. Aber war es nicht auch ein Wunder, dass ich den Schiffbruch überlebte und bis hierher an diese Küste gespült wurde, dass du im rechten Moment auftauchtest und mich vor Korush bewahrtest und dass ich selbst Peredur und die lange Zeit im Kerker überlebte? Zuerst glaubte ich, ihr habt euch geirrt und ich könne unmöglich der Auserwählte sein. Doch nun ist so viel passiert, und die Prophezeiung bewahrheitet sich Stück um Stück. Ich weiß nicht, ob ich wirklich euer Auserwählter, euer Retter bin, und ich weiß auch nicht, ob ich diese Schlacht überleben werde, aber ich weiß, dass ich etwas tun will. Ich will nicht tatenlos auf mein Schicksal warten, ich will es mitbestimmen. Ich habe das Gefühl, ich werde in irgendeiner Weise in das Geschehen eingreifen.«

Elias lächelte, als ich weitersprach.

»Der Fremde jedoch, der Bote des Todes und der Zerstörung, ... wird denen, die ihm Zuflucht gewähren, zu neuer Stärke verhelfen.« So besagt es die Prophezeiung. Bei jeder Begegnung mit den Menschen hier habe ich es mehr und mehr gespürt. Ich bin für die Menschen Hoffnung, sie glauben an mich, auch wenn ich das zunächst nicht verstehen konnte. Aber es ist so. Allein durch meine Anwesenheit bei der Schlacht werde ich den Kriegern und den Menschen hier in der Stadt Kraft und Mut geben. Deshalb muss ich mit hinaus reiten. Als ich damals in der Einsamkeit und Dunkelheit in dem Kerker gefangen war, da ist etwas mit mir passiert. Nur die Hoffnung, der tiefe Glaube daran, dass alles gut wird, gleich wie schlimm es zu sein scheint, hat mich durchhalten lassen. Die Menschen brauchen Hoffnung. Ich muss es tun!«

»Darius, mein Freund. Was immer da draußen geschehen mag, du bist es würdig, dass Alchatar seine Hoffnung in deine Hände legt.«

Er umarmte mich, und wir verließen den Übungsplatz.

Ich war selbst verwundert über meinen Mut. Seit dem Erlebnis im Kerker hatte ich ein tiefes Vertrauen gefunden und glaubte, dass alles möglich war.

Am Abend nahm ich an der Versammlung teil. Es waren über dreißig Sprecher gekommen. Elias erklärte die Strategie. Da die Krieger schon seit vielen Jahren, diesen Moment erwartet und sich Tag für Tag darauf vorbereitet hatten, war die Vorgehensweise schnell geklärt. Alle, die nicht kämpfen würden, sollten sich in der Stadt verschanzen. Die Krieger und einige kleine Völker, die ebenfalls kämpfen konnten, würden vor der Stadt zwischen den hohen Wällen in Stellung gehen. Eine Gruppe von Reitern würde dann der Front entgegenreiten.

Nach der Versammlung suchte ich Samara auf, um sie wegen Peredur zu fragen. Elias stand bei ihr.

»Als ich Peredur begegnete, sagte er mir, dass ich nicht alles wüsste und dass man ihn verbannt habe. Er sprach immer wieder von Rache für das, was man ihm angetan habe. Wofür will er sich rächen? Von wem wurde er verbannt? Warum hasst er euch so?«

Es war Elias, der mir antwortete: »Die Vorfälle waren damals sehr tragisch. Nachdem Peredur und einige Männer Alchatar verlassen hatten, kehrten sie eines Tages völlig verändert zurück. Sie wollten über Alchatar herrschen. Sie wollten die Strukturen in Alchatar verändern und Peredur zum König bestimmen.

Außerdem wollten sie mehr Schiffe bauen und weitere Länder erobern und beherrschen. Sie sagten, wir seien den Völkern, die sie besucht hatten, weit überlegen, und es sei ein Leichtes, diese zu bezwingen und zu unterwerfen. Es gab große Widerstände gegen diese Pläne, aber einige schlossen sich Peredur auch an. Kurz darauf kam es zum Streit mit entsetzlichen Folgen. Einige Männer verloren ihr Leben. Peredur tötete zwei Männer mit seinem Schwert. Es war das erste Mal, dass ein Bewohner Alchatars von einem anderen getötet worden war. Dies hat eine große Wunde hinterlassen und die Bewohner von Alchatar gespalten. Die Mehrheit verurteilte Peredur für seine Tat, aber einige stellten sich auf seine Seite. Der Rat der Weisen, bei dem einer der Ältesten aus dem Volk der Heiler den Vorsitz hielt, entschied schließlich, Peredur und einige weitere Männer zu verbannen.

Man hoffte, dass er in der Abgeschiedenheit der Einöde das schöne Leben auf Alchatar wieder schätzen lernen würde und zur Besinnung käme. Aber wir haben damals einen großen Fehler damit gemacht, dass wir ihn wegschickten. Es hat seinen Zorn, seinen Hass und seine Gier nur geschürt. Außerdem konnten wir nicht vorhersehen, welche schlimmen Geschehnisse diese Entscheidung noch nach sich ziehen würde.

Peredur hatte damals eine Gefährtin, Leona, seine große Liebe. Nachdem Peredur die Männer getötet hatte und verbannt worden war, verfiel Leona in große Verzweiflung. Der Tod der Männer, die Verbannung und die starke Liebe zu Peredur warfen sie in einen unüberwindbaren Zwiespalt, an dem sie schließlich zerbrach. Vor Peredur und unser aller Augen stürzte sie sich ins Meer. Peredur war außer sich vor Schmerz. Wir wussten, er würde diesen Verlust nie überwinden.

Voller Hass und Zorn flüchtete er sich in die Verbannung und wollte niemanden mehr sehen. An diesem Tag schwor er uns Rache. Er sagte uns, dass er eines Tages zurückkehren und sich bitter rächen werde. Wir haben ihn damals ziehen lassen. Heute weiß ich, dass das falsch war. Wie du siehst, Darius, sind wir nicht ganz unschuldig an den Entwicklungen auf Alchatar.«

Gespannt lauschte ich dieser bewegenden Geschichte. Nun verstand ich den Schmerz und den Hass in Peredurs Augen. Ich begriff, was er mir gesagt hatte, und einen Moment lang hatte ich auch Mitgefühl mit ihm. Dennoch sah ich, wie falsch der Weg war, den er gewählt hatte, und wusste, dass wir ihn aufhalten mussten. Sein Leid würde nicht getilgt werden, wenn er diesen Menschen hier nur noch mehr Leid zufügte.

»Langsam schließt sich der Kreis«, sagte Samara lächelnd.

»Ich habe noch eine Frage, wer sind die Norul?« Elias und Anthemion hatten den Namen in ihrem Gespräch erwähnt. Es hieß, dass sie nun Peredur statt dem Volk der Krieger helfen würden.

»Die Norul sind ein Volk, das in der Steppe lebt. Sie sind Jäger, und außer unserem Volk gehören sie zu den wenigen Stämmen, in denen auch die Kampfkunst gelehrt wird. Sie reiten auf Elefanten und sind geschickte Meister mit Pfeil und Bogen. Wir hatten auf ihre Hilfe gehofft. Ich weiß nicht, warum sie sich nun Peredur angeschlossen haben. Das ist sehr schlecht für uns. Sie sind stark und stellen eine große Gefahr dar.«

»Du hast keine Ahnung, warum sie Peredur folgen?«

»Nein. Wir waren von jeher mit den Norul befreundet. Wir hatten jedoch in den letzten Jahren keinen Kontakt mehr zu ihnen. Das war aber nichts Außergewöhnliches. Sie leben sehr abgeschieden und verlassen ihre Region nur äußerst selten. Auch deshalb verstehe ich nicht, warum sie nun hierher reisen, um uns anzugreifen. Anthemion hat gestern nach langem Zögern zwei Männer zu ihnen geschickt, um zu erfahren, was ihre Beweggründe sind. Er hat die Hoffnung, sie noch umstimmen zu können. Gleichzeitig befürchtet er aber, dass auch diese Männer nicht wieder zurückkehren werden. Daher hat er mit seiner Entscheidung lange gehadert.«

Elias atmete tief ein. »Darius, es ist so schade, dass wir uns unter diesen Umständen kennengelernt haben und du Alchatar in seiner dunkelsten Zeit erlebst. Lange war dies ein friedlicher und freudiger Ort. Ich hoffe, er wird es eines Tages wieder werden. Aber nach dem, was geschehen ist und noch geschehen wird, wird nichts mehr so sein, wie es war. Die Vorkommnisse haben tiefe Wunden hinterlassen, die lange Zeit zum Heilen brauchen werden.«

Wir saßen an jenem Abend noch eine Weile schweigend zusammen. Die Stimmung war schwer. Niemand wusste, was uns wirklich erwartete.

Am nächsten Tag übte Aljocha mit mir. Elias bereitete die Männer vor. Schnell bemerkte Aljocha, dass ich noch nie zuvor mit dem Schwert trainiert hatte, doch er sagte nichts. Geduldig zeigte er mir die Haltung und verschiedene Bewegungen. Er war ein geduldiger Lehrer und wiederholte mit mir die Techniken immer wieder. Diese Grundlagen stammten wohl aus dem Unterricht der Kinder. Wahrscheinlich machte Aljocha die gleichen Übungen derzeit zu Hause mit seinem Sohn Linos.

Dennoch schien ihn die Tatsache, dass ich nicht kämpfen konnte, nur für einen kurzen Moment zu verwirren, an seinem Glauben an mich änderte es nichts.

Wir übten in den Morgenstunden, wieder in demselben Innenhof, in dem ich schon mit Elias trainiert hatte. Als die Sonne weit nach oben geklettert war und über unseren Köpfen stand, beendeten wir das Training und kehrten zurück.

Wir kamen rechtzeitig zu der großen Versammlung, die Anthemion am vorigen Tag einberufen hatte. Mittlerweile waren noch mehr Menschen gekommen, und der große Platz war überfüllt. Wir stellten uns wieder auf die unteren Treppenstufen vor dem großen Gebäude und warteten. Beim letzten Mal war ich sehr froh darüber gewesen, dass Anthemion es in Anbetracht der Lage versäumt hatte, mich vorzustellen. Ich fragte mich, ob Elias dies nun nachholen würde. Samara stand bereits auf der Treppe und unterhielt sich mit zwei Heilerinnen, eine von ihnen war Nijma. Sogleich erkannte ich die Frau, die mich nach meiner Ankunft in Hogena geheilt hatte, und grüßte sie freundlich.

Schon nach wenigen Augenblicken traten Elias und Anthemion aus dem Gebäude heraus und gingen einige Treppenstufen hinab, bis sie schließlich auf den breiten Treppenstufen stehen blieben und sich der Menge zuwandten. Seitdem sie aufgetaucht waren, war eine beinahe gespenstische Ruhe eingekehrt. Gespannt blickten die Menschen zu ihnen hinauf und warteten auf die Ansprache.

Elias ergriff das Wort: »Anthemion bat mich, heute mit euch zu sprechen. Zunächst muss ich euch mitteilen, dass Peredur mit einem Heer von über tausend Mann auf dem Weg zu uns ist.«

Ein Raunen ging durch die Menge und sofort brach wieder Tumult aus. Hektisch und aufgebracht begannen die Frauen und Männer sich zu unterhalten.

»Beruhigt Euch!!! Beruhigt Euch und hört mich an!«, rief Elias. Er eilte die Treppenstufen hinunter zu mir und forderte mich auf, ihm nach oben zu folgen. Zögerlich ging ich die Treppenstufen hinauf und drehte mich um. Von hier oben konnte man den gesamten Platz überblicken und erkennen, wie viele Menschen gekommen waren. Angespannt stand ich dort und blickte auf das Meer aus bunten Kleidern und großen blauen Augen nieder, die mich fragend ansahen und warteten. Schon auf dem Weg die Treppen hinauf hatte ich bemerkt, dass es schnell wieder ganz still auf dem Platz geworden war. Nun, da Elias und ich hier oben angekommen waren, war kein Laut mehr zu vernehmen.

»Dieser Mann kam aus der Fremde zu uns. Er wurde verfolgt, gejagt und wochenlang in ein Verlies gesperrt. Bis vor wenigen Tagen hatte er keinerlei Kampfausbildung oder Erfahrung im Umgang mit dem Schwert. Und dennoch wird er in zwei Tagen mit uns hinausreiten und an unserer Seite mit uns kämpfen. Es ist wahr, Peredur hat eine Übermacht geschaffen, aber er greift uns nur aus Gier und Rache an. Wir jedoch kämpfen für unser Recht auf Freiheit und Frieden. Wir haben keine andere Wahl als die, uns ihm entgegenzustellen. Oder wollt ihr ein Leben in Unterdrückung und Angst? Alchatar ist ein Ort des Friedens, der Liebe und der Freude. Wir können nicht zulassen, dass er all das vernichtet. Er hat schon zu viel davon zerstört.

Lasst uns nicht davonrennen und uns verstecken, sondern der Gefahr entgegentreten und uns ihr stellen, Seite an Seite, und wir werden sie bezwingen! Wir werden Alchatar wieder zurückgewinnen und aufbauen, so wie wir es kannten, wie es von jeher war!«

Für einen Moment herrschte Stille, dann begannen einige eine Art Schlachtruf zu murmeln, der langsam lauter wurde. Immer mehr stimmten ein, bis die Menschen ihn laut riefen und er durch die ganze Stadt schallte.

Elias schrie laut in die Menge: »Wir werden kämpfen und wir werden siegen!«

Ich stand neben ihm und blickte hinab zu den Menschen. Bis heute kann ich nicht beschreiben, wie ich mich damals fühlte. Es war überwältigend, euphorisch und entsetzlich zugleich.

Den Rest des Tages verbrachte ich in dem Innenhof nahe den Stallungen und übte fleißig. Ich wollte mich so gut wie möglich vorbereiten, wenn ich mir auch bewusst war, dass meine Fähigkeiten längst noch nicht für einen direkten Kampf ausreichen würden.

Am Abend kam Samara zu mir. Wir gingen in einen großen Innenhof. Es war ein schön angelegter Garten mit einigen Bäumen, bunten Blumen und einem Brunnen in der Mitte. Wir setzten uns zusammen unter einen der Bäume.

»Du hast in den letzten Tagen sehr viel über dieses Land erfahren, dennoch sehe ich dir an, dass du noch viele Fragen hast. Ich habe dir versprochen, Antworten zu geben. Was willst du wissen?«

Ich überlegte kurz und fragte zunächst: »Wer ist Iolanthe? Kennst du sie?«

Diese Frau hatte für mich so viel Dunkelheit, Boshaftigkeit und Macht ausgestrahlt. Ich wollte wissen, wer sie war. Außerdem erinnerte ich mich an Samaras Gesichtsausdruck, als ich von Iolanthe erzählt hatte. Ich hatte gespürt, dass sie sie kannte und dass es irgendetwas mit ihr auf sich hatte.

Samara schwieg einen Moment lang, dann nickte sie und begann zu erzählen. »Es ist schwer zu glauben, aber einst war Iolanthe eine von uns.«

»Du hast gesagt, sie war auch Heilerin. Aber ich kann mir nicht vorstellen, dass sie einst so war wie du«, sagte ich überrascht.

»Ja, Iolanthe stammt aus dem Volk der Heiler. Sie war eine der herausragenden Heilerinnen und hat mit den Jahren sehr vielen Menschen geholfen. Schon als Kind verstand sie es, sich mit der Quelle des Lichts zu vereinen und es weiterzugeben. Ich erinnere mich noch sehr gut an sie. Sie ist nur wenige Jahre älter als ich. Sie war eine unvorstellbar schöne Frau, dessen war sie sich auch bewusst. Viele der Männer aus ihrem Volk umschwärmten sie und die Frauen bewunderten sie für ihre Schönheit und Kraft. Du musst wissen, sie ist die Tochter von Ava.«

Gespannt folgte ich Samaras Erzählung, nun unterbrach ich sie erstaunt: »Avas Tochter? Aber sie war so voller Dunkelheit und Hass. Wie kann das sein? Warum ist sie so geworden, wie sie jetzt ist? Was ist geschehen?«

»Ich habe dir erzählt, dass die Heiler sich nicht mit Menschen aus dem Volk der Krieger verbinden.«

»Ja, oder sie verlieren so wie du ihre Kräfte.«

»Ich bin nicht die erste Frau aus unserem Volk, die ihr Herz einem Krieger schenkte. Damals war es Iolanthe, die sich in einen Mann aus dem Volk der Krieger verliebte. Er hieß Jasnos. Sie hatte nur Augen für ihn und wollte mit ihm leben. Jasnos war ein guter Mann und er liebte Iolanthe über alles. Dennoch wollte Ava nicht in die Verbindung einwilligen. Zu schlimm war das Schicksal, das sie erahnte. Auch war Iolanthe nicht bereit, ihre Kräfte abzugeben. Sie wollte mit Janos an der Quelle des Lichts leben und begehrte gegen die alten Regeln und Traditionen der Heiler auf. Ava erklärte ihr, dass das nicht möglich sei, und versuchte sie umzustimmen.

Darius, du musst wissen, es ist keine Strafe, dass ich als Heilerin meine Kräfte verlor, als ich mein Herz Elias schenkte. Ich habe mich für einen anderen Weg entschieden. Als Trägerin des Lichts lebte ich im Einklang mit der Natur. Es war ein Leben ohne Ängste oder Begehren. Ich sah den Fluss des Lebens, fürchtete weder Tod noch Krankheit, widmete mein Leben der Aufgabe, anderen Menschen zu helfen und sie an der Kraft des Lichts teilhaben zu lassen. Nun aber hat sich alles verändert. Mein Wunsch ist es, mit Elias zu sein, meine Liebe galt ihm und ich habe Angst, sehr große Angst davor, ihn zu verlieren. Gerade in diesen schweren Zeiten fürchte ich, ihn zu früh loslassen zu müssen. Wie du siehst, hat sich dadurch für mich alles verändert.

Und so war es einst auch bei Iolanthe. Nur verließ sie unsere Gemeinschaft im Zorn. Sie konnte nicht begreifen, dass sie nicht gemeinsam mit einem Krieger im Tal der Heiler leben konnte. Ava war damals sehr betrübt darüber. Iolanthe lebte einige Zeit mit Jasnos und sie waren sehr glücklich, wie ich gehört habe. Uns Heilern kehrte sie jedoch den Rücken zu. Schon damals hatten wir sie verloren. Dennoch glaubte ich, sie hätte ihr Glück gefunden, und freute mich für sie. Dann kehrten Peredur und die Männer von der besagten Schiffsreise zurück, von der ich dir zu Beginn erzählt habe. Sie waren voller Habgier und Neid und wollten Alchatar regieren. Jasnos wandte sich gegen sie. Er konnte nicht glauben, was sie vorhatten und wie sie sich verändert hatten. Einige der Männer waren einst seine

Freunde gewesen. Als sie damals Anthalatta besetzen wollten, stellte er sich ihnen in den Weg. Und es kam schließlich zu einem Gefecht zwischen ihm und Peredur. Jasnos war der erste, der in Alchatar von einem anderen getötet wurde. Iolanthe war verzweifelt. Da sie ihre Kräfte verloren hatte, konnte sie ihn nicht heilen und musste mit ansehen, wie er starb. Als wir zu ihr eilten, war es schon zu spät. Jasnos war tot.

Iolanthe zog sich zurück in die Berge, sie wollte mit keinem Menschen sprechen. Zu groß war ihr Schmerz damals über den Tod ihres geliebten Gefährten. Sie war am Boden zerstört. Ava und ich suchten sie nach einiger Zeit auf. Ich weiß noch, ich erkannte sie kaum wieder. Sie war zerfressen von Kummer und Zorn. Wir versuchten ihr Trost zu spenden und sie zurück nach Hause zu holen. Liebevoll sprach Ava mit ihr und bot ihr an, ihr Leiden zu lindern. Doch ihre Wut und ihr Hass richteten sich gegen uns. Sie gab nicht Peredur und seinen Männern die Schuld für Jasnos' Tod, sondern uns. Ihre Gedanken kreisten immer wieder darum, dass sie ihre Kräfte verloren hatte und ihn deshalb nicht hatte retten können. Sie machte sich selbst auch große Vorwürfe und war voller Schuldgefühle. Sie hasste Ava dafür, dass sie mit Jasnos nicht im Tal der Heiler hatte bleiben dürfen. Denn dann hätte diese Tragödie wohl nie stattgefunden. Wir versuchten eine Weile, zu ihr durchzudringen, doch sie war geblendet von ihrem Schmerz und Hass.

Ich sehe heute noch die Augen vor mir, so kalt und leer, als wäre sie damals mit Janos gestorben. Ein Teil von ihr ist es wohl auch. Iolanthe konnte ihn nicht loslassen und sah keine Zukunft mehr für sich. Das Einzige, das sie noch am Leben hielt, waren ihre Wut und ihr Hass. Nach vielen Versuchen gaben wir schließlich auf und verließen sie. Ich glaube, so traurig habe ich Ava zuvor noch nie gesehen. Ich bin Iolanthe seither nicht mehr begegnet. Aber ich hörte, dass sie auf den Berg in die Höhle von Tarah gegangen war, um sich mit der Quelle der dunklen Macht zu verbinden. Dass sie sich mit Peredur verbündet, hätte ich niemals für möglich gehalten, da er es war, der Jasnos den Tod brachte und ihre Liebe zerstörte.«

Samara hatte ihre Geschichte beendet, und ich starrte sie voller Erstaunen an. Ich dachte daran, wie Iolanthe mich angeschaut hatte, und ein eiskalter Schauer lief mir über den Rücken. Ich erinnerte mich an die Kälte und Leere in ihrem Blick. Nun kannte ich den Grund.

Ich dachte auch an Elias' und Samaras Verbindung und an Avas traurigen, unheilvollen Blick an jenem Tag. Würde Samara das gleiche Schicksal widerfahren? Wäre es möglich, dass eine Frau wie Samara ihre Hoffnung und Lebensfreude verliert und der Verbitterung und dem Hass verfällt?

Samara lächelte mich an. »Ich weiß, was du jetzt denkst. Ich bin nicht Iolanthe und Elias ist nicht Jasnos. Elias ist ein guter Krieger. Ich vertraue darauf, dass er überlebt, und vor allem, dass wir diese Schlacht gewinnen. Andernfalls sind wir verloren.«

DER TAG DER PROPHEZEIUNG

Der letzte Tag vor der großen Schlacht war gekommen. Noch waren jene Krieger, die zum Volk der Norul geritten waren, nicht wieder zurückgekehrt. Und so wussten wir nicht, ob dieses Volk uns am morgigen Tag gemeinsam mit Peredur angreifen würde oder ob es, so wie es lange Zeit vereinbart gewesen war, uns zu Hilfe eilen würde. In der Stadt war es heute sehr ruhig, alle Vorbereitungen waren getroffen, und die Menschen hatten sich in ihre Häuser zurückgezogen. Trotz der Stille und Ruhe spürte ich die Anspannung und Sorge, die sich wie ein Mantel über die ganze Stadt gelegt hatte. Diese Stille beunruhigte mich, denn ich wusste, es war die Stille vor dem Sturm.

Im Morgengrauen hatten Späher in der Ferne bereits die ersten Truppen entdeckt, die sich langsam der Stadt näherten. In der Dunkelheit der Nacht würden sie uns erreichen, bei Sonnenaufgang würden wir ihnen entgegentreten und das Schicksal würde seinen Lauf nehmen.

Nachdenklich saß ich auf den Treppenstufen vor dem großen, menschenleeren Platz und blickte hinunter. Ich trug mein Schwert bei mir. Das Metall der scharfen Klinge glänzte silbrig in der Sonne. Morgen würde ich mit diesem Schwert kämpfen, es gegen andere Menschen einsetzen, in der Absicht, diese zu verletzen oder gar zu töten, und, waren sie uns auch feindlich gesinnt, so würde ich doch dadurch zum Mörder werden. Ich wusste nicht, was mich am morgigen Tag wirklich erwartete, doch befürchtete ich, dass ich ihn wahrscheinlich nicht überleben würde.

Plötzlich spürte ich eine Hand auf meiner Schulter. Ich drehte mich um und erkannte Elias. So in Gedanken versunken hatte ich nicht bemerkt, wie er sich mir genähert hatte. Elias setzte sich neben mich, sprach jedoch kein Wort. Schweigend saßen wir dort und blickten die Stufen hinunter, wartend auf die große Schlacht, wohl wissend, dass, was immer auch geschehen würde, nach dem morgigen Tag nichts mehr so sein würde wie zuvor.

In der Nacht fand ich lange Zeit keinen Schlaf, zu aufgewühlt war ich, zu schnell kreisten meine Gedanken. Als ich endlich in den Schlaf sank, erschien mir Ava. Sie saß an meinem Bett und legte ihre Hand auf meine, sanft leuchtete ihre Gestalt in der Dunkelheit, voller Liebe strahlte ihr Gesicht.

»Warum bist du hier?«

Sie lächelte. »Ich bin gekommen, um dir etwas Wichtiges zu sagen, das du nicht vergessen darfst. Glaube an dich, Darius! Glaube an die Kraft tief in dir! Selbst wenn alles verloren scheint, ist die Rettung doch so nah.«

Mehr sagte sie nicht, und ehe ich sie fragen konnte, was dies bedeutete, war sie auch schon wieder verschwunden. Ich erwachte und schlug die Augen auf. Verwirrt blickte ich mich um. Niemand war in meinem Zimmer. Ich erinnerte mich an Avas Worte: »Glaube an dich! Selbst wenn alles verloren scheint, ist die Rettung doch so nah.«

Ich spürte, dass in ihren Worten eine große Bedeutung, eine tiefe Wahrheit lag, auch wenn ich sie zu diesem Zeitpunkt noch nicht recht verstand.

Und dann war der Moment gekommen: Ich saß auf Armenia, einen silbernen Brustpanzer angelegt, ein Schwert in der einen Hand, ein Schild in der anderen.

Mein Herz raste, die Beine zitterten. Wir standen umgeben von der Dunkelheit der Nacht und warteten. Ich drehte mich um. Hinter uns kletterte die Sonne über den Hügel, die ersten Sonnenstrahlen blitzten über den Rand des Hügelkamms und fielen auf die Stadt. Das große Tor der Stadt war verschlossen und die Menschen hatten sich im Schutz der hohen Stadtmauern verschanzt, voller Hoffnung und Glauben, dass wir erfolgreich sein würden, und doch auch voller Angst, was geschehen möge, falls wir es nicht schafften. Sie warteten darauf, welches Schicksal ihnen nach dieser Schlacht zuteilwerden würde. Diesem tatenlosen, endlosen Warten hatte ich mich entzogen. Doch wusste ich nun, da ich unserem Feind gegenüberstand, nicht mehr, ob diese Wahl die rechte war.

Durch die Finsternis ertönte das laute Brüllen unserer Gegner und die dumpfen Schläge ihrer Sperre. Im Gleichtakt schlugen sie diese auf den Boden, so dass die Erde erbebte. Schon seit Stunden taten sie dies in der Absicht, uns ihre Übermacht spüren zu lassen und uns einzuschüchtern. Und ich spürte meine Angst immer deutlicher, sie lähmte mich nahezu.

Dann, als das Licht über die Zinnen geklettert war, galoppierten wir los. Augenblicklich herrschte Stille, und diese zehrte mehr an mir als das laute Brüllen und die dumpfen Schläge.

Mit der Sonne im Rücken, Seite an Seite, ritten wir unseren Gegnern entgegen und nutzten das helle Licht dieses frühen Morgens, das in diesem Augenblick unsere Gegner blendete. Obwohl wir ihnen entgegenrasten, hatte ich beinah das Gefühl, als würde die Zeit stillstehen. Im Licht des Morgens erkannte ich die gigantischen Ausmaße des Heeres, das uns gegenüberstand, ein Meer von Rüstungen, Speeren und spitzen Schwertern erwartete uns. Standhaft standen sie vor uns, bereit zu töten, was immer sich ihnen in den Weg stellte. Ich spürte die kraftvollen Bewegungen meines Pferdes und hörte mein Blut in den Ohren rauschen.

In der plötzlichen Stille war nur das gleichmäßige Schlagen der Hufe und das rhythmische Schnauben der Pferde zu hören. Es war so, als halte die Welt den Atem an. Sämtliche Gedanken, all meine Furcht, meine Ängste, meine Zweifel, mein Mut, meine Hoffnung, mein Glaube und mein Vertrauen rasten durch meinen Kopf, wühlten mein Innerstes bis in die Tiefe hinein auf, ließen meinen Atem stocken und mich nach Luft ringen.

Dann prallte die erste Front der Reiter aufeinander und binnen weniger Sekunden fand ich mich in einem Gewirr aus Pferden, Schwertern und Speeren wieder. Panisch schlug ich mit dem Schwert um mich und duckte mich dabei unter mein Schild. Es war so eng, dass das Pferd kaum Platz hatte zu wenden. Um mich herum war ein ohrenbetäubender Lärm, gemischt aus dem lauten Klirren der Schwerter, dem hektischen Wiehern der Pferde und dem Kampfgebrüll der Krieger. Ich war wie benommen, alles erschien mir wie ein Alptraum.

Das Chaos tobte um mich herum. Ich konnte kaum erkennen, wer Freund und wer Feind war, voller Panik hielt ich mich unter dem Schild geduckt und versuchte verzweifelt die angreifenden Hiebe abzuwehren. Ich war voller Entsetzen, Panik und Todesangst. Unter meinem Schild konnte ich nicht viel sehen, aber das Ausmaß dieser Schlacht musste fürchterlich sein.

Dann plötzlich traf mich völlig unerwartet ein Schlag, mit großer Wucht prallte etwas gegen meinen Schild und stieß mich nach hinten. Ich verlor sofort den

Halt und stürzte rücklings vom Pferd. Alles geschah so unglaublich schnell. Ich schlug hart auf dem Boden auf, die Wucht raubte mir den Atem, und ich lag einen Moment lang starr auf dem Rücken und rang nach Luft. Da war auch schon das erste Pferd über mir. Panisch wich ich den trampelnden Hufen aus.

Ich drehte mich keuchend auf die Seite und kniete mich auf den Boden. Während ich weiter panisch nach Luft schnappte, kroch ich ziellos durch einen Wust aus Beinen und Hufen über den Boden. Ich wusste nicht, was ich tun sollte. Um mich herum lagen die Körper bereits gefallender Krieger, manche von ihnen schienen bereits tot zu sein, andere drehten sich mit schmerzerfülltem Gesicht zu mir um oder versuchten mich festzuhalten.

Als ich mich mühsam aufrappelte und vorsichtig aufstand, sauste ein Schwert dicht über meinem Kopf nieder und ich duckte mich schnell. Voller Todesangst, entweder niedergetrampelt oder erschlagen zu werden, robbte ich mich vorwärts.

Da hörte ich über mir eine laute Stimme: »Der Fremde! Der Fremde ist hier!«

Schnell wurde ich zum Gejagten. Von allen Seiten versuchten die Männer, sich auf mich zu stürzen, die Krieger bemühten sich dabei mit aller Kraft, sie abzuwehren und mich zu schützen.

Einer zügelte sein Pferd und versuchte mir hinaufzuhelfen, hektisch wollte ich mich zu ihm hinaufziehen, doch er wurde getroffen. Sein Pferd bäumte sich auf und ich fiel wieder zu Boden und schlug mit dem Gesicht auf. Bei dem Sturz spürte ich, wie sich die Kette mit der Phiole, die Ava mir einst im Tal der Heiler gegeben hatte, im Sattel verfing und auseinanderriss.

Als ich wieder aufblickte, stand er bereits vor mir: Peredur. Er war den Rufen gefolgt und hatte mich gefunden. Er sprang vom Pferd und kam auf mich zu. Hastig rappelte ich mich auf und streckte ihm mein Schwert entgegen, meinen Schild hatte ich bereits beim ersten Sturz verloren. Ich tastete nervös meinen Hals ab, aber ich konnte die Kette nicht fühlen.

Peredur lachte: »Suchst du das hier?« Er bückte sich und hob die Phiole auf. »Das hilft dir nun nicht mehr. Jetzt gibt es nur noch dich und mich!«

Achtlos warf er die Kette weg und kam weiter auf mich zu. Er blickte auf mein kleines, zierliches Schwert, das ich ihm zitternd entgegenhielt. »Mit diesem Schwert willst du mich angreifen?«

Mein Herz raste und mein Körper zitterte vor Aufregung.

Dicht vor mir blieb Peredur stehen. »So sehen wir uns wieder. Dieses Mal jedoch wirst du die Begegnung nicht überleben, Fremdling! Du hättest besser auf meine Worte hören sollen, dann müsstest du heute nicht sterben!«

Ich nahm all meinen Mut und all meine Kraft zusammen und stürzte mich mit dem Schwert auf ihn. Mit einem einzigen kraftvollen Hieb schlug er mir das Schwert aus der Hand, ein beißender Schmerz schoss durch meinen Arm. Nun stand ich Peredur vollkommen unbewaffnet gegenüber.

Peredur lachte wieder: »Dies also ist der große Fremde, der wahre Auserwählte, der Retter unseres Geschlechts? Ich sehe nur einen unerfahrenen, kleinen Krieger mit dem Schwert eines Jünglings! Es erscheint fast zu leicht. Sodann Fremder, mach dich bereit zu sterben!«

Hilfe suchend blickte ich mich um. Peredurs Männer

hielten die Krieger zurück, und ich erkannte, dass mir dieses Mal niemand zu Hilfe eilen würde. Angsterfüllt wich ich vor Peredur zurück und starrte dabei in seine hasserfüllten, durchdringenden Augen. Ich stolperte dabei rückwärts über einen Krieger, der am Boden lag und fiel auf den Rücken. Schnell wollte ich wieder aufstehen, doch da spürte ich die spitze Klinge von Peredurs Schwert schon auf meiner Brust.

Er stand über mir und blickte mich entschlossen an. »Der Zeitpunkt ist gekommen. Du hast dich auf die falsche Seite gestellt. Nun bezahlst du diese Wahl mit dem Leben und mit dir stirbt auch die Prophezeiung, denn eine neue Ära bricht an, die Ära des Königs!«

Er hob sein Schwert für den tödlichen Stoß. In diesem Augenblick war ich überzeugt davon, dass ich nun sterben würde, und im Bruchteil einer Sekunde zog mein Leben an mir vorbei. Rasch erschienen die Bilder vor meinem inneren Auge, mein früheres Leben, meine Ankunft auf Alchatar, Anthalatta, die goldene Stadt am Meer, der alte Fährmann, Samara, Elias, die Höhle von Tarah, Ava, das Tal der Heiler, der düstere Kerker, Iolanthe, die Stadt der Krieger, Aljocha und Elenor. Oh Elenor! Wie gerne hätte ich sie wiedergesehen und ihr meine Liebe gestanden! Sollte es wirklich so enden? War alles verloren? Würde das Böse am Ende tatsächlich siegen? Hatte ich versagt und war Alchatar dem Untergang geweiht? Ich hörte Avas Stimme: »Glaube an dich, Darius! Glaube an die Kraft tief in dir! Selbst wenn alles verloren scheint, ist die Rettung doch so nah!«

Plötzlich spürte ich etwas an meiner Seite. Intuitiv griff ich danach und ertastete den Knauf eines Schwertes. Ohne nachzudenken umfasste ich den Knauf, zog das Schwert mit einem Ruck hoch und stieß es mit aller Kraft, die ich hatte, in Peredurs Brust. Ich spürte, wie die scharfe Klinge in ihn glitt. Erschrocken ließ ich den Knauf los. Peredur stand mir gegenüber, das Schwert in seiner Brust. Er starrte mich entsetzt an und sah dann entgeistert an sich herunter.

Es schien, als wolle er etwas sagen, er bewegte seine Lippen, aber nur ein leiser Laut entwich seinem Mund. Er ließ sein Schwert fallen und starrte mich entsetzt an. Dann fiel er nach vorne auf mich zu. Ich versuchte noch zur Seite auszuweichen, doch er stürzte schon auf mich und begrub mich unter sich. Wie unter Schock lag ich unter ihm und konnte mich nicht bewegen. Ich bekam kaum Luft unter dem schweren Körper, und der Knauf des Schwertes stach mir schmerzhaft in die Brust. Mühsam konnte ich mich befreien und unter ihm hervorrobben. Ich war voller Blut und zitterte am ganzen Körper. Der Kampf tobte noch weiter, doch die Männer um uns herum starrten ungläubig auf mich und Peredur, der tot neben mir am Boden lag.

Dann schrie einer der Krieger laut: »Der Fremde hat Peredur getötet! Der Fremde hat Peredur getötet!«

Wie ein Lauffeuer verbreitete sich die Nachricht, und die Kämpfenden hielten nach und nach inne. Es wurde ruhiger und die ersten unserer Gegner blickten verunsichert zurück.

Da galoppierte plötzlich Korush auf uns zu und rief: »Hört mich an! Der Kampf ist noch nicht verloren! Wir sind in der Übermacht, wir werden heute siegen, auch ohne Peredur! Kämpft! Lasst seinen Tod nicht umsonst gewesen sein. Kämpft!!!«

In diesem Augenblick ertönte ein Horn und ich blickte den Hügel hinauf. Dort oben erkannte ich zwei Krieger auf ihren Pferden, hinter ihnen war eine Schar von Männern. Sie saßen auf großen weißen Elefanten und hielten ihre Bogen gespannt, wartend und entschlossen, in das Geschehen einzugreifen. Das Volk der Norul! Sie waren gekommen, um uns zu helfen! Sie waren tatsächlich gekommen!

Die Horde der riesigen Elefanten erstreckte sich über den langen Hügelkamm, beeindruckend und übermächtig standen sie dort oben vor der aufgehenden Sonne, bereit, uns zu Hilfe zu eilen und für Alchatar zu kämpfen.

Sie kamen genau im rechten Moment: Die Schlacht war ins Stocken geraten, alles stand auf Messers Schneide. Peredurs Männer waren zunehmend verunsichert, einige unserer Gegner wendeten ihre Pferde und galoppierten davon, schnell folgten ihnen weitere, und nach und nach verbreitete sich die Angst wie eine ansteckende Krankheit unter unseren Feinden. Dann ergriffen plötzlich alle voller Panik die Flucht.

Nur Korush rief weiter verzweifelt: »Nein!!! Lauft nicht davon! Kämpft! Noch ist nichts verloren! Kämpft!!!« Als er begriff, dass er die Männer nicht aufhalten konnte, folgte auch er ihnen. Zuvor drehte er sich jedoch noch zu mir um: »Es ist noch nicht vorbei!«

Dann galoppierte er davon. Keiner der Krieger verfolgte sie, sie ließen sie ziehen. Erschöpft sank ich auf die Knie. Die Krieger jubelten über ihren Sieg. Ich weinte und lachte gleichzeitig. Voller Entsetzen und Erschöpfung und auch voller Erleichterung und Freude ließ ich mich nach vorne sinken und grub mein Gesicht ins Gras.

Es war vorbei!

Es war vorbei, und ich hatte überlebt!

Elias kniete sich neben mich und bückte sich zu mir herunter. »Darius? Geht es dir gut?«

Ich hob meinen Kopf und richtete mich auf. »Ich bin

zäher, als ich aussehe!«, antwortete ich keuchend.

»Du hast das Unmögliche möglich gemacht, mein Freund! Du hast ihn bezwungen, es ist ein Wunder …«

Plötzlich schaute Elias auf meine Brust. »Du bist verletzt, du brauchst dringend Hilfe!«

»Nein, das ist nicht mein Blut, es ist von Peredur. Es ist sein Blut, das an mir klebt.« Ich schaute an mir herunter und betrachtete meine blutbeschmierte Kleidung, da sah ich eine klaffende Wunde unter meinen Rippen. Irgendwann musste ich getroffen worden sein, ohne es bemerkt zu haben. Geschockt sah ich auf den blutenden Riss.

»Hast du Kraft aufzustehen, Darius?«

Ich konnte ihm nicht antworten, es fühlte sich an, als legte sich ein Schleier über mich. Nur noch verschwommen sah ich Elias vor mir, seine Stimme wurde immer leiser. Stattdessen hörte ich meinen eigenen Herzschlag immer lauter, das Blut rauschte durch meine Ohren, mein Atem wurde schneller, schließlich wurde es finster um mich herum und ich kippte nach hinten. Ich lag auf dem Boden und hörte dumpfe Stimmen. Dann spürte ich, wie man mich anhob und auf ein Pferd legte.

ELENOR – EIN NEUER ANFANG

Ich lag in einem Bett, benommen spürte ich den weichen Stoff unter mir. Jemand betupfte meine Wunde. Ich versuchte die Augen zu öffnen, aber mir fehlte die Kraft dazu. Dann fühlte ich eine zarte, warme Hand auf meiner Stirn, und ein wohliges Gefühl durchströmte meinen Körper. Ich atmete langsam tief ein und genoss die Wärme.

Nach einer Weile öffnete ich die Augen. Neben mir erkannte ich die Umrisse einer Frau, ihr langes blondes Haar fiel über ihre Schultern. Ich bemühte mich, die Augen weiter zu öffnen, um zu erkennen, wer da neben mir saß. »Elenor?« War das möglich, träumte ich oder war ich doch gestorben? »Elenor, bin ich tot?«

»Nein«, antwortete eine sanfte Stimme, »Wenngleich du dem Tod schon sehr nahe warst. Ruhe dich aus! Ich werde dir helfen. Ich werde dich heilen. Schlaf, Darius, schlaf!«, flüsterte sie mir zu.

Sie legte die Hand über meine Augen und kurze Zeit später sank ich in den Schlaf.

Als ich wieder erwachte, war ich allein. Jetzt fühlte ich mich stark und ausgeruht. Ich blickte an mir herunter. Die Verletzung an meiner Seite war fast verschwunden. Hatte ich geträumt? Für einen Moment wusste ich nicht mehr, was passiert war. Behutsam setzte ich mich auf. Ich fühlte mich gut und hatte keinerlei Schmerzen. Ich sah mich um, es war dasselbe Zimmer, in dem ich schon die Tage zuvor gewesen war. Neben dem Bett erblickte ich Kleidung, die man für mich bereitgelegt hatte. Als ich sie anziehen wollte, bemerkte ich die zierliche Kette, die auf der Kleidung lag. Ich nahm sie in die Hand und betrachtete sie: Es war die Kette, die mir Ava gegeben hatte. Die Phiole war unversehrt und die zerbrochenen Glieder der Kette waren repariert worden. Ich musterte das fein verarbeitete Fläschchen, lächelte und legte mir die Kette wieder um den Hals. In all dem Gewirr musste sie jemand entdeckt und zu mir zurückgebracht haben. Das war schon seltsam. Ich spürte die kleine Phiole auf meiner Brust und war froh, dass sie nicht verloren gegangen war. Nach der langen Zeit im Kerker, in der mir ihr Licht Hoffnung und Vertrauen gespendet hatte, fühlte ich mich gut, wenn ich sie trug.

Ich zog mich an und ging hinaus. Nachdem ich niemanden im Gebäude antraf, verließ ich das Haus und ging die Treppe hinunter auf den Platz. Es war sehr still in der Stadt. Ich sah kaum Menschen auf dem Platz und die wenigen, die vorbeikamen, gingen wortlos vorüber.

Langsam überquerte ich den Platz, es war so still wie an jenem Tag vor der Schlacht. Doch diese Stille war nicht voller Anspannung und Furcht, sie war traurig und schwer. Als ich in die Gesichter der Menschen blickte, die mir begegneten, erkannte ich Trauer, von der Freude und Erleichterung über den Sieg war nichts mehr zu spüren. Auf der anderen Seite des Platzes sah ich Samara auf mich zukommen.

Ich ging ihr entgegen. »Warum sind die Menschen so traurig? Ich dachte, wir hätten den Sieg davongetragen«, fragte ich sie.

»Ja, wir haben gesiegt, aber zugleich haben wir auch verloren. Der Kampf war sehr kurz, daher wurden nur wenige verletzt, zahlreiche der Krieger konnten gerettet und geheilt werden, aber manche sind auch gestorben. Viele der Menschen hier haben Freunde, Familienmitglieder oder ihre Liebsten verloren. Die schreckliche Schattenseite der siegreichen Schlacht zeigt sich nun, da wir die Verstorbenen beerdigen. Es sind weit weniger als befürchtet, aber zu viele, um sich über einen Sieg zu freuen.«

Samara atmete tief ein. »Aber wie ich sehe, geht es dir gut, Darius, und du hast dich von deinen Verletzungen erholt. Du bist hier ein Held, denn du warst es, der diese Schlacht so rasch beendet hat.«

Ich senkte den Kopf. »Ich fühle mich nicht wie ein Held. Nie werde ich vergessen, was ich in den Momenten der Schlacht gesehen und gehört habe, das Leid und den Schmerz. Samara, ich trage zwar neue Kleidung, aber das Blut Peredurs klebt weiter an mir. Auch wenn er viel Unheil über Alchatar brachte, so war er doch ein Mensch, so hatte auch er seine Geschichte und viele hier sind nicht ganz unschuldig an den Entwicklungen in Alchatar. Und ich habe ihn getötet. Damit muss ich nun leben. Viele Menschen wurden dadurch gerettet und der Krieg ist vorbei, doch wenn ich die Augen schließe, sehe ich Peredur vor mir, wie er über mir steht mit dem Schwert in seiner Brust und mich ansieht. Und ich fühle mich nicht wie ein Held.«

Samara hatte Tränen in den Augen. »Oh Darius, wir sind dir so dankbar für die Bürde, die du dir auferlegt hast. Auch ich spüre, dass es einen besseren Weg hätte geben müssen als den Kampf. Ich hoffe, nachdem deine körperlichen Wunden nun geheilt sind, möge auch deine Seele eines Tages Heilung finden.«

Plötzlich sah ich in einiger Entfernung eine mir wohlbekannte Gestalt auf dem Platz erscheinen: Es war Elenor. Ungläubig schaute ich hinüber. Samara drehte sich um und folgte meinem Blick.

»Sie ist hier?«, fragte ich erstaunt.

Samara lächelte: »Ja, sie war es, die dich heilte. Erinnerst du dich nicht?«

»Doch ich erinnere mich. Ich dachte jedoch, ich hätte es geträumt.«

Elenor kam auf uns zu. Mein Herz schlug schneller, als ich sah, wie sie sich uns näherte.

Freudig strahlte sie mich an. »Du siehst erholt aus, Darius! Das freut mich sehr!«

Ich räusperte mich. Sie war noch viel schöner und bezaubernder, als ich sie in Erinnerung hatte. Sie strahlte eine solche Herzenswärme und Freude aus!

»Das habe ich dir zu verdanken«, antwortete ich, »danke für meine Heilung!«

Elenor lächelte freudig.

Samara grinste uns beide an: »Ich werde nun Elias aufsuchen, wir sehen uns am Abend wieder. Ihr beide habt euch wahrscheinlich einiges zu erzählen.« Mit diesen Worten verabschiedete sich Samara und ging über den Platz ihrer Wege.

So stand ich Elenor nach dieser langen Zeit nun endlich gegenüber. Oft hatte ich an sie gedacht und überlegt, was ich ihr sagen hätte wollen, falls ich ihr je wieder begegnen würde. Doch nun schaute ich sie wortlos an, und alle Worte schienen ungeeignet in ihrer Gegenwart.

»Ich bin sehr froh, dich wiederzusehen«, sagte Elenor und brach so das Schweigen.

Ich war überrascht. »Warum hast du den weiten Weg hierher gemacht?«

»Ich hörte von einer möglichen Schlacht und spürte, dass meine Kräfte hier gebraucht werden würden.«

Sie hielt einen Moment inne, dann sprach sie leise weiter. »Außerdem hoffte ich, dich hier zu treffen!«

War das möglich? Im ersten Moment konnte ich nicht glauben, was ich da hörte.

»Du bist auch meinetwegen gekommen?«, fragte ich

verblüfft.

Einen Augenblick lang herrschte Stille, dann antwortete Elenor mit leiser, zarter Stimme, sie flüsterte fast: »Bei unserer ersten Begegnung hatten wir keine Zeit uns kennenzulernen, aber ich möchte dich kennenlernen, Darius. Ich bin mir bewusst, unsere Welt, unsere Wahrnehmung muss für dich sehr befremdlich sein, aber als ich dich sah, spürte ich, dass unsere Schicksalswege miteinander verbunden sind und dass wir unsere eigene Geschichte haben. Ich habe dich sehr vermisst, oft war ich in Gedanken bei dir, ich musste dich einfach wiedersehen. Unsere kurze Begegnung hat mein Herz berührt. Wahrscheinlich kannst du mein Gefühl nicht nachvollziehen …«

»Doch, Elenor, das kann ich«, unterbrach ich sie, »denn auch ich habe es damals gefühlt!«

Sie lächelte wieder. Schweigend standen wir uns gegenüber und schauten uns an. Ich verlor mich in ihren großen, blauen Augen.

Den Tag verbrachte ich mit Elenor. In ihrer Gegenwart vergaß ich alles um mich herum, keinen Moment dachte ich daran, was in den vergangenen Tagen geschehen war oder was die Zukunft bringen würde. Ich war genau hier bei ihr, im Hier und Jetzt. Wir unterhielten uns, lachten zusammen und saßen eine lange Zeit einfach nur da und genossen die Gegenwart des anderen. Wir hatten in der Stadt einen kleinen Garten gefunden, der von einer niedrigen Mauer umgeben war. Auf dieser saßen wir und blickten in den Garten. Elenor schaute zu mir herüber und in ihren Augen war so viel Liebe und Wärme, dass es mich tief im Herzen berührte. Ich beugte mich zu ihr und küsste sie. Unsere Lippen berührten sich sanft. Dann nahm ich ihre Hand und hielt sie fest. Ich war zugleich voller Freude und Energie, aber mich durchströmte auch eine tiefe innere Ruhe, wie ich sie nie zuvor erfahren hatte. Die Zeit stand still, die ganze Welt um uns herum verschwand, es gab nur sie und mich.

Obwohl ich nicht wusste, was aus Elenor und mir werden würde, war ich glücklich. Der Garten, die kleine Mauer, Elenor an meiner Seite, das war einer der schönsten Momente in meinem Leben.

Ich spürte deutlich, dass ich mich verändert hatte. Bei meiner ersten Begegnung mit Elenor war ich so unsicher und klein gewesen, nun da ich den Glauben an mich, an meine innere Stärke, gefunden hatte und dieses tiefe Vertrauen in mir spürte, war ich ein anderer geworden. Die vielen Begegnungen der vergangenen Wochen hatten mich fühlen lassen, wer ich wirklich bin, und sie hatten mir auch ein Glücksgefühl und eine Herzenswärme gegeben, die ich zuvor nicht kannte. All diese Liebe, all diese Freude, all dieses Glück und dieses tiefe Vertrauen in mich, in die Welt, in das Leben, all das wollte ich nun mit Elenor teilen.

Noch einen Tag zuvor war ich inmitten eines Schlachtfeldes gewesen und hatte dem Tod ins Auge gesehen, und nun saß ich hier mit der Liebe meines Lebens und genoss den Frieden und das Glück in meinem Herzen. Nie hätte ich gedacht, dass Leid und Glück so nah beieinander liegen können. Es hat mir gezeigt, dass es sich lohnt zu hoffen, denn manchmal geschehen Wunder, und Träume werden wahr.

LAURAS ENTSCHEIDUNG

Nach dem schönen Abend mit Nick hatte ich einen guten Start in die neue Woche. Wir hatten stundenlang in dem Café zusammengesessen und uns unterhalten und viel gelacht.

Ich hatte mich schnell an mein neues Leben gewöhnt, fühlte mich in Lillys Wohnung bald zu Hause, hatte eine riesige Freude mit meinem kleinen Engel Maurice, der während ich schrieb neben mir lag, sich an mich kuschelte und mich zwischendurch immer mal wieder motivierte, mit ihm draußen durch den Wald zu gehen und die herrliche Natur zu genießen. Aber vor allem fühlte es sich fantastisch an, das zu tun, was mein Herz solange begehrt hatte, und das war bei mir das Schreiben.

Ich kam gut mit meinem Roman voran. Es war recht einfach, dauerte aber auch seine Zeit, die Geschichte abzutippen. Dabei ging mir so vieles durch den Kopf und ich hatte solche Freude daran, dass ich auf die Idee kam, meine eigene Geschichte, meine persönlichen Erfahrungen, meinen Umbruch mit dem Leser zu teilen. Ich war so voller Leidenschaft, Mut und Freude, dass ich den Drang verspürte, dies andere Menschen wissen zu lassen. Und so entstand dieses Buch, wie es jetzt ist: die uralte Legende immer im Wechsel und dicht verknüpft mit meiner eigenen Geschichte.

Sie zeigt, dass es auch heute und in unserer Welt möglich ist, seinen Herzenswünschen zu folgen, und dass mancher Stolperstein nicht so schlimm ist, wie er manchmal zunächst aussieht. Ich hoffe, meine Geschichte gibt manchem Leser Mut, wenn er ihn noch braucht.

Ich kann Dir nur sagen, es fühlt sich einfach großartig an, sich aufzumachen und seinen Träumen zu folgen. Auch wenn ich manchmal noch weiche Knie bei dem Gedanken bekomme, was ich hier eigentlich tue und dass ich tatsächlich meine Arbeit und meine Wohnung gekündigt habe.

Besonders mulmig war mir damals vor allem bei dem Gedanken, mich auf Nick einzulassen. Die Angst, verletzt zu werden, war sehr groß, doch der Wunsch nach Liebe war zum Glück stärker. Außerdem fühlte ich mich auch schon anders, ich war so erfüllt und glücklich über mein neues Leben, dass ich die Sache mit Nick, ob sich eine Beziehung oder doch nur eine Freundschaft entwickeln würde, dieses Mal ganz anders anging. Ich lebte mehr und mehr mein Leben und war zum ersten Mal schon alleine glücklich. Die Liebe zu Nick war wie ein Bonus, der mein Glück perfekt machen würde. Ich war nicht mehr so abhängig von seiner Liebe wie in meinen vorigen Beziehungen. Ich hatte mehr den Wunsch, geben zu wollen, statt zu nehmen, statt zu brauchen. Natürlich gab es auch einige Rückschläge oder schwierige Momente.

Ich will nicht sagen, dass es nur einfach ist, sein altes Leben hinter sich zu lassen und sich zu verändern. Teilweise ist es mir sehr schwergefallen, weil ich schnell wieder in alte Muster und Ängste zurückfiel, und es war dann nicht einfach, wieder den Glauben, den Mut, die Zuversicht zurückzugewinnen und der Angst entgegenzutreten. Aber ich kann mit voller Überzeugung sagen, es lohnt sich!

Ein Abend bleibt mir besonders in Erinnerung. Ich hatte fast den ganzen Tag vor dem Rechner gesessen und recherchiert. Bei den unterschiedlichsten Verlagen und in zahlreichen Foren hatte ich nach Informationen über die Veröffentlichung eines Romans gesucht. Was ich gefunden hatte, war ziemlich ernüchternd. Tausende hatten ein eigenes Buch geschrieben und wollten es veröffentlichen. Und ich hatte das Gefühl, bestimmt achtzig Prozent davon hatten einen Fantasyroman verfasst, so wie ich.

Die Informationen der großen Verlage waren ziemlich knapp gehalten und wirkten eher abwimmelnd, so als würden sie der Flut an Manuskripten kaum Herr der Lage werden und die meisten Skripte erst gar nicht lesen.

Auf einer Ratgeberseite sprang mir gleich eine Statistik ins Auge, in der es hieß, dass nur circa jedes tausendste Buch veröffentlicht würde. Nach all diesen niederschmetternden Informationen war ich nun doch sehr verunsichert. Warum sollte gerade ich damit erfolgreich sein? Warum sollte ausgerechnet mein Buch das eine von tausend sein, das veröffentlicht wurde? War die Geschichte so außergewöhnlich oder hatte sie vielleicht nur mich so berührt, weil ich auf eine besondere Weise mit ihr verbunden war?

Zum ersten Mal zweifelte ich an meinen Entscheidungen. Die Flut an negativen Informationen hatte mich regelrecht überrollt und unerwartet getroffen. An diesem Tag konnte ich auch nichts mehr schreiben. Ich war viel zu unruhig und kam immer wieder ins Grübeln.

Plötzlich hatte ich Angst vor meiner eigenen Courage. Auf einmal sah ich, wie viel auf dem Spiel stand und wie viel Sicherheit mir mein alter Arbeitsplatz gegeben hatte. Ich hatte auch noch keinen Nebenjob gefunden, um mich über Wasser zu halten, bis das Buch veröffentlicht war und ich als Buchautorin Geld verdienen würde. Ich hatte zwar erst einmal eine kostenlose Wohnung, aber ich musste einkaufen, mein Auto bezahlen und noch einiges mehr. Ich bekam Panik. Meine Unzufriedenheit in meinem alten Leben, meine Sehnsucht, dem Herzen zu folgen, und mein Vertrauen in mich und die Welt hatte ich in diesem Moment vergessen, zu sehr war ich mit meinen Ängsten und Sorgen beschäftigt.

Ich lenkte mich ab, indem ich mit dem Hund spazieren ging. Doch selbst während ich durch den Wald lief und mit Maurice spielte, hallten die Stimmen meiner Kollegen in meinem Kopf: »Bist du verrückt?«, »Denk doch lieber noch einmal darüber nach!«, »Du hast so viel erreicht, willst du das jetzt einfach wegwerfen?«, »Das ist, glaub ich, nicht so klug …«

Ich ging immer schneller, als könnte ich meinen Sorgen und Ängsten davonlaufen, aber es gelang mir nicht. Mein Vertrauen darauf, dass, wenn ich nur meinem Herzen folge, der Rest sich von alleine fügt, war an diesem Tag verschwunden. Ich hatte Angst.

Und mit diesem unguten Gefühl kam ich abends in der Straße an, in der Nick wohnte. Wir hatten uns in der Zwischenzeit einige Male getroffen und ich hatte deutlich spüren können, dass er meine Gefühle erwiderte. Wir verstanden uns sehr gut, und es knisterte ganz schön zwischen uns. Ein Mal hätten wir uns fast schon geküsst. Ich machte mir aber dieses Mal nicht so viele Gedanken wie sonst. Ich genoss einfach die Zeit mit ihm und war für alles offen. Ich fühlte mich wohl mit ihm.

Heute war ich unsicher und auch voller Zweifel, als ich in seine Straße bog und nach seiner Hausnummer suchte. Ich besuchte ihn zum ersten Mal zu Hause, sonst hatten wir uns im Café oder bei Lilly zu Hause, also bei mir daheim, getroffen.

Es war eine schöne Gegend, eher ruhig, kleine, schnuckelige Häuser mit großen Gärten. Ich war mit dem Auto gefahren, weil es doch ein Stück von meinem neuen Heim entfernt war. Nummer 12, 14, 16. Dann musste die Nummer 18 das gelbe Haus daneben sein. Ich fuhr langsam und parkte rechts. Irgendwie war ich heute Abend aufgeregt.

In dem Moment, in dem ich den Motor gerade abstellen wollte, öffnete sich die Haustür von Haus Nummer 18, und Nick kam heraus. Hatte er mich etwa schon gesehen? Ich wollte ihm zuwinken, als ich sah, wie eine Frau so etwa in meinem Alter hinter Nick herauskam. Sie hatte lange, blonde Haare und eine tolle Figur, sie sah einfach umwerfend aus. Nick strahlte sie an und umarmte sie. Er drückte sie fest an sich. Küsste er sie? Sie hatte sich so zu ihm gedreht, dass ich es nicht erkennen konnte, aber es sah so aus, als würden sie sich tatsächlich küssen. Wie erstarrt saß ich im Auto und blickte fassungslos auf die beiden. Ich kam mir so naiv vor. Als die Frau sich zum Gehen umdrehte, gab ich schnell Gas, fuhr wieder aus der Parklücke und machte, dass ich wegkam. Dabei dachte ich nur: Hoffentlich hat er mich nicht gesehen.

Noch während der Rückfahrt fing ich an zu weinen. So hatte ich mir mein neues Leben nicht vorgestellt. Mein Buch war eines von tausenden und mein Traummann hatte längst seine Traumfrau gefunden. Was hatte ich mir nur eingebildet?

Den Rest des Abends hockte ich auf dem Sofa und dachte über meine Misere nach. Ein schlechter Gedanke jagte den anderen. Maurice hatte sich zu mir gelegt und leistete mir Gesellschaft. Ich starrte nur so vor mich hin. Am liebsten hätte ich alles wieder rückgängig gemacht, es funktionierte einfach nicht. Ich hatte das Gefühl, als wäre mein Traum schon gestorben, bevor er überhaupt angefangen hatte. Vielleicht war er auch von vorneherein zum Scheitern verurteilt gewesen. Was hatte ich denn erwartet?

Dass ich mich in Nick so getäuscht hatte, tat unglaublich weh und verletzte mich sehr. Wir kannten uns zwar noch nicht so lange, aber die Gespräche mit ihm waren so ehrlich und voller Tiefe gewesen. Ich hatte mich ihm anvertraut, mein Herz geöffnet. Vielleicht war das zu früh gewesen. Aber ich hatte das Gefühl, dass er sich auch geöffnet hatte und mir viel Gefühl entgegen gebracht hatte. Ich verstand es einfach nicht, und das schmerzte.

Was jedoch noch viel schlimmer war, war die Sorge darüber, dass die Idee, ein Buch zu schreiben, vielleicht der falsche Weg war. Ich hatte mich noch nie so lebendig und so gut gefühlt wie in den Momenten, in denen ich schrieb. Es hatte sich einfach richtig angefühlt, als wäre es das, was ich schon immer hatte tun wollen. Ja, fast so, als wäre es meine Bestimmung, meine Lebensaufgabe. Es hatte mein Herz zum Leuchten gebracht, und ich war so glücklich und erfüllt dabei gewesen. Und nun zweifelte ich das alles an. Aber was sollte ich jetzt tun? Wieder zurück zur Zeitung und die nächsten Jahre einfach weitermachen wie bisher? Das war vielleicht eine tolle Arbeit für irgendwen, irgendwo, aber ich sah mich einfach nicht darin. Ich wollte nicht zurück, konnte aber auch nicht wirklich weiter. So grübelte ich und grübelte. Irgendwann schlief ich dann endlich an den Hund gekuschelt ein.

In dieser Nacht träumte ich wieder von Alchatar. Ich stand in der Höhle im Tal der Heiler, sie war wirklich wunderschön. Das leuchtende Wasser des Sees spiegelte sich schimmernd an den Höhlenwänden und der Decke wider. Ich blickte an mir herunter: Ich hatte ein weißes Kleid an, mit feinen Muschelbändern. Auch das Kleid und meine Haut leuchteten im Schein des Wassers. Beeindruckt betrachtete ich meine Hände und Arme, der Schein des Lichts tauchte sie in ein geheimnisvolles, wunderschönes Licht.

Ich bemerkte, dass jemand mir gegenübertrat. Ich sah auf und erkannte Samara, auch sie erstrahlte in dem Schein des Wassers. Wortlos führte sie mich zu einer großen Schale, die mit dem besonderen Wasser gefüllt war. Sie bückte sich darüber. »Komm her und sieh!«

Ich schaute in das Wasser und sah Samara und mich, wie wir uns darüber beugten und hineinblickten. Samara streckte ihre Hand aus und tippte vorsichtig mit dem Finger auf die Wasseroberfläche. Unsere Gesichter verzerrten sich in den kleinen Wellen, die von Samaras Finger aus nach außen glitten.

Fragend blickte ich auf mein Spiegelbild. Plötzlich veränderte es sich. Ich saß an einem Schreibtisch und tippte irgendetwas am Computer, mein Blick war starr, die Augen ohne Glanz. Mein Gesichtsausdruck wirkte traurig und verbittert. Ich hatte das Gefühl, dass ich einsam war und auch unglücklich, ja gleichgültig. Eine Zeit lang schaute ich auf dieses Bild, und es traf mich unerwartet hart. Ich spürte eine tiefe Trauer über das, was ich sah, und Tränen liefen mir über die Wangen, fielen ins Wasser und verzerrten das Bild immer wieder. So wollte ich nicht leben. Ich wollte nicht verbittert und einsam werden und alle meine Träume aufgeben, das konnte nicht mein Leben sein.

»Ist das meine Zukunft?«, fragte ich Samara voller Trauer und Angst.

Sie nickte. Ich war tief bestürzt.

»Ja, das ist eine mögliche Zukunft«, sagte Samara.

»Eine? Gibt es denn noch andere?« Nun hatte ich wieder Hoffnung. Samara beugte sich nach vorn und tippte die Oberfläche erneut leicht an. Das Bild wackelte und begann sich langsam zu verändern. Gespannt wartete ich, bis ich wieder etwas erkennen konnte, und allmählich wurde das Bild deutlicher.

Ich saß auf einer Bank unter einer großen Weide, es sah aus wie eine Art Park, und vor mir lag ein kleiner See. Neben mir saß Nick, er hatte den Arm um mich gelegt, ich lehnte an seiner Schulter und hatte meine Augen geschlossen. Neben der Bank lag Maurice und blickte neugierig auf den See. Ich sah sehr glücklich aus und lächelte voller Zufriedenheit und tiefer Freude. Am Hals trug ich eine Kette, die mir meine Mutter geschenkt hatte, als ich noch ein kleines Kind war. Der sonst so unscheinbare Stein an der Kette schimmerte im Sonnenlicht fast so, als würde er von innen heraus leuchten. Es war ein schöner Anblick, ich war so voller Kraft und Optimismus, es tat gut, mich so zu sehen. Lange Zeit blickte ich auf dieses Bild und spürte den Frieden und die Herzensfreude.

War das auch eine Zukunft? Ich blickte noch einmal auf den Anhänger, den ich trug, und betrachtete das Licht, in dem er erstrahlte. Dann löste ich mich von dem Anblick und wandte mich an Samara. Plötzlich sah ich, dass sie denselben Anhänger trug.

Unsicher schaute ich in ihre tiefblauen Augen. »Du trägst die Kette …«, begann ich.

Da lächelte mich Samara an und ihr Gesicht verschwamm vor meinen Augen.

Dann wachte ich auf. Ich konnte mich an jede Einzelheit aus meinem Traum erinnern und besonders daran, wie ich mich gefühlt hatte. Und plötzlich wusste ich, was ich zu tun hatte. Ich würde für das, was ich mir von Herzen wünschte, kämpfen: für all meine Träume, für all meine Herzenswünsche. Ich würde mich nicht verunsichern lassen und aufgeben. Ich würde auf mein Gefühl vertrauen und an mich glauben. Denn ich wusste: Wenn ich meinem Herzen folgte und an meinem Glauben und tiefen Vertrauen festhielt, würde sich mir der Weg zeigen.

Und wenn mein Buch eines von tausend war, vielleicht war es das eine. Ich würde auf jeden Fall nicht aufgeben, ehe ich es nicht versucht hatte. Ich würde mein Bestes geben, um meinen Traum zu verwirklichen. Es bereitete mir so viel Freude zu schreiben und es berührte mich in meinem tiefsten Inneren. Das konnte nicht falsch sein. Jetzt hatte ich die Möglichkeit, das zu tun, was mir wirklich Spaß machte und mich erfüllte. Diese Chance würde ich nutzen.

Ich wünsche jedem von ganzem Herzen, dass er das tun kann, was ihm Freude bereitet. Ich wünsche mir, dass jeder den Platz in der Welt findet, an dem er sich wohlfühlt, die Aufgabe, die ihm liegt und die er mit all seiner Energie und Leidenschaft vollbringt. Sei es als Kindergärtnerin oder Krankenschwester, als Musiker oder Maler. Ich weiß nicht, worin Deine Berufung liegt. Was immer Deine Aufgabe auch sein mag, ich wünsche Dir, dass Du Dich am richtigen Platz fühlst und Freude an dem hast, was Du tust.

An diesem Morgen habe ich entschieden: Was immer auch geschieht, ich werde meinem Herzen folgen.

DIE FALLE

SAMARA UND ELIAS

Wir blieben noch in der Stadt der Krieger, und Elenor wurde meine Gefährtin. So kam es, dass nach einer Zeit von Begräbnissen nun Hochzeit gefeiert wurde. Es war eine Zeit, in der Trauer und Freude in einem stetigen Wechsel waren, einem Ende folgte nun wieder ein Neuanfang. Mit dem Schatten der Vergangenheit dicht hinter uns blickten wir in eine neue Zukunft.

Zwei Wochen nach unserer Vermählung reisten die Heiler zurück in ihr Tal, um bei dem Wiederaufbau der heiligen Stätte zu helfen. Viele waren gleich nach der Schlacht heimgekehrt, so auch das Volk der Norul. Gerne hätte ich diese Menschen kennengelernt, aber als ich mich von meinen Verletzungen erholt hatte, hatten sie die Stadt schon längst verlassen.

Ich blieb noch gemeinsam mit Samara und Elias in der Stadt der Krieger, obwohl mir der Abschied von Elenor sehr schwerfiel. Doch ich wusste, dass ich sie bereits in kurzer Zeit wiedersehen würde.

»Die Menschen hier brauchen dich jetzt noch. Sie haben viel verloren. Du als ihr Auserwählter und Retter gibst ihnen Hoffnung und Kraft«, sagte Elenor, als wir uns verabschiedeten. Ich umarmte sie. Ich wusste, dass sie recht hatte, aber seit wir einander gefunden hatten, wollte ich keinen Tag mehr ohne sie sein.

»Wir folgen euch in wenigen Wochen«, antwortete ich und küsste sie.

Sie stieg auf ihr Pferd und ritt mit den anderen davon. Ich blickte ihr nach. Schon jetzt schmerzte mich die Trennung.

Während der folgenden Tage kreisten meine Gedanken immer wieder um Elenor, andererseits fühlte ich mich bei dem Volk der Krieger sehr wohl. Diese bodenständigen Menschen waren sehr warmherzig und gastfreundlich. Trotz der Trauer über den Verlust, der noch wie ein dunkler Schatten über der Stadt schwebte, hatten wir in dieser Zeit auch viel Freude. Viele Male besuchte ich Aljocha, und er zeigte mir, was ich von der Stadt noch nicht kannte. Ich war gerne mit ihm zusammen.

Und nun, da die Bedrohung vorüber war, konnte ich auch schöne Tage voller Heiterkeit mit Samara und Elias verbringen. Meine Befürchtung, dass Korush wieder kommen würde, hatte sich gelegt, als wir erfuhren, dass die anderen Männer sich ihm nicht angeschlossen hatten und in ihre Dörfer zurückgekehrt waren.

Eines Tages rief Elias Belagol zu sich, und der Vogel landete dicht vor mir auf einem großen Stein. Aus der Nähe sah das Tier noch beeindruckender aus. Seine Haltung war majestätisch, seine Federn schimmerten im Sonnenlicht und sein klarer Blick schien durch mich durch bis auf den tiefsten Grund meiner Seele zu blicken. Vorsichtig trat ich noch näher an Belagol heran und musterte ihn ehrfürchtig. Diesen Vogel umgab etwas Mystisches, ein uraltes Geheimnis. In seinen Augen lag soviel Weisheit und Klarheit. Es musste fantastisch und atemberaubend sein, die Welt mit seinen Augen zu sehen.

Dann kam der Tag unserer Abreise. Ich verließ Hogena mit gemischten Gefühlen. Auch hier hatte ich tiefe Freundschaften gefunden und ich fühlte mich an diesem Ort sehr wohl. Dennoch trieb mich die Sehnsucht zu Elenor, und nirgends hatte ich mich bisher so wohlgefühlt wie in der Gemeinschaft der Heiler. Dieses Volk so voll von Liebe und Güte hatte mir einen Frieden im Herzen, eine tiefe Liebe zum Leben und zur

Natur gezeigt, wie ich sie vorher nicht gekannt hatte. Aber ich war mir bewusst, dass gerade an diesem Ort des Friedens der Krieg die schlimmsten Spuren hinterlassen hatte. Ich wusste nicht, was mich dort erwarten würde. War mit der Stätte auch der Zauber, die friedvolle Harmonie, die Atmosphäre voller Liebe und Freude zerstört worden?

Wir verabschiedeten uns, ich sagte Anthemion, dem weisen Sprecher, und auch Aljocha, der mir ein guter Freund geworden war, Lebewohl.

Mit vielen Vorräten und guten Wünschen brachen wir auf, um ein letztes Mal ins Tal der Heiler zu reisen, meine vorerst neue Heimat. Da alles im Wandel war, würden Elias und ich dort im Tal bleiben, bis die Zukunft klarer erschien. Immerhin hatte sich die Prophezeiung noch nicht vollends erfüllt.

So ließen wir die Stadt hinter uns und ritten den Wäldern entgegen. Armenia trug mich, denn auch sie hatte die Schlacht überlebt, und Anthemion hatte sie mir zum Abschied geschenkt. Wir ritten zügig und machten nur selten Pause, denn wir hatten es eilig, nach Hause zu kommen. Schon nach wenigen Tagen hatten wir das Tal erreicht und die Stätte lag nur noch ein paar Stunden vor uns. Der Wald wurde allmählich immer lichtdurchfluteter und farbenfroher. Ich spürte, wie ungeduldig ich war. Nun wollte ich endlich Elenor wiedersehen und in meine Arme schließen. Auch Samara trieb ihr Pferd stetig vorwärts.

Dann plötzlich wurden die Pferde sehr unruhig, schnaubten nervös und bäumten sich auf.

»Was hat das zu bedeuten?«, fragte ich erschrocken.

»Ich weiß es nicht, aber es kann nichts Gutes sein«, antwortete Elias. Er schloss die Augen und verharrte einen Moment lang konzentriert. Er sah durch Belagols

Augen in der Hoffnung zu erkennen, was die Pferde scheuen ließ. Gespannt betrachtete ich ihn. Als er die Augen wieder öffnete, verfinsterte sich sein Blick und er zog sein Schwert. »Schnell, ihr müsst euch verstecken! Eilt!«

Samara und ich schauten voller Schreck zu Elias. Was hatte das zu bedeuten. Nervös blickte ich mich nach allen Seiten um und da tauchten sie auch schon wie aus dem Nichts vor uns auf: Drei Reiter galoppierten aus dem Wald heraus auf uns zu. Entsetzt blickte ich ihnen entgegen, ich erkannte die dunklen Gewänder von Peredurs Truppen. Die Männer hielten ihre blanken Schwerter ausgestreckt in die Luft und rasten auf uns zu. Wie erstarrt saß ich auf dem Pferd und konnte nicht glauben, was geschah. Kurz vor uns stoppten sie, und ich erkannte Korush.

»So sieht man sich wieder!«, sagte er mit verzogener Miene. »Ich hatte Euch gewarnt, dass es noch nicht vorbei ist. Wie ich sehe, habt Ihr meine Drohung nicht ernst genommen und reist nur zu dritt. Pech für Euch. Ihr drei seid Schuld, dass unsere Pläne durchkreuzt wurden. Dafür sollt Ihr nun büßen! Dieses Mal rettet Euch kein Wunder.« Er drehte sich zu mir. »Es ist eine Schande, dass Peredur durch Eure Hand, die Hand eines unerfahrenen, schwachen Fremdlings, sterben musste. Ich hätte Euch bei unserer ersten Begegnung töten sollen. Ich hatte die Gelegenheit dazu, aber Peredur wollte Euch lebend. Heute jedoch werdet Ihr sterben! Ein weiteres Mal entkommt Ihr mir nicht!«

Elias stellte sich mit seinem Pferd zwischen uns. »Da müsst Ihr erst an mir vorbei!«

Korush lachte: »Unser edler Retter! So denn, dann werdet Ihr zuerst sterben.«

Korush und Elias standen sich gegenüber, und

Korush starrte ihn voller Zorn an. »Erst werde ich Euch töten, dann den Fremden und dann deine Hexe!«

»Dann versucht es!« Elias schwang sein Schwert und die beiden Klingen krachten aufeinander.

Elias rief dabei laut: »Samara, Darius flieht! Bringt euch in Sicherheit!«

»Nicht ohne dich!«, schrie Samara. Wir wichen vor den anderen beiden Männern, die mit gezogenem Schwert auf uns zukamen, zurück. Völlig unbewaffnet wusste ich nicht, was ich tun sollte.

»Ich komme nach! Ich verspreche es! Aber jetzt bringt euch in Sicherheit, schnell!!! Darius, nun flieh!!!«

Zögerlich blieben wir noch stehen und die Männer näherten sich bedrohlich.

»Samara!!!«, schrie Elias, während er mit Korush kämpfte. Die beiden Männer waren von ihren Pferden gesprungen und schlugen nun mit den Schwertern aufeinander ein.

Einen kurzen Moment zögerte Samara noch, dann drehte sie ihr Pferd und galoppierte davon. Ich tat es ihr gleich. Die zwei Männer folgten uns. Und so rasten wir wie damals mit den Pferden durch den Wald, zwischen Bäumen und Büschen hindurch, und versuchten, unsere Verfolger abzuhängen. Keuchend hielt ich mich im Sattel und blickte immer wieder zurück. Wenn ich dieses Mal stürzte und gefasst würde, wäre es mein sicherer Tod. Ich spornte Armenia an, und sie rannte so schnell sie konnte.

Da sah ich, wie Samara auf eine dunkle Wand aus Büschen zuritt. Das Dickicht wirkte auf den ersten Blick undurchdringlich. Erschrocken bremste ich mein Pferd. Was hatte sie vor?

In diesem Moment drehte sich Samara zu mir um. »Folge mir und bleib dicht hinter mir!«

Sie parierte ihr Pferd, und wir trabten in das Dickicht hinein. Kurz vorher erkannte ich einen schmalen Einlass, geschickt manövrierte uns Samara durch das dichte Gewirr aus hohen Sträuchern und Büschen. Es war dunkel und still im Inneren, nur die dumpfen Schläge der Hufe und mein keuchender Atem waren zu hören.

Nach einer Weile hielt Samara an und lauschte. »Wir haben sie abgehängt. Folge mir!«

Wir ritten noch ein Stück durch das Dickicht, dann kamen wir in einen lichten Wald. Wortlos ritt Samara auf einen kleinen Bachlauf zu und stieg ab. »Hier haben Elias und ich Rast gemacht, er kennt das Dickicht und seinen Schutz. Ich hoffe, hier wird er uns vermuten. Und falls er uns nicht findet, Belagol wird uns hier mit Sicherheit finden.«

Sie setzte sich an das Ufer des kleinen Baches. Sie sah sehr besorgt aus.

Ich setzte mich neben sie und legte meinen Arm um sie. »Er wird kommen, Samara. Da bin ich sicher, sorge dich nicht!«

Samara legte den Kopf auf meine Schulter. So saßen wir dort eine endlose Zeit und warteten.

Dann endlich hörten wir einen schrillen Schrei über uns, der die Stille durchbrach. Ich blickte nach oben und sah Belagol, der am Himmel über uns hinwegflog. Einen Augenblick später hörten wir das Geräusch von Hufschlägen, sprangen auf und sahen uns gespannt um. Zwischen den riesigen Bäumen kam Elias auf uns zugeritten, leicht nach vorne gebückt hing er auf seinem Pferd. Samara lief ihm eilig entgegen, und als Elias abstieg, fiel er ihr sogleich in die Arme. »Ihr seid in Sicherheit, denn Korush ist tot, und seine Begleiter sind geflüchtet. Nun ist die Gefahr endgültig gebannt. Sie werden nicht wiederkommen und uns angreifen. Es ist vorbei!« Kaum hatte Elias zu Ende gesprochen, da stöhnte er und fiel auf die Knie.

»Was hast du?«, rief Samara erschrocken aus. Sie ließ sich ebenfalls auf die Knie sinken und stützte ihn am Oberkörper. Geschockt zog sie ihre Hand wieder zurück, sie war voller Blut.

»Elias! Du bist schwer verletzt! Wir müssen dich sofort zu Ava bringen!«

Elias rührte sich nicht und sah Samara mit traurigen Augen an.

»Nein«, schrie Samara panisch, »Elias, nein! Gib nicht auf! Wir können dir helfen, Ava ist nicht weit entfernt und sie kann dich noch heilen. Lass mich dir beim Aufstehen helfen. Schnell, die Zeit drängt!«

Sie versuchte ihn hochzuziehen, aber es gelang ihr nicht.

»Darius, so hilf mir doch!«, ihre Stimme überschlug sich. Schnell ging ich auf die beiden zu.

Elias sank nun in Samaras Schoß und blickte sie von unten an. »Samara, es ist zu spät!«, sagte er mit trauriger Stimme.

»Nein, bitte nicht, oh bitte nicht!« Samara begann zu weinen, Tränen quollen aus ihren großen blauen Augen und liefen ihr die Wangen hinunter. Immer noch versuchte sie voller Verzweiflung, Elias hochzuziehen. Ich stand wie erstarrt neben den beiden und wusste nicht, was ich tun sollte. Samaras Schluchzen brach mir das Herz.

»Bitte nicht, Elias, bitte verlass mich nicht. Du darfst nicht sterben, nicht jetzt, nicht so!«

Sie zog noch einmal mit aller Kraft an ihm. Da packte Elias sie am Arm und zog sie zu sich. Beide saßen nun einander gegenüber auf dem Boden. Er legte seine Hände auf ihre Wangen, umschloss mit ihnen liebevoll ihr Gesicht, strich die Tränen fort und schaute ihr in die Augen. »Samara, uns bleibt nicht mehr viel Zeit.«

»Ich kann dir nicht helfen, ich kann dich nicht heilen. Es tut mir so leid, ich kann es nicht mehr. Wir müssen zu Ava!«

Elias schaute sie weiter an, auch seine Augen hatten sich mit Tränen gefüllt. »Es ist zu spät, Samara. Ich sterbe. Wir würden Ava nicht mehr rechtzeitig erreichen. Ich will mich von dir verabschieden.«

Samara fiel ihm in die Arme. »Elias, verlass mich nicht. Gib nicht auf! Ich will nicht ohne dich leben.«

Eng umschlugen saßen die beiden auf dem Boden. Elias sank langsam nach unten und lag nun mit seinem Kopf wieder in ihrem Schoß. Sie streichelte ihm voller Liebe über die Stirn die Wangen hinunter.

Elias blickte sie dabei an. »Ich werde immer bei dir sein, auch wenn uns das Schicksal jetzt trennt. Ich liebe dich, Samara. Ich habe dich vom ersten Moment an geliebt.«

»Ich liebe dich auch, Elias!« Samara weinte bitterlich. »Unsere Zeit war zu kurz, viel zu kurz. Ich hätte Avas Rat befolgen sollen, dann hätten wir zwar nicht zusammen sein können, aber ich hätte dich jetzt heilen können und du würdest weiterleben.«

»Nein!«, widersprach Elias. Er hob die Hand und strich ihr durchs Haar. »Jeder noch so kleine Moment mit dir, jede Berührung, jedes Lächeln von dir hat mein Leben auf einzigartige Weise bereichert.«

»Aber du hättest weiterleben können!«

»Ohne dich an meiner Seite wäre mein Leben nie das gewesen, was es war! So schön mein Leben auch war, soviel ich auch erreicht habe, du warst das Wundervollste, das mir je widerfahren ist!«

Er nahm die Hand herunter, fasste damit ihre Hand

und legte sie auf ihr Herz. »Ich werde immer bei dir sein. Der Tod ist nicht das Ende, das weißt du! Wir werden uns wiedersehen!«

»Aber ich will bei dir sein und deine Nähe spüren!«

Elias ließ die Hand sinken, er wirkte immer schwächer. »Samara, versprich mir, dass du wieder glücklich wirst, dass du wieder Freude und Glück erleben wirst, dass du die Welt mit deinem Lächeln bereicherst! Versprich es mir!«

»Ich verspreche es dir!«, sagte Samara weinend. Sie nahm seine Hand. »Ich liebe dich so sehr!«

Sie bückte sich herunter und küsste ihn.

»Vergiss nicht, Samara, ich werde immer bei dir sein«, flüsterte Elias schwach.

Dann sank er zur Seite und seine Stimme erstarb. Samara blickte ihn erschrocken an und schüttelte ihn leicht. Doch Elias blieb regungslos in ihren Armen liegen.

»Elias? Elias? Nein!!!«

Ihr schmerzerfüllter Schrei schallte durch den dunklen Wald. Sie bückte sich herunter und drückte sich an ihn, legte ihr Gesicht an seine Brust und weinte bitterlich. Es zerriss mich innerlich, sie so zu sehen, auch ich weinte. Ich ließ mich neben sie sinken und legte die Hand auf ihre Schulter. Sie drückte Elias fest an sich und weinte so herzzerreißend, wie ich es nie mehr erlebt habe.

Als ich mich zu ihr hinüberbeugte, um sie zu trösten, rutschte die Kette mit meinem Anhänger nach vorn und ragte plötzlich unter meinem Hemd hervor. Ich blickte hinunter auf die kleine zierliche Phiole. Das Wasser hatte zu leuchten begonnen.

»Die Quelle des Lichts!«, stieß ich hervor.

Samara hob ihren Kopf und starrte mit weit

aufgerissenen Augen auf das schimmernde, hell erstrahlende Fläschchen an meinem Hals. Ich wusste nun, was zu tun war. Schnell riss ich mir mit einem Ruck die Kette vom Hals und reichte Samara die Phiole. Sie öffnete sie und träufelte Elias behutsam das Wasser in den Mund. Anschließend legte sie den Kopf auf seine Brust und lauschte.

Wie gebannt starrte ich auf Elias. Für einen Moment hielt ich den Atem an und wartete voller Hoffnung auf eine Reaktion. Aber nichts geschah. Samaras Kopf lag unverändert auf Elias' Brust, sie hatte die Augen geschlossen, ihr Gesicht war wie versteinert. Nicht die kleinste Regung war darauf zu entdecken.

Mir wurde angst und bange, dass es schon zu spät war. Ich wollte Samara fragen, aber ich bekam kein Wort über die Lippen. Das Warten kam mir endlos vor, die ganze Welt schien in jenem Augenblick stillzustehen.

Dann öffnete Samara wieder die Augen, und ich konnte Hoffnung darin erkennen. »Sein Herz schlägt wieder, nur sehr schwach, aber es schlägt!«

Ich weiß nicht, wie lange wir zu Ava unterwegs waren, denn ich hatte jegliches Zeitgefühl verloren. Wie in Trance hoben wir Elias auf sein Pferd und führten die Pferde zur Heilstätte. Wortlos setzten wir einen Fuß vor den anderen. Ich hatte keinerlei Gefühl mehr, wie eine leere Hülle schritt ich neben dem Pferd her, der Schock über das, was geschehen war, saß tief. Samara hatte kaum Kraft, sich auf den Beinen zu halten, immer wieder knickte sie ein. Dennoch versuchte sie so schnell wie nur möglich die Heiler zu erreichen. Als wir schließlich ankamen, liefen uns schon einige Heiler freudestrahlend entgegen, unter ihnen war auch Elenor.

»Wir brauchen Avas Hilfe. Schnell!« Samara ging

noch einige Schritte, dann brach sie zusammen und fiel zu Boden.

Eilig lief Ava zu ihr und legte den Arm um sie. »Komm her, mein Kind.« Sie half ihr behutsam auf.

»Ava! Elias lebt noch, aber er ist dem Tod so nahe gewesen. Darius hatte die Phiole bei sich. Kannst du ihm helfen?«

Vorsichtig hoben wir Elias vom Pferd und legten ihn auf den Boden. Ava kniete sich neben ihn und legte die Hände auf seine Stirn. Sie verharrte einen Moment lang, und wir sahen sie voller Erwartung an.

Da blickte sie zu uns. »Ich kann ihm nicht helfen. Er steht zwischen Tod und Leben. In diesem Zustand kann selbst ich ihn nicht erreichen. Wir müssen warten, was geschieht, und hoffen, dass er aufwacht.«

»Aber wir müssen doch etwas tun können!«, rief Samara aus.

»Es liegt nicht mehr in unserer Hand. Wir können hoffen, voller Vertrauen an seine Rückkehr glauben und beten, dass er bald wieder unter den Lebenden weilt. Vertraue, mein Kind, vertraue, wie du es einst gelernt hast!«

Einige Männer hoben Elias behutsam hoch und brachten ihn zu einem Lager. Samara und Ava folgten ihnen. Bewegungslos stand ich neben dem Pferd. Ein Mann nahm mir vorsichtig die Zügel aus der Hand.

Elenor umarmte mich, und ich vergrub mein Gesicht in ihrem Hals und dem wallenden Haar. Ich konnte nicht weinen und auch nichts sagen. Ich war so aufgewühlt und gleichzeitig wie betäubt. Elenor führte auch mich vorsichtig zu einem Lager, und ich legte mich hin. Sie saß neben mir und streichelte meinen Kopf, ohne ein Wort zu sagen. Sanft strich sie mir mit ihren zarten Händen über die Stirn.

Ich war erschöpft, aber auch unglaublich aufgeregt. Hätte ich die Phiole doch nur einen Moment früher entdeckt! Wie hatte ich sie nur vergessen können! Elias durfte nicht sterben! Nicht jetzt, wo alles gut geworden war. Samara durfte ein solches Schicksal nicht erleiden. Nie hatte ich einen Krieger kennengelernt, der so war wie Elias, nie ein Paar, das so war wie Elias und Samara. Diese Geschichte konnte nicht solch ein Ende nehmen, Elias musste zurückkehren! Es war doch kein Zufall, dass ich die Phiole erhalten hatte, dass sie aus dem Chaos der Schlacht den Weg wieder zu mir fand und im rechten Moment bei mir war! Es musste ein gutes Ende nehmen.

Nach einer Weile schlief ich ein.

Als ich wieder aufwachte, war es tiefste Nacht. Elenor saß immer noch neben mir. Im ersten Moment glaubte ich, alles sei nur ein böser Traum gewesen, doch dann erinnerte ich mich wieder daran, was geschehen war. Elenor blickte mich liebevoll an und streichelte meine Wange. Langsam schlief ich wieder ein.

In den folgenden Tagen war ich nicht ich selbst. Ich verbrachte viel Zeit mit Elenor und auch anderen Heilern, aber ich war auch lange Zeit allein. Ich tat alles ohne Kraft und ohne Wollen, wie ein Schatten meiner selbst. Immer wieder fragte ich mich, warum ich die Phiole erst so spät entdeckt und warum ich mich nicht früher an sie erinnert hatte. Jedes Mal, wenn ich an Samaras verzweifeltes Weinen dachte, brach es mir das Herz.

Doch als ich Samara dann an Elias' Lager sitzen sah, stellte ich verwundert fest, dass sie ihn liebevoll und mit einem Lächeln betrachtete. Sie war Tag und Nacht bei ihm, seit wir angekommen waren, hatte sie weder gegessen noch geschlafen. Oft sah ich, wie sie die Augen schloss und betete. Neben ihnen auf dem Baum saß Belagol und wachte über die beiden. Ich fragte mich, was der Vogel wohl sah.

Am dritten Tag ging ich zu ihr. Zögerlich stand ich hinter ihr und überlegte, was ich ihr sagen sollte. Da hörte ich eine vertraute Stimme neben mir. »Lass ihr Zeit!«

Ich drehte mich zur Seite: Es war Ava.

»Er wird zurückkommen, er ist stark und immer noch voller Leben. Das spüre ich. Samara muss nun warten und glauben. Hilf ihr, indem du für sie betest und mit ihr hoffst. Ich weiß, Elias ist dein Freund, und Samara in dieser Situation zu sehen, schmerzt dich sehr. Aber du hast deine Liebe nicht verloren. Elias hätte nicht gewollt, dass du dich seinetwegen aufgibst. Richte den Blick nach vorn, in eine wundervolle Zukunft. Und gib dir nicht die Schuld für das, was geschehen ist!«

Ich senkte den Kopf, denn ich fühlte mich schuldig.

»Es ist nicht deine Schuld, verweile nicht zu lang in diesem Gefühl. Elias und Samara können in diesem Moment nicht beieinander sein, Elenor und du schon. Achte und genieße dein Glück. Hast du Samaras Gesicht gesehen, es war nicht voller Trauer, sondern voll von Hoffnung und Vertrauen.«

Als ich mich an jenem Abend zu Elenor legte, da nahm ich ihre Hand und hielt sie fest. Elenor sah mich liebevoll an und küsste mich.

Dann blickte sie mich mit ihren tiefblauen, leuchtenden Augen an und sprach: »Deine Wunden sind tief. Aber du wirst sehen, irgendwann wird auch dieser Schmerz vergehen. Du trägst viel Schuld mit dir herum. Ich weiß, du hast Peredur getötet, aber du tatest dies, um dein eigenes Leben zu retten und unserem Volk zu helfen. Auch denkst du, deine Hilfe für Elias war zu spät. Blicke doch auf das Gute, was du geschaffen hast, die vielen Menschen, die du durch das rasche Beenden der Schlacht gerettet hast.

Ich gebe dir recht, wenn du daran zweifelst, dass es der richtige Weg war. Wir Heiler hätten uns nie für einen Krieg, eine Schlacht entschieden. Doch dich trifft keine Schuld, du hast dein Bestes getan. Wir leben noch, wir haben die Chance, aus den Fehlern der Vergangenheit zu lernen und es künftig besser zu machen! Und auch die Sorge um Elias soll dich nicht länger quälen. Trauere nicht um einen Freund, der noch lebt. Gib ihn nicht auf, schon bevor er von uns gegangen ist. Glaube daran, dass du ihm den Trank noch rechtzeitig gegeben hast. Hoffe für Elias, für Samara und auch für dich, dass er erwachen wird. Vertraue darauf, dass du das Schicksal ändern konntest. Vertraue darauf, dass alles seinen Sinn hat und am Ende gut sein wird.«

Sie legte sich neben mich und umarmte mich. Ihre Nähe gab mir Kraft und Geborgenheit. Eine Träne rollte meine Wange hinunter.

»Oft denken wir, dem Schicksal machtlos gegenüberzustehen, und verlieren uns in Zweifeln, Ängsten oder Schuld. Doch können wir weit mehr erreichen, wenn wir der Stimme in unserem Inneren lauschen und auf sie vertrauen! Elias ist nicht tot, noch lebt er, noch ist Hoffnung da. Ich glaube fest daran, dass er wieder aufwacht, und das solltest du auch.«

Ich drückte Elenor fest an mich und blickte hinauf zum Sternenhimmel. Wie eine Kuppel ruhte er funkelnd über uns, so tief und endlos und doch wie ein schützender Mantel, der die ganze Welt umgab. Lange lag ich wach, schaute dort hinauf und dachte an Elenors Worte.

Am nächsten Morgen wachte ich mit einem Lächeln auf, ich konnte die Schönheit des Ortes wiedererkennen und auch Elenors Liebe wieder spüren. Erst jetzt bemerkte ich, wie sich die Natur in dieser kurzen Zeit die Stätte zurückerobert hatte. Der von dunkler Asche bedeckte Boden war wieder mit dichtem Gras und bunten Blumen bedeckt. Zwischen den verkohlten Ästen des mächtigen Baumes sprossen überall Triebe neuer Bäume hervor. Die energiereiche Asche und das Sonnenlicht, das nun ungehindert auf die Lichtung fiel, hatten alles schnell wachsen und reich blühen lassen, so dass der Ort zwar verändert aussah, aber doch in seiner alten Schönheit erstrahlte.

Auch die Heiler selbst hatten sich in ihrem Wesen nicht verändert, sie waren weiterhin voller Liebe, Güte und Freude. Liebevoll und warmherzig gingen sie miteinander um. Die Nachtlager waren nun auf den benachbarten Bäumen errichtet. Hier und da erkannte man noch wenige Spuren der Verwüstung, doch ich wusste, schon bald würden auch diese verschwunden und der einzigartigen Schönheit dieses Ortes gewichen sein.

Auch mein Herz war wieder voller Zuversicht, und ich war dankbar dafür an diesem Ort sein zu dürfen, mit diesen Menschen zu leben und diese eine wundervolle Frau zu lieben. Mehr und mehr spürte ich das große Glück, das mir zuteilwurde.

DIE WEISHEIT DES LICHTS

Ich saß in einem Gespräch mit Ava und anderen Heilern zusammen. Die Sonne stand hoch am Himmel, als Ava plötzlich an mir vorbeischaute und hinter mir etwas erblickte. Ich kann den Blick, den sie in diesem Moment hatte, nicht beschreiben. Eilig drehte ich mich um, da ich sehen wollte, was dort hinter mir war. Und ich traute meinen Augen nicht. Einige Meter von uns entfernt stand Iolanthe. Erstaunt musterte ich sie. Es war die Frau, die mich einst in der Finsternis des Verlieses aufgesucht hatte, und doch war sie es auch nicht. Sie war noch sehr hager, aber es schien so, als wäre das Leben wieder in sie zurückgekehrt. Es kam mir vor, als hätte jemand einen düsteren Schleier von ihr heruntergezogen, so dass ihre alte Schönheit wieder hervorschimmerte.

Langsam kam sie näher, sie wirkte unsicher. Ich schaute sie weiter an, und mir fiel auf, dass die Kälte und Boshaftigkeit aus ihrem Blick gewichen waren. Stattdessen erkannte ich Reue und eine tiefe Traurigkeit. Ihre Augen waren nun nicht mehr leer.

Ava war aufgestanden und ging ihr entgegen. Nur einige Meter von uns entfernt trafen sich die beiden Frauen. Wortlos standen sie sich gegenüber: Mutter und Tochter.

Für einen Augenblick war es still, niemand sagte etwas. Alle starrten auf Ava und Iolanthe. Dann öffnete Iolanthe den Mund. Im ersten Moment brachte sie keinen Ton heraus, doch dann sagte sie mit zitternder Stimme: »Es tut mir so unendlich leid.«

Ava lächelte. Ihr Lächeln war warmherzig, ohne eine Spur von Tadel oder Zorn.

»Willkommen zu Hause mein Kind!«, sprach sie

liebevoll und umarmte Iolanthe. Diese erwiderte ihre Umarmung und weinte. Lautlos liefen die Tränen über ihr Gesicht. Dann kamen weitere der Heiler und umarmten Iolanthe.

Dieser Moment war für mich sehr bewegend, er berührte mein Herz. Ich war überwältigt von so viel Güte und Liebe. Niemand machte Iolanthe Vorwürfe, verurteilte sie oder forderte Rechenschaft von ihr. Sie begegneten ihr voller Liebe und nahmen sie wieder in ihre Gemeinschaft auf.

An diesem Tag habe ich erkannt, was wahre Größe ist. Ich habe in meiner Zeit auf Alchatar so viel von jenem Volk gelernt und ich werde es nie mehr vergessen.

Nach einer Weile ging Iolanthe zu Samara und auch die beiden umarmten sich.

Da forderte Ava mich auf, ihr zu folgen. Wir gingen zu Samara und Iolanthe und dann gemeinsam in die Höhle zu dem See aus Licht, an dem ich schon einmal gewesen war. So standen wir vor dem schimmernd leuchtenden Wasser und blickten Ava erwartungsvoll an. Unsere Gesichter waren dabei in das wundervolle Leuchten getaucht, das von dem See ausging.

Ava nahm eine Schale, die am Ufer stand, und bückte sich nach vorn. Sie tauchte die Schale in den See und füllte sie mit der strahlenden Flüssigkeit. Dann reichte sie die Schale Samara. Gemeinsam stellten die beiden Frauen sie auf den Boden, und wir knieten uns um sie.

»Darius, sieh genau hin, was geschieht!«, sagte Ava und wandte sich dann an Samara: »Blicke hinein, mein Kind! Öffne dein Herz und schau in das Licht!«

Zögerlich beugte sich Samara über die Schale, ihre Augen spiegelten sich im Wasser. Ihr Gesicht leuchtete im gleißenden Licht. Einen Moment lang geschah nichts, doch dann öffnete Samara ihren Mund voller Überwältigung und blickte mit weit aufgerissenen Augen in die Schale. In ihren Augen spiegelten sich Bilder wider, ich konnte sie nicht genau erkennen, aber auch mich erfasste ein Gefühl von überwältigender Schönheit und Freude, wie ich es nicht gekannt hatte.

Als Samara von der Schale aufblickte, lächelte sie uns an. Ihr Lächeln war so voller Freude, wie ich es selbst bei ihr noch nie gesehen hatte.

»Was hast du gesehen?«

Samara überlegte eine Weile, als würde sie nach den rechten Worten suchen. »Ich konnte einen winzigen Blick auf das werfen, was wir das Licht des Lebens nennen. Ich sah einen Moment lang die Welt in ihrer ganzen Fülle. Nun begreife ich mehr denn je, wer wir sind. Ich kann es dir nicht erklären. Das, was ich gesehen habe, lässt sich nicht in Worte fassen. Es ist alles und auch nichts, es ist Gefühl und auch Weisheit, es ist das Leben im ständigen Wandel und doch Unendlichkeit.«

»Du sprichst für mich in Rätseln!«, erwiderte ich.

»Darius, das Herz weiß mehr, als der Verstand je begreifen könnte. Du kannst es nicht verstehen, du musst es fühlen.«

Ava lächelte: »Ich wusste, dass sich das Licht dir, Samara, eines Tages offenbaren würde. Ich habe gespürt, was du gesehen hast, und nun auch meine eigene Täuschung erkannt! Denn auch ich habe das Wesentliche lange Zeit nicht gesehen!«

Ich schaute sie fragend an, und sie fuhr nach einer Weile fort. »Wir haben uns so sehr auf die Prophezeiung konzentriert, dass wir die Wahrheit nicht mehr erkannten. Die Prophezeiung hat sich nicht erfüllt, weil die Geschehnisse der Welt schon von jeher geschrieben stehen. Das Prophezeite hat sich vielmehr verwirklicht, weil wir unser ganzes Augenmerk darauf gelegt haben. Unsere Gedanken, unser Glaube und die Ausrichtung unseres Handelns danach waren es, die das Schicksal in diese Bahnen lenkten und geschehen ließen, was geschehen sollte.«

Ava machte eine Pause und sah mich dabei an. Ich hatte nicht so recht begriffen, was ihre Worte bedeuteten.

»Darius, erinnerst du dich an die Zeit in der Dunkelheit des Verlieses und auch an den Moment, in dem du Peredur in der Schlacht gegenüberstandest?«

Ich nickte.

»In beiden Situationen dachtest du für einen Augenblick, du würdest nun sterben. Es erschien dir hoffnungslos und du glaubtest, du wärest völlig machtlos dagegen. Und dennoch hast du überlebt und bist jetzt hier. Etwas in dir hat dir Kraft und Hoffnung gegeben. Dein Glaube an deine Kraft, die Macht in dir, hat dich überleben lassen. Du hast es tief in dir gespürt.

Erst als du dachtest, alles sei verloren, wurdest du dir deiner wahren Stärke bewusst. Blicke zurück und betrachte, was geschehen ist, und du wirst die Wahrheit erkennen. Wir sind viel mehr Schöpfer unseres Lebens, unserer Welt, als wir es je wagen würden zu glauben. Auch wenn wir es nicht sehen, so ist die Welt doch ein Spiegel unseres Herzens, unserer Seele und zeigt uns unser Innerstes im Außen. Niemand hat Leid verdient, und doch brauchen wir es manchmal um zu heilen, niemand will Konflikte und Hindernisse im Leben, und dennoch brauchen wir sie, um zu wachsen. Wenn wir das begreifen, dann können wir zu dem werden, was wir wirklich sind, und wahrhaft glücklich werden. Denn schon mancher Berg, schon manch eine Schwierigkeit hat einem Menschen zu einer Größe und Stärke verholfen, die er selbst nie in sich vermutet hätte.«

Sie hielt kurz inne und blickte mich mit Nachdruck an. »Nicht das Schicksal lenkt uns, sondern wir lenken das Schicksal! Vergiss dies nie und trage diese Botschaft hinaus in die Welt, kleiner Geschichtenerzähler!«

Es fiel mir schwer, all das zu glauben und es zu verstehen. Es widersprach allem, was ich gelernt und zu wissen geglaubt hatte.

Ich schloss die Augen und dachte an den Augenblick zurück, als Peredur mit erhobenem Schwert vor mir gestanden hatte. Ich sah das Bild genau vor mir, konnte spüren, was ich in diesem Moment gefühlt hatte. Es war fast so, als wäre ich wieder dort: Peredur stand über mir, meine größte Angst hatte sich verwirklicht. Ich blickte meinem Tod entgegen und dachte, alles sei verloren. Aber dann sträubte sich in mir etwas dagegen, ich konnte es nicht glauben und wollte mich nicht damit abfinden. Ich suchte nach Hoffnung und spürte da dieses tiefe Vertrauen, das mir sagte, dass es noch nicht vorbei war. Der Glaube der vielen Menschen an mich, die Sicherheit der Prophezeiung ließen mich auch an mich selbst glauben und ich wusste, dass es noch einen anderen Weg geben musste.

Und in diesem Moment nahm ich die Hand nach hinten und spürte den Knauf. Es war dasselbe Gefühl, das ich im Kerker hatte, als ich an Elenor dachte, das Gefühl der Hoffnung, des Glaubens an mich und des tiefen Vertrauens, dass alles einen Sinn hat.

Ich spürte, was Ava gemeint hatte, und dass es wahr war. Ich konnte es schwer in Worte fassen, es war vielmehr ein Gefühl, eine tiefe Gewissheit, die ich fühlte.

In all dem Durcheinander, dem Wirbel in der Welt fühlen wir uns so klein und machtlos und denken, wir seien vom Schicksal und von anderen Menschen bestimmt und nur einer unter so vielen, mit einer so kurzen Lebensspanne im großen Verlauf der Weltgeschichte. Und doch sind wir die Schöpfer und erschaffen unsere Welt, denn was uns draußen begegnet, ist längst in unserem Inneren verborgen. Und blicken wir in das Gesicht eines anderen, so sehen wir doch stets immer nur uns selbst.

Wir sind viel machtvoller, als wir begreifen können. Unser Schicksal liegt in unserer Hand, denn was wir glauben und fühlen, wird wahr. Wir haben die Sprache unseres Herzens verloren und sind so beschäftigt mit der Welt, dass wir uns selbst am wenigsten kennen. Doch in uns verborgen liegt der Schlüssel zur Lösung, in uns selbst liegt der Weg zum Glück!

Ich öffnete die Augen und Ava lächelte mich an. Sie wusste, dass ich es nun verstanden hatte.

Als wir die Höhle verließen, stürmten uns zwei Kinder entgegen: »Samara, Samara! Elias wacht auf!«

DAS ERBE DER LICHTTRÄGER

Das folgende Jahr war eines der schönsten in meinem Leben. In Alchatar hatten sich die Wogen geglättet, an der Stätte der Heiler wuchs ein neuer Baum, der sich Monat für Monat mehr in die Höhe schwang.

Ich lebte gemeinsam mit Elenor, Elias und Samara im Tal der Heiler, und ich war so glücklich an diesem bezaubernden Ort, mit diesen einzigartigen Menschen und meiner wundervollen Gefährtin. Ich selbst hatte mich durch die Erlebnisse der vergangenen Monate und das wertvolle Wissen der Quelle des Lichts, das die Heiler bewahrten, sehr verändert. Ich war achtsamer geworden und ich schätzte und genoss mein Glück jeden Tag. Ich war voller Dankbarkeit und Lebensfreude.

Und als ich dachte, es könne nicht schöner werden, da erwartete Elenor ein Kind von mir und setzte unserem gemeinsamen Glück noch ein kleines Krönchen auf. Es war ein Mädchen, und zur Verwunderung aller schienen ihre Augen nicht blau zu sein. Mit jedem Tag, den sie heranwuchs, wurden ihre Augen grüner. Sie strahlten aus ihrem Gesicht wie Smaragde im Wasser, intensiv grün leuchtend blickten sie mich an. Ich erinnerte mich an die Prophezeiung: »Ein Wunder wird uns im schimmernden Grün der Smaragde erscheinen und eine neue Zeit ankündigen.« Nun hatte sich die Prophezeiung erfüllt.

Und für mich warst du das größte Wunder von allen. Ich werde das Gefühl nie vergessen, das ich hatte, als ich dich das erste Mal in den Armen hielt, du warst so klein und zerbrechlich und dennoch das Schönste und Größte, was ich je erblickt habe.

Wir nannten dich Avagwyn, Erbin des Lichts. Denn du selbst, geliebte Tochter, bist das große Erbe von Alchatar. Ich schreibe dir jene Erzählung, da sie die deiner Herkunft ist. Ich erzähle dir die Legende dieses Landes, da es deine Heimat ist. Denn du wurdest auf Alchatar geboren und trägst das Erbe in dir. Und auch wenn wir mit dir fortgegangen sind, so haben wir das Wissen mit jedem Tag an dich weitergetragen, und nun, da dein dreißigstes Lebensjahr beginnt und deine Heilkräfte sich entfalten werden, sollst du erfahren, dass dieses Land, von dem wir dir so oft erzählt haben, auch dein Land war.

Einige Zeit nach deiner Geburt verließen deine Mutter und ich Alchatar, um die Botschaft, das uralte, wertvolle Wissen, in die Welt zu tragen und auf immer zu bewahren. Elias und Samara machten es sich zur Aufgabe, die Bewohner Alchatars wieder an dieses Wissen zu erinnern, damit nun, da die Prophezeiung sich erfüllt hatte, die Menschen selbst die nächste Prophezeiung schreiben und ein besseres Schicksal als das vorige wählen würden. Ava verweilte in der Stätte der Heiler an der Quelle des Lichts und lehrte die jungen Heilerkinder – die dann, wenn sie reif dazu waren, ausziehen sollten, um den Menschen zu helfen –, sich mit dem Licht zu verbinden und ihre Herzen zu öffnen. Und ich verließ mit Elenor, einer kleinen Gruppe von Kriegern und dir, meine Tochter, die wunderschöne Insel Alchatar.

Diesen wundervollen Ort zu verlassen, fiel uns schwer, doch wir wollten etwas von dem Wunder an die Welt weitergeben. Wir verabschiedeten uns intensiv und herzlich. Lange blickte ich Samara und Elias an und war dankbar, solche Menschen kennengelernt zu haben. Ich würde ihre Geschichte erzählen, die Geschichte einer gütigen Heilerin, eines tapferen Kriegers und ihrer großen Liebe. Ich wollte die Menschen an den Geheimnissen, die diesen Ort umgaben, teilhaben lassen.

Als ich auf dem Schiff stand und wir Alchatar verließen, flog Belagol über unsere Köpfe hinweg. Sein heller Schrei ertönte über uns. Ich dachte an meine Ankunft: schwer verletzt an den Strand gespült, unsicher, schwach und fremd. Nun war dies mehr meine Heimat, als jeder Ort, an dem ich zuvor war. Ich hatte mein Herz an dieses Land gegeben, tiefe Freundschaft erfahren, Großes bewirkt und am Ende auch zu mir selbst gefunden. Und so kam es, dass ich nun an Deck stand, die Liebe meines Lebens, mit unserem Kind im Arm, an meiner Seite, zurückblickend auf wahrhafte Freunde und einen Ort, den ich für immer in meinem Herzen behalten werde. Da stand Samara und sah uns nach. Sie war die Erste, die ich auf Alchatar gesehen hatte, und sollte nun die letzte sein. Lange blickte ich auf die Küste Alchatars, bis sie schließlich völlig am Horizont verschwand.

Ich weiß nicht, ob Alchatar eines Tages wahrhaftig in den Fluten des Meeres versank. Ich habe jedoch nie wieder etwas von ihnen gehört. Wir segelten damals sieben Tage, bis wir auf Land trafen, und Elenor und ich lebten sehr glücklich.

Meine größte Aufgabe jedoch war es, die Botschaft der Lichtträger hinaus in die Welt zu bringen, so dass sie viele Herzen berühren konnte.

Und nun, da das Licht mehr und mehr in dir hervortritt, Avagwyn, meine Tochter, erzähle ich dir hiermit deine Geschichte. Trage dieses kostbare Erbe weiter, und wenn der Tag gekommen ist, dann erzähl auch du diese Geschichte deiner Herkunft deiner

Tochter. So dass sie von Generation zu Generation weitergegeben wird. Schreibe sie nieder mit deinen eigenen Worten, erzähle sie, wie ich sie dir heute erzählt habe. So lebt das Erbe ewig weiter und das Wissen wird nie verloren gehen.

Wenn diese Geschichte über Generationen hinweg den Weg zu dir gefunden hat und du nun diese Zeilen liest, denke immer daran und lebe danach: Mein Kind, du bist das Erbe, das Erbe der Lichtträger!

URALTES WISSEN FÜR EINE NEUE ZEIT

Damals hatte es mir den Atem verschlagen, dass meine Mutter und auch ich selbst dieses Erbe, das Erbe der Lichtträger, in uns trugen. Ich kann mit meinen Händen keine Wunden heilen oder Kranke plötzlich genesen lassen, obwohl ich das natürlich ein Mal bei Nick ausprobiert habe, als er sich eine Schramme zugefügt hatte. Aber ich spüre, wie diese Energie durch mich fließt, wenn ich mit Menschen spreche und auch wenn ich dieses Buch hier schreibe.
Vielleicht gebe ich manchem dadurch Kraft, sich selbst zu heilen und glücklicher zu werden, vielleicht inspiriere ich Menschen zu einem Leben, das ihr Herz höher schlagen lässt und ihnen mehr Freude bereitet, vielleicht zeige ich ihnen auch einfach nur, dass sie nicht allein sind mit ihren Zweifeln, Schwierigkeiten und Ängsten.

Möglicherweise entwickeln sich meine Kräfte mit den Jahren auch noch etwas. Doch das Wichtigste ist, dass ich dadurch zu meinen Wurzeln gefunden habe und nun auch meine Aufgabe für die Zukunft finden konnte. Ich trage dieses uralte Wissen in mir und ich möchte es mit Dir teilen. Ich möchte diese Geschichte weitertragen und verbreiten, weil für mich darin so viel Weisheit, Kraft und Inspiration liegt.

Ich hatte auch entschieden, die Situation mit Nick zu klären. Nachdem ich dort gewesen war, hatte ich mein Handy ausgeschaltet, weil ich nicht mit ihm reden wollte. Später sah ich, dass er etliche Male angerufen hatte. Ich beschloss, zu ihm zu fahren und mit ihm zu reden, denn ich wollte wissen, woran ich war, gerade weil mir mein Herz etwas anderes sagte als mein Verstand. Ich brauchte Klarheit und die würde ich nur bekommen, wenn ich mich der Situation stellte, auch wenn ich dafür meine Angst überwinden musste. Schließlich hatte ich beschlossen, nicht mehr wegzulaufen, ich wollte nicht mehr ausweichen, ich wollte mich meiner Angst stellen, egal wie schwer mir das fiel. Es hatte, das war mir mittlerweile klar geworden, etwas mit mir zu tun, dass meine Beziehungen immer scheiterten, auch wenn es stets die Männer waren, die mich verließen. Ich wollte mit Nick zusammen sein, und wenn er tatsächlich längst vergeben war, dann könnte ich mich wenigsten mit dieser Klarheit von ihm lösen und wäre wieder offen für etwas Neues. Ich fühlte mich bereit für eine Partnerschaft, denn nun wusste ich, wer ich bin und was ich wirklich wollte. Ich brauchte nicht mehr den Partner, der mich glücklich machte. Das konnte ich nun auch allein.

Also setzte ich mich ins Auto und fuhr zu Nick. Ohne großartig nachzudenken hielt ich vor seinem Haus, stieg aus, ging zur Haustür und klingelte. Ich glaube, hätte ich nur einen Moment gezögert, ich wäre sofort wieder umgedreht. Als ich vor der Tür wartete, raste mein Herz. Ich wusste gar nicht, ob Nick zu Hause war, ich hatte einfach sofort gehandelt. Dann hörte ich ein Geräusch im Haus: Er war da! Ich atmete tief durch und räusperte mich.

Da öffnete Nick die Tür und schaute mich überrascht an. »Laura! Komm doch rein!«, zögerlich trat er einen Schritt zur Seite und wir gingen hinein. Er schloss die Tür und wir standen uns im Gang gegenüber.

»Ich hab gestern auf dich gewartet. Was war denn los?«

Ich räusperte mich nervös. »Ich war hier!« Meine Stimme hörte sich giftiger an, als ich es eigentlich wollte.

»Okay? Ich hab dich nicht gesehen. Du warst hier in diesem Haus, gestern Abend?«

»Nein!«, antwortete ich nun verärgert, »Ich war draußen vor der Tür!

»Dann hättest du vielleicht klingeln sollen. Heute hast du die Klingel ja auch benutzt. Oder hast du sie gestern nicht gefunden?« Er grinste.

»Das ist nicht witzig!«, entgegnete ich nun ziemlich gereizt.

Schnell verflog Nicks Lächeln. »Langsam finde ich es auch nicht mehr witzig. Gestern versetzt du mich und hast dein Telefon abgeschaltet. Und heute kommst du hierhin und bist sauer auf mich. Laura, was soll das? Ich dachte, dieses Hin und Her hätten wir hinter uns. Können wir nicht einfach offen und ehrlich miteinander reden?«

»Das musst du gerade sagen! Ehrlich! Tu doch nicht so unschuldig!« Nun wurde ich richtig wütend.

»Was soll das denn heißen?«

»Das weißt du ganz genau!«

Nick schüttelte den Kopf. »Laura, was soll dieser Kindergarten. Sag doch einfach, was los ist!«

»Es war ein Fehler herzukommen!« Eilig drehte ich mich zur Tür und wollte wieder gehen. Ich dachte nur, Hauptsache weg hier!

Da hielt mich Nick zurück. »Verdammt noch mal, Laura, was soll das? Willst du jetzt wieder weglaufen?« Er stellte sich vor die Tür. »So geht das nicht! Du sagst mir jetzt, was los ist, und dann kannst du wegen mir hinlaufen, wohin du willst.«

Unsicher sah ich ihn an. Irgendwie war es viel schwerer, als ich gedacht hatte.

»Ich hab dich gestern mit ihr gesehen!«

»Mit wem?«

»Ich war zu früh da, deshalb hab ich sie hinausgehen sehen.«

»Ich weiß nicht, was du meinst.«

»Mein Gott, blond, tolle Figur, ihr habt euch geküsst!!! So und jetzt will ich gehen!«

Ich ging auf die Tür zu, da fing Nick an zu lachen.

»Du findest das lustig!«

Er nickte. »Wenn du sehen würdest, wie du dich hier aufführst, müsstest du auch lachen!«

»Es kann mir auch egal sein, wir sind ja nicht einmal zusammen!«

»Warum regst du dich dann so auf?«

»Ich dachte nicht, dass du so ein Typ wärst!«

»Was für ein Typ bin ich denn?«

»Einer, der mit einer Frau anbändelt und ihr nicht sagt, dass er schon vergeben ist.«

»Du bist eifersüchtig!« Er grinste wieder.

»So etwas hab ich ja noch nicht erlebt. Was bildest du dir eigentlich ein?«

»Bist du jetzt fertig?«

»Ja, wir haben alles gesagt, was zu sagen war!«

Nick ging einen Schritt auf mich zu. »Das gestern war übrigens meine Schwester, falls es dich interessiert und du jetzt mit Motzen fertig bist! Nur die Schwester von dem eingebildeten Typen.«

Ich war gerade schon im Begriff gewesen davonzustürmen, da hielt ich inne. »Deine Schwester?« Beschämt blickte ich Nick an. »Ich weiß gar nicht, was ich sagen soll?«

»‚Es tut mir leid' wäre schon einmal ein Anfang.«

»Es tut mir leid. Das sah gestern alles so echt aus. Ich dachte, ihr hättet euch geküsst. Ich wollte dich nicht so anfahren. War ich sehr schlimm?«

»Der Auftritt eben war schon nicht schlecht.«

»Oh Mann. Ich kann nur sagen, ich bin nicht immer so.«

»Das hoffe ich doch.«

»Es tut mir wirklich leid. Wie kann ich das wieder gutmachen? Ich hätte dir mehr vertrauen sollen!«

»Hättest du!« Er zog mich an sich und wir blickten uns in die Augen.

»Weißt du, Laura, damit das funktionieren kann, musst du mir mehr vertrauen. Du musst mit mir reden, auch wenn es dir manchmal schwerfällt. Versprichst du mir das?«, seine Stimme war nun ganz sanft und leise.

»Ja, ich verspreche es.«

Unsere Gesichter waren einander ganz nah und mein Herz raste wieder. Ich blickte ihm tief in die Augen, sie waren hellblau mit einem leichten Grau an den Rändern. In seinen Augen konnte ich mein Spiegelbild erkennen. Dann kam er langsam näher, ich spürte ein Kribbeln im ganzen Körper und schloss die Augen. Er küsste mich sanft. Als sich unsere Lippen berührten, schlug mein Herz noch schneller.

Der Kuss war wunderschön.

Wir lehnten Stirn an Stirn aneinander und ich öffnete wieder die Augen.

»Ich hab mich in dich verliebt«, flüsterte ich.

»Ich habe mich auch in dich verliebt.« Er lächelte und küsste mich wieder. Dann nahm er mich in den Arm. Ich legte meinen Kopf an seine Brust, hörte sein Herz schlagen und wie er langsam atmete.

»Vertraust du mir?«, fragte er nach einer Weile.

»Ja, Nick. Ich vertraue dir!«

Ich wollte nicht mehr zweifeln und mir ständig

Gedanken machen. Immer wieder hatte eine Stimme in mir gesagt, ich müsse vorsichtig sein und allem misstrauen. Ich hatte gedacht, sie sei zu meinem Schutz, damit ich nicht verletzt würde. Aber wenn ich zurückdenke, hat sie mich nicht wirklich davor bewahrt. denn ich wurde trotzdem verletzt. Sie hat mich nur um die schöne Zeit gebracht und verhindert, mich wirklich auf etwas einzulassen. An diesem Tag nahm ich mir vor, nicht mehr auf diese Stimme zu hören, sondern auf mein Herz. Oft war es schwer zu unterscheiden, ob es diese Stimme war oder die Stimme meines Herzens. Ein Merksatz, den ich in einem Kalender im buddhistischen Zentrum gelesen habe, hat mir oft dabei geholfen: »Vertraue keiner Stimme in dir, die nicht wohlwollend zu dir spricht!«

Wann immer diese Stimme mich nun warnte, sprach ich mit Nick darüber, und das ohne Vorwürfe und Unterstellungen. Als ich mich eben an den Streit mit Nick erinnerte, habe ich bemerkt, wie kindisch ich mich damals aufgeführt habe und wie viel Glück ich hatte, dass Nick das alles mitgemacht hat.

Es gab keine Sicherheit, keine Garantie, dass es funktionierte, das wusste ich, aber dieses Risiko musste ich eingehen. Ich hatte mich verändert, einen neuen Weg gewählt, und diesen wollte ich noch weiter gehen. Und ich wollte mich noch mehr verändern, denn ich spürte, jetzt war die Zeit dafür gekommen. Für Nick und mich sah ich eine tolle Zukunft. Aber das Wichtigste war, ich würde meinen Weg gehen, zu einem glücklichen und erfüllten Leben.

Mittlerweile bin ich nun schon drei Monate mit Nick zusammen und wir sind sehr glücklich. Ich weiß nicht, ob wir bis an unser Lebensende nun glücklich leben, wie es immer am Schluss im Märchen heißt. Ich wünsche es mir natürlich. Was ich aber weiß, ist, dass ich in den vergangenen drei Monaten wirklich sehr glücklich war und dass ich es jetzt gerade in diesem Augenblick bin.

Ich fühle mich in Lillys Wohnung wie zu Hause, verbringe viel Zeit mit Nick. Maurice ist mein treuer, kleiner Begleiter, und ich finde es einfach toll, ein Tier zu haben. Jetzt muss ich nur noch Lilly erklären, dass ich ihren Hund behalten will. Mit ihr telefoniere ich mehrmals die Woche übers Internet, wir können uns sogar über Webcam sehen. Das ist öfter als in der Zeit, als wir noch im selben Ort wohnten. Das Projekt in Chile läuft gut, sie hat eine riesige Freude an der Arbeit und wird auf jeden Fall mindestens ein Jahr dort bleiben. Schon bei unseren ersten Gesprächen hat sie gemeint, ich sähe irgendwie ganz verändert aus, viel zufriedener und ausgeglichener. Sie fand es auch schön, dass ich die Kette von meiner Mutter wieder trug, denn ihr hatte der schlichte durchsichtige Stein schon immer gefallen. Meine Geschichte hat sie umgehauen, und sie glaubt fest daran, dass sie wahr ist.

In einem schönen, kleinen Café habe ich einen Nebenjob gefunden, mit dem ich die nächsten Monate gut über die Runden komme. Die Arbeit macht mir Spaß und ich lerne interessante Leute kennen. Regelmäßig gehe ich mit Nick zur Meditation, und seitdem ich die Stille und Ruhe dabei entdeckt habe, gehe ich sehr gerne dorthin. Es kam einfach irgendwann, erst hatte ich es gar nicht bemerkt. Nachdem ich mich Woche für Woche mit der Gruppe hingesetzt hatte, wurden meine Gedanken allmählich immer ruhiger und klarer, und eines Tages saß ich dort einfach und dachte nichts. Es war schlichtweg still in meinem Kopf. Ich ließ mich fallen und genoss diese wundervolle Ruhe, vor der ich zuvor so lange Angst gehabt hatte. Ich dachte an nichts und war einfach grundlos glücklich. Das war eine wirklich schöne und bereichernde Erfahrung für mich, die ich so nie erwartet hätte.

Ich komme nicht jedes Mal beim Meditieren zu dieser Ruhe, besonders dann nicht, wenn ich es unbedingt will. Ungeduldig werde ich wohl immer bleiben. In der Gruppe fühle ich mich sehr wohl. Mit Eva habe ich mich richtig angefreundet. Sie ist so ein fröhlicher, herzensguter Mensch, es macht einfach Spaß, mit ihr zusammen zu sein.

Seit einigen Wochen habe ich außerdem angefangen, mit Nick und Maurice laufen zu gehen. Ich genieße jedes Mal die Bewegung an der frischen Luft, schon als Kind war ich immer gerne im Wald. Meine Laufpartner sind natürlich wesentlich fitter als ich, aber Nick ist jahrelang Marathon gelaufen und Maurice hat nun mal zwei Beine mehr als ich.

Mit meiner Mutter habe ich durch die alte Erzählung ein viel besseres Verhältnis bekommen. Sie besucht mich oft nach der Arbeit und wir trinken einen Kaffee zusammen und reden. Vieles, was ich früher nicht verstand, sehe ich nun klarer, und ich bin stolz darauf, ein solches Erbe zu tragen.

Mein Buch ist mittlerweile fertig geworden und auf dem Weg zu einem Verlag. Ich weiß nicht, ob sie es drucken werden. Aber ich weiß, wenn sie es nicht tun, werde ich so lange nach weiteren Möglichkeiten suchen, bis dieses Buch veröffentlicht wird. Wenn Du also diese Zeilen nun liest, dann weißt Du, dass ich es geschafft habe.

Ob es ein Bestseller wird? Das kann ich nicht sagen. Aber wenn ich mit diesem Buch nur einem einzigen Menschen dabei helfen kann, mehr Freude in seinem

Leben zu haben, dann ist dies ein wunderbares Geschenk für mich.

In jedem von uns steckt so viel mehr, als wir glauben. Und was auch geschieht – jeder Kummer, jede Niederlage geht irgendwann wieder vorbei. Selbst wenn wir manchmal keinen Sinn in dem sehen, was uns widerfährt, so können wir doch unseren Weg gehen und haben jeden Tag auf ein Neues die Wahl, unseren Herzenswünschen zu folgen und der zu sein, der wir im tiefsten Inneren immer sein wollten.

Du weißt nicht, was Du willst? Du kannst nicht sagen, was Du Dir von Herzen wünschst, oder Du denkst, es sei unmöglich? Dann höre in Dich hinein, denn in Dir selbst ist die Antwort verborgen. Lass Dich nicht ablenken von Sorgen und Ängsten und schau nicht auf das, was andere machen.

Im Leben fühlt man sich manchmal wie auf einem Floß, das auf offener See von tosenden Wellen hin und her geworfen wird. Man hat keinerlei Kontrolle und kann nicht über die nächste Welle hinwegblicken, von der man vielleicht weitergeschleudert wird. Schaffen wir es aber, uns auf uns selbst zu besinnen, die Welt so zu nehmen wie sie ist, unseren eigenen Weg zu gehen, das Beste aus allem zu machen und zu vertrauen, dann wird es Tage geben, da wird das Meer so ruhig, das Wasser so klar sein, dass Du bis auf den Grund blicken kannst, und die Oberfläche so glatt, dass Du weit in die Ferne schauen kannst.

Es ist Dein Leben, Du bist auf der Welt, um glücklich zu sein, und nicht, um anderen zu gefallen oder in die Gesellschaft zu passen. Schwimm gegen den Strom und finde Deinen eigenen Weg.

Für mich ist Samaras Erzählung eine Geschichte der Hoffnung und des Vertrauens. Sie erinnert mich daran, dass nichts von Dauer ist und dass sich die ganze Welt um uns herum in einem stetigen Wandel befindet. Sie fordert mich auf, im Hier und Jetzt zu leben, die schönen Augenblicke zu genießen, bei Rückschlägen aufzustehen und den Glauben an mich selbst nie zu verlieren. Ja, wir können uns ändern, und so, wie ein kleines, zartes Pflänzchen aus dem Boden sprießt und zu einem mächtigen Baum heranwächst, können auch wir wachsen, wenn wir eines Tages unsere eigene Größe erkennen.

Ich weiß, die meisten Menschen haben im Lauf ihres Lebens etwas anderes gelernt, aber wir können aufstehen und unseren Träumen folgen. Und vielleicht erlebst Du dadurch, so wie ich jetzt, die beste Zeit Deines Lebens, möglicherweise findest Du sogar Deinen persönlichen Platz auf dieser Welt, Deine Berufung.

Ich habe zu Beginn dieses Buches gesagt, dass es bestimmt auch viele Menschen gibt, die jetzt sagen: Das ist alles leichter gesagt als getan und in meinem Leben praktisch gar nicht möglich! Diese Meinung verstehe ich auch. Ich hab Dir versprochen, Dich am Ende dieses Buches noch einmal zu fragen. Und? Hat sich Deine Meinung nun geändert?

Ich weiß es nicht. Jeder Mensch ist eben anders. Ich weiß nur, ich konnte mein Leben ändern, auch wenn es vorher nicht möglich erschien, und ich bin sehr froh darüber, dass ich es getan habe.

Als ich gestern gemeinsam mit Nick spazieren war, führte er mich in einen kleinen Park. Wir setzten uns auf eine Bank unter einer stämmigen Weide mit Blick auf einen kleinen See. Gespannt beobachtete Maurice die Enten im Wasser.

Ohne zu sprechen saßen wir eine Zeit lang nebeneinander, ich hatte den Kopf an seine Schulter gelegt, die Augen geschlossen und genoss diesen schönen Moment mit ihm. Plötzlich dachte ich an meinen Traum von Samara und meinem Spiegelbild im Wasser. Er war nun schon mehrere Monate her. Ich öffnete die Augen und schaute mich um. Hinter mir stand die große Weide, vor mir lag der See, neben der Bank lag Maurice und auf der anderen Seite saß Nick, an den ich mich liebevoll gekuschelt hatte. Es war exakt wie in meinem Traum. Voller Verwunderung und auch voller Freude betrachtete ich all das. Ich lächelte zufrieden.

In diesem Moment habe ich erkannt, dass wir nicht immer alles verstehen müssen, dass Träume manchmal Wirklichkeit werden und dass wir unser Schicksal viel mehr beeinflussen können, als wir es je für möglich gehalten hätten.

Nick drehte sich zu mir und sein Blick fiel auf meine Kette, der schlichte Stein leuchtete und funkelte von innen heraus.

»Wie schön dein Anhänger in der Sonne leuchtet, das ist mir noch gar nicht aufgefallen«, meinte Nick, während er ihn betrachtete.

Ich lächelte wieder. Ja, er leuchtete, schöner und heller als je zuvor. Ich lehnte mich wieder an Nicks Schulter, schloss die Augen und dachte kurz an die vergangenen sechs Monate.

Ich weiß nicht, was die Zukunft mir bringt, aber in diesem Moment war ich zutiefst glücklich und dankbar.

Als ich zu Hause ankam, setzte ich mich an den Schreibtisch. Ich hatte noch eine Aufgabe zu erledigen. Dazu nahm ich das kleine, rotbraune Buch von meiner Mutter zur Hand. Dabei fiel mir der Zettel von ihr wieder in die Hände.

»Das Herz weiß mehr, als der Verstand begreift!«

Ich grinste, nun verstand ich es.

Jetzt musste ich die Geschichte noch in meinen eigenen Worten niederschreiben, für die nächste Generation, für mein Kind, wenn es eines Tages sein dreißigstes Lebensjahr beginnen und ich die Erzählung weiterreichen würde.

Einige Tage zuvor war ich in einem kleinen Schreibwarengeschäft gewesen und hatte die Verkäuferin gefragt, was für unsere Zeit typisch sei. Weil sie mich verwirrt anschaute, hatte ich hinzugefügt:

»Was verkaufen Sie denn viel, so an Notizbüchern oder Tagebüchern?«

»Hier die Dinger, da stürzen sich alle momentan drauf.«

Sie zeigte auf ein Regal mit Hello-Kitty-Artikeln.

Warum eigentlich nicht? Grinsend griff ich nach einem kleinen, rosafarbenen Büchlein. »Danke!« Dieses Büchlein nahm ich nun, schlug es auf und legte es neben das Buch von meiner Mutter. Ich begann zu lesen:

»Dies ist die Geschichte von Samara, einer Frau von einer solchen Einzigartigkeit wie das Land, in dem sie lebte …«

Ich lächelte und begann es abzuschreiben.

Und so kam es, dass eine jahrtausendealte Legende ihren Platz in einem kleinen, rosa Hello-Kitty-Büchlein fand.

ÜBER DIE AUTORIN

Selina Ritter ist Autorin und Bloggerin. Seit 2018 reist sie mit Mann und Hund mit dem Wohnwagen quer durch Europa. Sie schreibt Fantasy-Liebesromane und spirituelle Ratgeber.
Zudem unterstützt sie Menschen in Onlinekursen dabei, in den kreativen Flow zu kommen und ihr eigenes Buch zu schreiben.
Auf ihrem Blog "Inspiration Reiseleben" lässt sie ihre Leser an ihrem Reisealltag und am Autorenleben teilhaben. Dort geht es um Themen wie Freiheit, Kreativität, Inspiration, Naturverbundenheit und Lebensträume.
Hier gibt es auch immer wieder Informationen zu den Hintergründen ihrer Veröffentlichungen sowie Einblicke in aktuelle Buchprojekte.

Webseite: https://www.autorinselinaritter.de/
Instagram: selina.ritter.autorin
Facebook: Autorin Selina Ritter – Inspiration Reiseleben

Im Newsletter bekommst du regelmäßig Mutmach-Impulse und persönliche Erfahrungen aus Selinas Reise- und Autorenleben:
https://www.autorinselinaritter.de/inspiration-to-go/

WEITERE BÜCHER

»Die Hüterin der Sonne: Das erste Buch der Gabe« (Fantasyroman)

Als die 22-jährige Lynn nach dem Tod ihrer Eltern erfährt, dass sie ein Findelkind war, ahnt sie nicht, wohin sie die Suche nach ihrer Herkunft führen wird. Sie findet ein Amulett, das ihrer leiblichen Mutter gehörte. Ohne sich dessen bewusst zu sein, aktiviert sie dieses und findet sich plötzlich in einer magischen Welt wieder. Getrieben von dem Wunsch, herauszufinden, wer sie wirklich ist, erkundet Lynn die fremde Welt. Der junge Wandler Nio begleitet sie dabei und Lynn verliebt sich in ihn.
Doch es gab einen Grund, warum man Lynn einst fortbrachte. Als Teil einer Prophezeiung hat ihre Rückkehr dunkle Mächte geweckt und Lynn schwebt in großer Gefahr. Schnell wird sie zur Gejagten. Als Lynn dann erfährt, dass Nio nicht der ist, für den er sich ausgegeben hat, wird ihre Liebe auf eine harte Probe gestellt.
Nichts ist, wie es scheint. Lynn muss herausfinden, wem sie trauen kann und wem nicht. Denn es steht weit mehr auf dem Spiel als nur ihr eigenes Schicksal.

»Berufung finden durch Krafttiere«

(Bianca S. Ritter)

Mit Vertrauen und Selbstliebe deine Fähigkeiten erkennen und den Seelenplan entschlüsseln
Bist du auf der Suche nach deiner Berufung? Hast du das Gefühl, in einem Leben festzustecken, das nicht wirklich zu dir passt? Spürst du diese Sehnsucht in dir? Wünschst du dir endlich zu wissen, warum du hier bist und was noch in dir verborgen liegt?

Dieses Buch hilft dir dabei, eine tiefe Klarheit über deine Fähigkeiten und deine ureigene Kraft zu finden. Du wirst dich mit deinen Wünschen und Talenten viel besser kennenlernen und deine Einzigartigkeit neu entdecken. Es ist eine Reise zu dir selbst. Denn tief in dir, weißt du klar, wer du bist und was du willst. Mithilfe dieses Buches hast du die Möglichkeit, dich aus alten Verstrickungen und Mustern zu befreien. Damit du frei und unbeschwert deinen Weg gehen kannst, und das machst, womit du wirklich glücklich bist.
Du hast dabei die Unterstützung von Krafttieren. Sie erinnern dich an deine wahre Natur. Krafttiere sind machtvolle Helfer, die dich liebevoll begleiten und immer für dich da sind, wenn du sie brauchst. Sie sind wundervolle Lehrer auf dem Weg zu dir selbst, denn sie sind auf natürliche Art mit der Weisheit des Lebens verbunden.

Bonus: Als Geschenk erhältst du zu diesem Buch elf geführte Meditationen als Download dazu.

»Das Buch der Krafttiere – Botschaften für die Seele«

In diesem Buch befinden sich fünfzig einzigartige Krafttierbotschaften, die dich mit einer uralten Weisheit verbinden. Die Krafttiere sprechen voller Liebe zu deiner Seele. Sie schenken dir Kraft und Vertrauen, machen dir Mut, spenden Trost und öffnen deine Augen für neue Wege.
Die Botschaften helfen dir, Antworten zu finden. Sie lassen dich die Wahrheit hinter den Dingen erkennen und geben dir ein Gespür dafür, was du wirklich brauchst. Vielleicht wünschst du dir, dich aus alten Verstrickungen zu befreien und den roten Faden in deinem Leben zu erkennen. Vielleicht fühlst du dich einsam und dein Herz

sehnt sich nach Verbundenheit.
Jedes Tier unterstützt dich mit einer besonderen Kraft. So zeigt der Wolf dir, wie du dich gesund abgrenzen kannst, der Delfin bringt Leichtigkeit und Freude in dein Leben, die Muschel hilft dir, alte Wunden zu heilen und Frieden zu finden. Krafttiere sind weise Ratgeber für jene, die ihnen lauschen. Nutze ihre Kraft für dich.

Extra: Zu jeder Botschaft gehört auch ein energetisches Krafttierbild zum Ausmalen. So kannst du beim Malen ganz entspannt in die besondere Energie der Krafttiere eintauchen.

»Malbuch für Erwachsene – Tiere und Fantasy«

50 Krafttiere mit detailliertem Hintergrund zum Ausmalen: Für Entspannung, Kreativität und eine magische Zeit

Lass den Alltag hinter dir, tauche beim Malen in die Welt der Tiere ein und spüre die heilsame Kraft der Natur. Dies ist ein besonderes Malbuch mit energetischen Krafttierbildern. Die Bilder helfen dir, dich leicht zu entspannen, bei dir anzukommen und Kraft zu tanken.
Mit viel Liebe zum Detail spiegeln die Bilder die einzigartigen Energien der einzelnen Tiere wider. Du kannst durchatmen und dich beim Ausmalen von der besonderen Kraft der Bilder innerlich stärken lassen. Wähle einfach die Tiere, die dich im jeweiligen Moment besonders ansprechen. Du findest eine große Auswahl an Motiven und jedes Tier ist in eine fantasievolle Landschaft eingebettet. Das Buch eignet sich auch hervorragend als Geschenk, wenn du jemandem eine Freude machen möchtest.

Extra: Zu jedem Buch bekommst du die Bilder auch digital (als pdf) zum Download. So kannst du dir deine

Lieblingsbilder ausdrucken und so oft ausmalen, wie du Lust hast.

- 50 einzigartige Tierbilder mit Krafttierenergie
- Besonders feine Details und Hintergründe
- DIN A4 Format und extra dickes Papier

»Geführte Meditation:
Traumreisen mit Krafttieren«
(Bianca S. Ritter)

Sehnst du dich danach, den Alltag hinter dir zu lassen und entspannt abzuschalten? Wünschst du dir auf eine einfache Weise, in eine wohlige Entspannung zu kommen und die Stille und Schönheit der Natur zu genießen?
Wie mag es wohl sein, die Freiheit eines Wildpferdes zu spüren, den Wald mit den Sinnen eines Wolfes zu erleben oder als Delfin durch glasklares Wasser zu schwimmen? Die elf Fantasiereisen in diesem Buch laden dich ein, den Alltag loszulassen und die heilende Kraft der Natur zu erfahren.
In den geführten Meditationen kannst du die Welt als Tier erleben – beeindruckend, intensiv und wundersam. Du kannst als Schmetterling durch ein Meer von Blumen fliegen oder als Bussard sanft über den Wolken gleiten, je nachdem, was dir gerade guttut. Die Reisen helfen dir dabei, dich zu entspannen und in Kontakt mit deiner inneren Stimme zu kommen.

Bonus: Als Geschenk erhältst du zu diesem Buch die geführten Meditationen als mp3 zum Download dazu.

Impressum:

2. überarb. Auflage

Kontakt: Selina Ritter,
c/o autorenglück.de
Franz-Mehring-Str. 15, 01237 Dresden
Email: kontakt@autorinselinaritter.de